公事宿事件書留帳

鴉浄土《からすじょうど》

澤田ふじ子

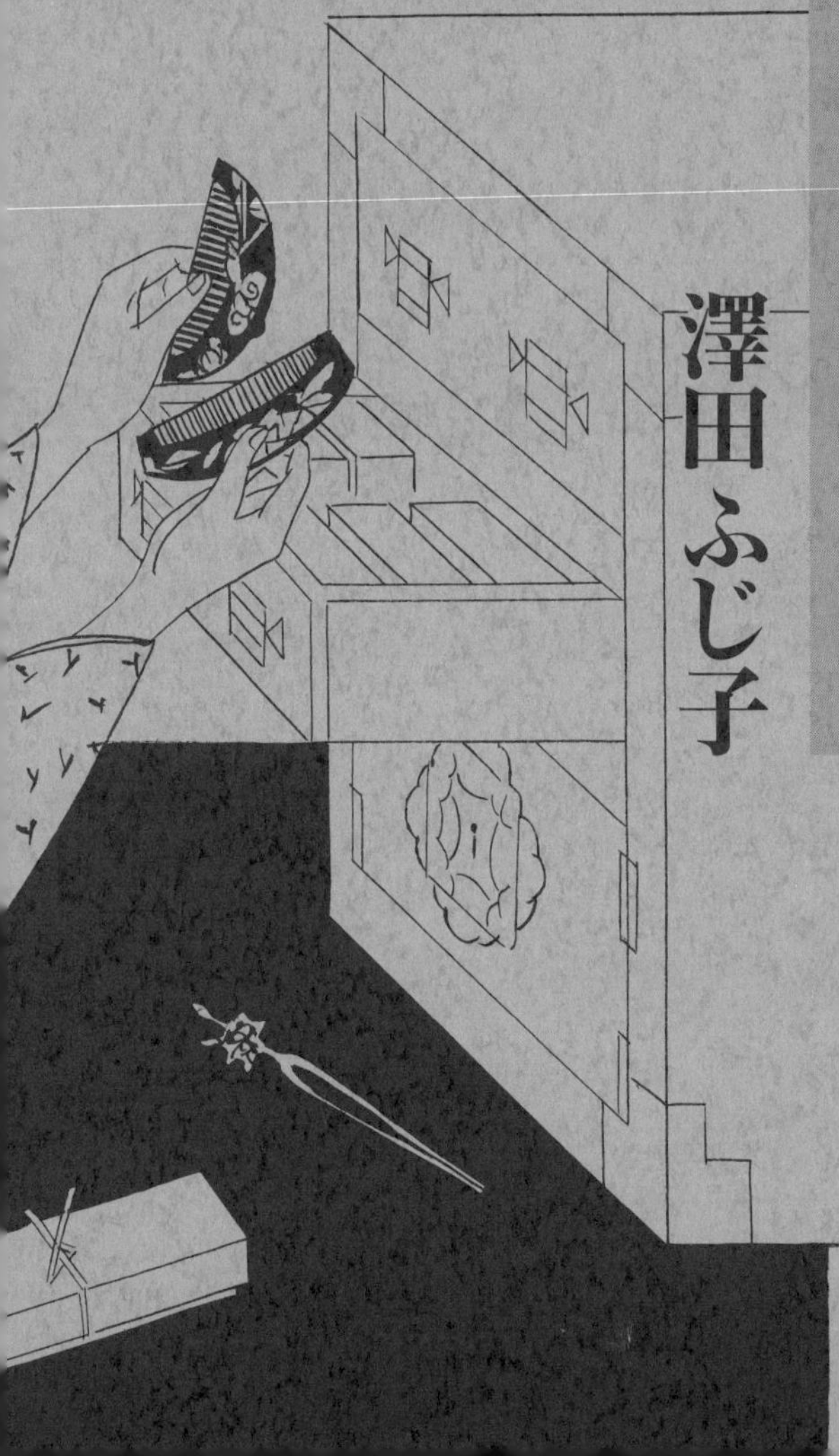

幻冬舎

鴉浄土《からすじょうど》

公事宿事件書留帳

装幀・装画　蓬田やすひろ

目次

主な登場人物

田村菊太郎《きくたろう》　京都東町奉行所同心組頭の家の長男に生まれながら、妾腹のため腹違いの弟に家督を譲ろうと出奔《しゅっぽん》した過去をもつ。公事宿《くじやど》（現在でいう弁護士事務所兼宿泊施設）「鯉屋《こいや》」に居候《いそうろう》しながら、数々の事件を解決する。

お信《のぶ》　菊太郎の恋人。夫に蒸発され、料理茶屋「重阿弥《じゅうあみ》」で仲居をしていたが、団子屋「美濃屋《みのや》」を開き、ひとり娘のお清《きよ》を育てている。

鯉屋源十郎《こいやげんじゅうろう》　公事宿「鯉屋」の主《あるじ》。居候の菊太郎を信頼し、共に事件を解決する。菊太郎の良き相談相手。

田村銕蔵《てつぞう》　京都東町奉行所同心組頭。菊太郎の腹違いの弟。妻の奈々《なな》がいる。

蜩《ひぐらし》の夜

一

「陽《ひ》が暮れかけたせいか、さすがに蟬《せみ》の声がいくらか低うなりおったなあ」

「今年の夏はことのほか暑おしたさかい、蟬もいつまでも元気なんどすわ」

六十がらみの孫七《まごしち》が、汗を拭きふき、斧《おの》で割った薪《まき》を束ねている。風呂場の焚《た》き口に火を点《とも》したばかりのお鈴《すず》が、目に微笑をにじませ、そんな孫七にいった。

お鈴はこれが近江《おうみ》・朽木《くつき》村の樵《きこり》の娘かと、誰もが目を疑うほど色が白く、目鼻立ちがくっきり整っていた。

十六歳で室町・錦小路《にしきこうじ》を少し上がった呉服問屋「伊勢屋《いせや》」へ奉公にきて、すでに三年がすぎていた。

「お鈴はんとこの村でも、今年の夏は蟬がわんわん鳴いて、随分、やかましかったやろなあ。そやけど朽木はこの京とは違い、幾分、涼しいやろ」

「孫七の小父《おじ》さん、朽木の夏はそら京とはいくらか違うてますけど、山に囲まれているだけに、風がないときには、やっぱり蒸し暑おすえ。冬は寒うて雪が深く、うちのお父はんは猪に襲われて痛めた足が、冬には痛んでならんと嘆いていはります。妹と弟も大きくなりましたけど、うちが二人に手伝うてもろうて耕していた狭い田畑を、まだ手放さんと、二人で守ってます。

それを思うと、胸が切なくなってかないまへん」

　お鈴が伊勢屋に奉公にきたのは、母親のおきぬが二年余り寝付いた後、亡くなって間もなくであった。

　孫七は、母親がなんの病であったのかはきいていないが、お鈴は伊勢屋に出入りする若狭《わかさ》・小浜《おばま》城下の呉服屋「筒井屋《つついや》」、そこの番頭の弥兵衛《やへえ》に連れられ、室町の店に初めてやってきた。膝切《ひざき》りに藁草履《わらぞうり》、背中に小さな風呂敷包みを負った彼女は、髪だけは桃割れにきちんと結《ゆ》われていたものの、貧しさを絵に描いたような姿だった。

「おまえが筒井屋の弥兵衛はんがいうてはったお鈴どすのやな」

　伊勢屋の主《あるじ》太郎左衛門《たろうざえもん》は、庭に通した彼女を座敷の縁から吟味する目で眺め下ろし、最初の声をかけた。

「はい旦那さま、さようでございます」

「このお鈴の母親が、うちの筒井屋で長い間、台所奉公をしておりました。そやさかい気心が知れているともうせましょうか。身許《みもと》も確かで顔立ちもよく、礼儀作法も母親から一通り躾《しつ》けられているはずどす。それで伊勢屋さまの番頭はんから、うちに奉公してくれる特別ええ娘はいないかと声をかけていただきましたさかい、早速、選んできたわけでございます」

　庭に土下座し、両手をついて平伏しているお鈴をちらっと眺め、筒井屋の弥兵衛が答えた。

「ああ、わたしも店の番頭からそれはきいてましたわ。ともかく二人ともそないに堅うならんと、膝の土を払って縁側に上がりなはれ。そないに畏《かしこ》まられてては話にもならしまへん」

伊勢屋は日本の呉服所といわれる京でも屈指の呉服問屋。この一声をきき、筒井屋の弥兵衛は、お鈴が太郎左衛門に一目で好感を持たれたなと感じた。

それから話はとんとん拍子にすすみ、お鈴はまず台所女中として働くことになり、年季は五年と決められた。

この後、太郎左衛門がぽんぽんと手を叩いた。

「旦那さま、なんのご用でございましょう」

前髪姿の小僧の太吉《たきち》が襖《ふすま》を開き、手をついてかれにたずねた。

「女中頭《がしら》のおもよに、ここにきてもらいなはれ」

「へえ、かしこまりました」

小僧が引っ込み、すぐに中年をすぎた女中が現れた。

「おもよ、そこに座っているのはお鈴という女子《おなご》衆《し》や。最初は台所仕事、後どうするかはおまえに委《まか》せますわ。庭の草履はそのままにして、ここから台所に連れていきなはれ」

「このお座敷を突き抜けてでございますか――」

「おまえ、わたしになにか文句がありますのか」

「いいえ、とんでもございまへん。お言葉に従わせていただきます」

おもよは驚いた顔で、太郎左衛門に急いで答え、お鈴に向かいさあこっちにおいでなはれとうながした。

　お鈴ははいといい、縁側の下に脱いだ草履に手をのばし、その裏を合わせて懐に入れた。

　そしてよろしくお願いもうし上げますと、太郎左衛門に改めて平伏して挨拶した。

「やれやれ弥兵衛はん、あれはまた度のすぎた礼儀作法を心得た堅物《かたぶつ》の女子衆どすなあ。小浜の筒井屋はんは、奉公人の躾がよっぽど厳しいんどすのやろか。わたしの問いかけにへえといわんと、はいと答えたのには驚きました。樵の娘がはいではありまへんやろ」

「旦那さまのお気に障《さわ》ったのでございましょうか」

「なに、気には障っておりまへん。行儀作法にも身分柄《がら》があるといいたいだけどす。あのお鈴は行儀が行き届きすぎてます。これから雇おうとする店の旦那には、やはり身分を考えてへえどっしゃろ」

　伊勢屋太郎左衛門は、赤ら顔に微笑を浮かべていった。

「旦那さまにいわれましたら、その通りでございます」

「とにかく、あのお鈴は気に入りましたけど、少し砕《くだ》けてもらわないけまへんわ。変なことをいいますけど、玉にも妙な疵《きず》があるもんどすなあ」

「玉にも妙な疵どすか——」

　筒井屋の弥兵衛は、啞然《あぜん》とした顔でつぶやいた。

「それで筒井屋の旦那の善次《ぜんじ》郎《ろう》はんに、伝えておいておくれやす。あのお鈴は確かに気に入りました、ご苦労をかけてすんまへんどしたと、わたしがいうてたとなあ。それにこの二十両、お鈴の親父はんに届け、安心してもろうておくれやす。樵を辞めさせ、街道筋で茶屋か魚荷《うおに》宿《やど》でも出させることどす。あのお鈴、磨きをかけたらほんまの玉になり、わたしらが平伏して礼をいわなならんような事態にもなりかねまへんえ」

　太郎左衛門は急にむずかしい顔になった。

「旦那さま、そらどういう意味どす」

「筒井屋で番頭をしているおまえさまにもわかりまへんか。わたしはお鈴がやがて、玉の輿《こし》に乗るかもしれんというてるんどす。工合《ぐあい》ようそれに乗ってもらい、その縁でこの伊勢屋や筒井屋が大儲《おおもう》けできたら、そんな果報はありまへんやろ」

　太郎左衛門は世故に長《た》けた老獪《ろうかい》な笑みをちらっと顔に浮かべ、弥兵衛の表情をうかがった。

「さすがに伊勢屋の旦那さま、先々まで読んでいはるんどすなあ」

「筒井屋の善次郎はんにいうといておくんなはれ。お鈴の父親に目をかけ、金が要《い》りそうどしたら、すぐに用立ててやっておくれやすとどすわ。父親は物堅い男やそうで、どれだけ金を持ってたかて、博奕《ばくち》に嵌《は》まる心配はありまへんやろ」

「その点は大丈夫どす。小浜城下から京までは十八里。朽木まではさほど離れておりまへん。この伊勢屋はんへ仕入れに寄せさせていただくわたしはいうまでもなく、店の手代《てだい》たちにも寄り道をして、お鈴の実家に気配りをするようにいいきかせておきます」

十八里は約七十二キロメートル。現在の人が一日懸命に歩いてたどり着ける距離だが、往古の人たちはもっと早く歩いていた。

江戸時代、若狭から京の錦《にしき》市場に鮮魚を運ぶ魚荷衆たちは、小浜から京まで一夜でこれを果たしていたのである。

若狭には「京は遠ても十八里」の言葉がいまでも残り、途中には福井と滋賀の県境の山峡《やまかい》に、かつて栄えた宿場町の「熊川宿」があった。近江の朽木村、坊村も魚荷衆たちにとって重要な中継地だった。

若狭の海では美味な鯖《さば》や鰈《かれい》などがとれ、鯖が一番もてはやされたため、若狭街道は別名を〈鯖街道〉とまでいわれていた。

とれたばかりの生鯖を一塩《ひとしお》にし、魚荷衆たちは十数人が一団となり、獣に襲われないよう松《たい》明《まつ》をかかげ、一夜で京まで運んできた。魚介類の鮮度を保つため、夜道を一気に駆けてくるのだ。

かれらは背中に竹で編んだ平らな魚籠《びく》を重ねて負っていた。

「えいさ――」

「よいさ――」

「えいさ――」

「よいさ――」

交互に力強い声をかけ合い、小走りに急いだ。

山の迫った狭隘《きょうあい》な若狭街道沿いに住む人々なら、六尺棒一つで調子を取り、松明を先頭に京へ急ぐ魚荷衆のかけ声を、誰もがきいて育ってきたはずだった。

尤《もっと》もそんな魚荷衆の中にも、落伍する者がないではなかった。

積雪の多い冬ならなおさらで、脱落した者は熊川・朽木・坊村などの魚荷宿で、代わりにひかえる村の若者に荷を託し、温かい布団に倒れ込むのである。

伊勢屋太郎左衛門が、お鈴の父親に営ませたらどうだといったのは、そんな魚荷宿か茶屋のことだった。

小浜城下の筒井屋善次郎の実家は廻船業を営み、領内はもちろん、近江の高島辺りにまで名が知れ渡っていた。

その筒井屋の口利きで、お鈴の父親の多《た》助《すけ》は一年後、小さな魚荷宿を兼ねた茶屋を、朽木の街道筋で開いた。

もとは樵とはいえ、正直者のかれが営む茶屋は順調にいっているそうだった。

尤も当初、多助は魚荷宿を始めるなどとんでもないと尻込みしたという。

伊勢屋に奉公したお鈴は、半年後には台所働きから店働きに格上げされた。

そのうえ、店で上客に接しているせいもあり、二年も経《た》つとどこに出しても恥ずかしくない美しい女子衆になり、みんなを瞠目《どうもく》させた。

「樵の娘ももともと器量がようて気が利くうえ、京でしばらく暮らすと、あんなふうに変わるのかいな」

「伊勢屋のお店《たな》（女主《おんなあるじ》）さまもお鈴はんには、特別に接してはるそうどすわ」

「お鈴はんはそれでも誰にも優しく、人が嫌がる仕事もすすんでやり、せっせと働いてはりますわ。驕《おご》りなんか少しも感じさせしまへん」

「あれでは意地悪をしたり、焼餅《やきもち》（嫉妬）を焼こうとしたかて、むずかしおすやろなあ」

「いけずな女子衆さえ、いつの間にやらなんの企《たくら》みもなく、懐の内へやんわり取り込んでしもうてはります。あれはお鈴はんにそなわる天性の気性なんどっしゃろか」

「広い世の中には、稀《まれ》にそんなお人がいるんどっしゃろなあ」

店内だけではなく、室町・錦小路の界隈《かいわい》でも、彼女を知る老若男女の間でこう評判されていた。

十九になったお鈴は色白で、玲瓏《れいろう》とした美しさがあり、人の目を惹《ひ》きつけずにはおかなかった。

その彼女が初夏に入ってから、急に伊勢屋の店から姿を消した。

「お鈴はんはどこに行かはったんやろ」

「あんまり奇麗やさかい、旦那さまやお店さまが悪い虫が付いたらあかんと危ぶみ、どっかに隠さはったんとちゃうか——」

「旦那さまやお店さまが隠す、そんなことはあらへんやろ」

伊勢屋の女主の名は妙江《みょうえ》といった。

「ほんの冗談やけど、お店さまが焼餅を焼き、こっそり暇を出さはったのかもしれへんなあ」

「おまえ冗談やと前置きしながら、えげつない（ひどい）ことをいうのやなあ。わしがきいたところでは、伊勢屋の旦那さまやお店さまがちょいちょいお出かけになる高台寺《こうだいじ》に近い別宅で、お鈴はんはご奉公しているというわいな。その別宅は高台にあって、京の町が一望の許に見下ろせる。庭は京で有名な植東《うえとう》が数年がかりで拵《こしら》えたもの。十人ばかりの奉公人がおり、伊勢屋では商いの特別な客を招くのに、使うていはるようやわ」

「その邸宅の話やったら、わしもきいてるわい。商売上手な伊勢屋は、各藩の京都留守居役などと、そこで大きな商談をまとめているそうや。またお店さまが気に入らはった女子衆を、しかるべき大店《おおだな》に嫁がせるため、花嫁修業をさせているというがな。娘分《むすめぶん》みたいにして嫁がせた女子衆が、大店の女主に納まったら、伊勢屋の商いには好都合やさかいなあ。主とお店さまともども、商いの網を蜘蛛《くも》の巣みたいに張っているというわけや」

「その話、いかにもありそうやなあ。やり手の伊勢屋やったら考えられるわい。あのお鈴はんににっこり笑いかけられたら、どんな盗賊でも女好きの無法者でも、美しい仏さまやないかと思うて、乱暴なんかできへん。なあそうやろ」

二人の会話が、辺りのみんなの声をしんとひそめさせた。

なかなか説得力のある言葉だった。

「孫七の小父さん、片付ける薪はもう少し。後は風呂を焚きながら、うちがしておきますさかい、もう止《や》めはったらどないどす」

お鈴は風呂の焚き口から立ち上がり、孫七にいいかけた。

「ああおおきに。わしみたいに小汚い耄碌爺《もうろくじじい》を、そないに優しく労《いたわ》ってくれるのは、ここではお鈴はん一人だけや。室町の店からこっちに回されてきた女子衆は、ほかに四人いてるけど、みんなわしには邪険やわ。人間とは恐ろしいもので、すぐにひどく変わりよる。わしにいわせれば、元は伊勢屋のただの女子衆。それがこっちのお屋敷でのご奉公が決って移ってくると、きれいな着物を身に着け、お茶の稽古や行儀見習いをさせられる。それにつれ化粧も上手になって、美しく変わったはずの顔が、わしには次第に醜う見えてくるのや。驕りがそないにさせてしまうのやわ。大きな声では決していわれしまへんけどなあ」

首筋からしたたる汗を拭《ぬぐ》いながら、お鈴のそばに腰を下ろした孫七は、小声で嘆いた。

「うち、年寄りの孫七はんに、邪険になんかできしまへん。小父さんを見てると、朽木に残してきたお父はんや、妹や弟がどうして暮らしているかを、つい考えてしまいますねん。それで小父さんには優しいのどっしゃろ」

「お鈴はん、それが人情というもんと違いますか。それを忘れたら、人間は犬畜生と同じになってしまいますわ。誰にも公平に優しく、偉いお人にも妙に媚《こ》びはらへんお鈴はんには、ほんまに感心させられます」

「そないに褒められると、うち、恥ずかしゅうなりますがな。あんまり持ち上げんといておくれやす。うちはなんでもただ自然にしているだけどすさかい」

「ただ自然にどすか。そのただ自然にというのが一番、一番なんどすわ。誰もそれだけ何事も自然にはできしまへん。お鈴はんをそないに育て上げはったお父はんとお母はんは、並のお人ではありまへんやろ」

　孫七は襟許《えりもと》を開き、片手で風を送りながらいった。

「いいえ、ごく普通の樵とただの女子どす。母には三年余り前に死なれ、後に残してきた妹と弟がかわいそうでなりまへん」

「ちょっときいたところでは、お鈴はんのお父はんは若狭街道の朽木村のどこかで、茶屋を始めはったそうどすなあ」

「へえ、それをうちは妹のお千代《ちよ》からの便りで知りました。けど商家へご奉公にきた者は、三年の間、盆正月でも里帰りは許されしまへん。もう三年がすぎましたさかい、今年のお盆には初めて里帰りが許されるものと思うてましたけど、高台寺のこのお屋敷へご奉公が移ったせいか、その声もかけられしまへんどした」

「それはかわいそうなこっちゃなあ。そやけどお鈴はん、ここが辛抱の為所《しどころ》どすえ。このお屋敷へご奉公させられた女子衆は、みんなええお家へ嫁がせられてます。中には一旦、伊勢屋の養女にされ、それから嫁にいった女子はんもいてはりました。お里のお父はんたちが食うのに困らんと、息災でいてはるのを知らされてたら、それで十分。そう思い、辛抱せなあきまへん。いまがお鈴はんにとって、一番大事なときどっせ」

孫七はどうやら伊勢屋の商法を知っているようだった。

「孫七の小父さん、うちをそないに励ましてくれはっておおきに。うちは誰のためにでもなく自分のために、それぐらい我慢するつもりでいてます」

お鈴はきっぱりといい切った。

晩夏の陽が西山に沈み始めていた。

台所では料亭から特別に呼び寄せた数人の料理人が、忙しく動いていた。

伊勢屋のほかの女子衆は、給仕に出るためきもの選びや化粧に余念がないはずだった。

風呂の焚き口から炎の鬣《たてがみ》が小さく立ち昇り、真新しい檜《ひのき》風呂の匂いが鼻に強くただよってくる。

二

「今夜はどこの藩のお留守居役さまがおいでになるのやろなあ」

孫七がぽつんとつぶやいた。

お鈴は新しい薪をまた三本焚き口にくべ、大火箸《おおひばし》でいま燃えている薪と工合よく組み合わせ、燃えやすくした。

それにつれ、焚き口から灰が舞い上がった。

このとき屋敷の中が急にざわつき、次にはそれが奥のほうに移っていった。

「今夜のお客はんが駕籠《かご》でお着きやしたんやわ」

「どこの藩のお留守居役さまどすやろ」

「わしみたいな爺に、そんなんきかされていいしまへん。そやけど、どこか大藩の京都留守居役さまに決ってますわ。呼び寄せた料理人の数や、すでに昼すぎからここにきてはる旦那さまのようすで、それぐらいわかります。旦那さまは部屋の一つひとつを回り、床の掛軸や花器に活《い》けられた花の工合を、改めてはりましたさかいなあ」

床の間にかけられた書画は、伊勢屋太郎左衛門によって相当、吟味されたものに違いなかろう。本阿弥光悦《ほんあみこうえつ》や俵屋宗達《たわらやそうたつ》、尾形光琳《おがたこうりん》や与謝蕪村《よさぶそん》など、金に飽かせて買い入れた逸品ばかりに決っていた。

呉服問屋ともなれば、少しでもいい呉服物を作る参考にするため、どの店でも優れた意匠に富んだ絵画や工芸品を買い入れている。

光悦や宗達に始まり、光琳に受け継がれた琳派の作品は、華麗で品格をそなえている。染織にたずさわる職人や呉服商には、大いに参考になるものであった。

高島屋を始め大丸屋などは、今昔にわたるこうした作品を、職人に商品を作らせるための資料として数多く所持していた。

因《ちな》みに書けば、有名な高島屋の創業者・飯田新七《いいだしんしち》は、近江高島郡（滋賀県高島市）の出身。目前に琵琶湖が広がる土地で育ち、京の米穀商・飯田儀兵衛の婿養子となった。やがて米穀商とともに古着木綿商を始め、いまにと発展をとげたのである。

伊勢屋に出入りしている立花師《たてばなし》が、今日は朝から屋敷を訪れ、客を迎える表の間やあちこちの部屋で、花鋏《はなばさみ》を使っている音を、お鈴も孫七もたびたびきいていた。

「宗味《そうみ》はん、そのすすき、光琳はんの秋草図と合いすぎてまへんか。同じ季節のものが二つ重なるのは、どうかと思いますのやけど——」

立花師の宗味は池坊《いけのぼう》の高弟だった。

「それでは旦那さま、墨一色で描かれた宗達の仔犬図がございましたやろ。あれを出しておくれやすか。そしたら双方が引き立ち、部屋がぐっと落ち着きますさかい」

「ああ、そうどすなあ。わたしが絵の出し惜しみをして文句をいい、すまんことどした」

絵を光琳の秋草図から宗達の仔犬図に掛け替えると、なるほど部屋の雰囲気が一変した。

「やっぱり宗味はんのいわはる通りどした。結構結構、さすがに宗味はんは池坊の師範を務めてはるだけのお人どすわ。わたしなんか及びもつきまへん。この取り合わせ、早くから頭で描いてはったんどすな。ほかの部屋についても、工合の悪いところがあったら、遠慮のういうとくれやす。おまえさまはこの伊勢屋がどんな絵を持っているか、だいたいご存じどすさかい」

「お褒めの言葉をいただき、恐れ入りまする」

宗味の嗄《か》れた声を、お鈴は庭先を通りかかってきいていた。

この屋敷には数日前、植東の職人たちが三日ほど入り、庭木の手入れも怠りなくすまされていた。

台所のほうがにわかに慌ただしくなっている。

客は一人だが、お供の侍たちに出すため、早くも料理の支度が始められているのだろう。

「孫七はん、うちはなんか手伝わんでもええのどっしゃろか」

お鈴はそわそわしたようすで、かれにたずねた。

「用事があったら向こうからいい付けてきますわいな。いまお鈴はんがするのは、風呂を沸かすことどす。まだまだ暑いこんな日、風呂に入って涼しい薄物に着替えたら、さぞかしさっぱりしますやろなあ。ただの行水でもそうどすさかい、檜風呂で汗を流し落とすのは、そら豪気なもんどっしゃろ」

だが孫七は、その言葉とは裏腹にさして羨《うらや》ましいようすでもなく、むしろ苦々しい表情でつぶやいた。

地味な木綿の着物に半幅帯を結んだお鈴も、屋敷内で着飾っている若い女たちについて、羨ましいとは思っていなかった。

自分はただ風呂を沸かしていればいいのだ。

これが自分の役目。風呂を沸かすぐらい誰にもできる仕事である。

役目が簡単なだけに、ほっとした思いがないでもなかった。

彼女はまた焚き口に薪を放り込んだ。

風呂はすでにほぼ沸き上がっていた。

檜風呂のかたわらには、これも檜で作られた水桶《みずおけ》に、冷たい水がいっぱいにたたえられている。

広い風呂場には簀子《すのこ》板が敷かれ、手拭い掛けや汚れを落とす糠袋《ぬかぶくろ》が三つのほか、剃刀《かみそり》まで棚《たな》にきちんとそろえられていた。

客がいつ風呂に入ってもいいように、用意は遺漏なく整えてあった。

それでもお鈴は、風呂場への躙《にじ》り口から身をかがめて中に入ると、どこにも落度はないか一通り見定め、安堵《あんど》した顔で外に出てきた。

再度、風呂焚きの火を改め、これで十分のようだった。

「お鈴はん、どうやいな」

「孫七はん、焚き口から燃えてる薪をもう引き出しても大丈夫。しっかり沸いてます」

「燃えてる薪を焚き口から引いたら、煙が出んように、そばの小甕《こがめ》に一気に漬けて火を消すこっちゃ。煙が出て、桟窓から風呂場の中に入ったりしたら、お客はんのご機嫌を損なうさかいなあ」

　孫七は細かい注意を彼女に与えた。

「はい、頃合いを見てそうしておきます。それにしても小父さん、屋敷にお客さまを迎えるのは、大変なことなんどすなあ」

「そらそうや。なにしろ大きな商いに関わることやさかいなあ。お客はんのご機嫌を少しでも損ねたら、店は大損をせなあかんさかい。無理をいわれたかて、ご尤もでございますといわなあかんのやわ。商いの方法にもいろいろあるけど、伊勢屋の旦那さまのやりようは、高島屋や大丸屋のように、一般のお人たちに支えられた地味なものやない。いつも一攫千金《いっかくせんきん》を狙うてはるみたいな商いや。大きな声ではいえへんけど、相手に賂《まいない》を贈ってはるのは常のこっちゃろ」

「賂どすか——」

　お鈴は驚いた顔になった。

「お鈴はんはまだおぼこいなあ。賂は商人だけではなしに、政《まつりごと》に関わるお人やお坊さんの間でも、世渡りのため絶えずやり取りされてるやろ。相手から金を摑《つか》まされ、悪い気はせえへんさかい。魚心あれば水心、世の中はだいたいそんなもんや。わしは才覚がないさかい、もともと論外やけど、世間の不幸にも目をつぶり、賂をはじめ始終、金を追うような暮らしはしとうありまへんわ」

　おぼこいとは世の中をよく知らず、世慣れていないさまをいう。

「小父さん、それは立派なことどすがな」

「そないにいうてくれるのは、この伊勢屋ではお鈴はんだけやろなあ」

孫七はしみじみとした声でつぶやいた。

かれがどんな人生を経てきたかは不明だが、苦労を重ねてきた星霜の皺《しわ》が、その顔には深く刻まれていた。

客を迎え、しばらく騒がしかった表の各部屋がようやく静まった。

代わりに台所近くがざわついてきた。

供侍たちに酒肴《しゅこう》が出され始めたようだった。

主客は茶室に案内されているはずである。

そこで伊勢屋太郎左衛門が点《た》てた茶を喫し、なにかと話し合いがなされる。それから風呂場で湯あみをするのだと、屋敷内を宰領する老女のお志乃《しの》からきかされていた。

両手を洗い、お鈴が外から台所にくると、七人ほどの料理人たちが、むっつりとした顔で俎《まな》板《いた》や鍋に向き合っていた。

店から呼び寄せられた台所女中たちが、皿などの器をそろえて並べ、料理人がそれらに長箸を使い、盛り付けをしている。

「お鈴はん、姿を見いへんと思うてたけど、どこに行ってたん」

店で親しくしているお久が彼女に気付き、手を止めてたずねかけてきた。

お久にすれば、お鈴も着飾り、供侍の供応に出ているものと思っていたからである。

「うちは風呂を焚いてましたけど――」

「風呂を焚いてた――」

思いがけない返事をきき、お久は眉をひそめた。

――どうして女子衆の中で、お鈴はんだけが別にされているのやろ。

不吉な疑問が彼女の脳裏をかすめた。

まだ未熟なため、客席に侍《はべ》らすには時期が早いと、お志乃に判断されたのか。それならそれでよいが、お志乃に疎《うと》まれての処置なら、お鈴がかわいそうだった。

彼女の身形《みなり》を見ると、普段着のまま襷《たすき》をかけ、前掛けを締めている。

それでも髪だけは、年頃の娘の好む清楚《せいそ》な「手《て》鞠髷《まりまげ》」に結われていた。

風呂を焚いていたというのに、髪に灰一つ降りかかっていないのは、おそらく頭を布で覆っていたからだろう。

「お久はん、うち、漬物でも洗いまひょか」

お鈴は遠慮気味にたずねた。

その声が料理人頭《がしら》の耳に届いたのか、初老のかれの手が止まり、二人に強い目が配られた。

「そこの女子衆はん、ここは伊勢屋の旦那さまから、わしらに委されてます。要らん手伝いなんか、せんといておくれやす」

冷ややかな声だった。

「へえ、差し出がましいことをいうてしまい、すんまへんどした。堪忍しとくれやす」

「なにも謝るには及びまへん。よそに招かれた料理人の仕来《しきた》りを、わしはいうただけどすさかい。強うきこえたかもしれまへんけど、あんまり気にせんといとくれやす」

最後にかれは頬に微笑を浮かべ、お鈴を慰めるようにいった。

お久とお鈴の顔にほっとしたものがただよった。

お久たちが器に盛り付けられた料理を台所の次の間に盆にのせて運ぶと、そこでは姿の見えない料理人が、それらを四脚膳に並べているようだった。

こうして仕立てられた料理は、着飾った屋敷働きの女たちによって、供侍の許に運ばれていたのである。

「お鈴はん、今夜のお客さまは、広島藩四十二万六千石・浅野安芸守《あきのかみ》さまの京都留守居役・小《お》倉助太夫《ぐらすけだゆう》さま。それだけにお駕籠担ぎのお人は別にして、供のお侍だけで十二人もいてはりますわ」

「そんな大藩のお留守居役さまがきてはるんどすか——」

お鈴は小声をお久に返した。

安芸広島藩の京屋敷は東洞院《ひがしのとういん》四条上ルにあり、同藩の御用達商人は、小川二条の「野波屋《のなみや》」九郎左衛門《くろうざえもん》が務めていた。

伊勢屋が広島藩の呉服御用を果たしているとはきいていなかった。

主の太郎左衛門はその立場を得るべく、御用達商人の野波屋九郎左衛門に話をつけていただきたいと、小倉助太夫に懇願してきたのだろう。

すでにそれ相当の賂が、贈られているに決っている。

孫七がいっていたように、魚心あれば水心。それに応《こた》えるため、お留守居役の小倉助太夫は伊勢屋の別宅に足を運んだのだと、誰にも推察できる今度の訪問だった。

「お鈴はんといわはりますのやな。わしは寺町・御池《おいけ》の料理屋『魚正《うおまさ》』の板場頭で、佐兵衛《さへえ》といいます。大店のこんなお屋敷に招かれ、大藩の偉いさまがお食べになる料理を作らされるのには、正直、往生しますわ。そのせいで今日は店は休業。店の旦那にはまとまった金が、伊勢屋さまから渡されてますやろけど、それがいくらであれ、わしらにはなんの関わりもあらしまへん。そら、ご祝儀ぐらい少しはいただきますけど、そんなん木屋町筋の居酒屋でいっぱい酒を飲んだら、足が出てしまいます」

板場頭の佐兵衛はお久とお鈴のそばに腰を下ろすと、包丁を手にしたまま、小声で話しつづけた。

「わしらの髷は鬢付《びんつ》け油をたっぷり付け、みんなきれいに結い上げられてまっしゃろ。朝から床屋が店にきて、しっかり結われたんどすわ。おくれ毛一本見逃さんと、髪を固めおったんどす。料理に髪一本落としたらあかんからどす。そやけど誰がそんなもの、わざと落としますかいな。髷を結われているとき、それは腹が立ちましたえ。だいたい、わしらが拵えてるこんな立派な料理を、人の払いで食う奴に、ろくな者はいてしまへん。わしは琵琶湖の諸子《もろこ》か漬物なんかを肴《さかな》に、ぼつぼつ酒を飲んでる奴が大好きどす。先《さつき》はおまえさまに強い声を出しましたけど、ほんまのところ、余分なことに関わらんほうがええという気持が、腹の底にあったからどすわ」

かれの髪からは確かに、鬢付け油の匂いが強くただよっていた。

頭の毛がこってり固められている。

鬢付け油は、菜種油などと晒木蠟《さらしもくろう》に香料をまぜて作った固練りの油。主に日本髪でおくれ毛を留め、髪のかたちを固めるのに用いられていた。

それがあまりに多く用いられると、頭の皮膚が引っ張られ、痛いほどになるのであった。

どうやら佐兵衛は、強制的にそんなふうにされた自分に、腹を立てているようだった。

かれが愚痴をいい終え、二人のそばから立ち上がったとき、突然、真新しい小僧着をまとった太吉が、表の間のほうから現れた。

「おまえは小僧の太吉はん——」

「はい、今日はこちらの手伝いに、昼すぎからこさせられているんどす。そこでお鈴さまへのお伝えどすけど、ここのご老女のお志乃さまが、ご自分のお役部屋にすぐきてもらいたいとのことでございます」

かれは多くの小僧の中からここの手伝いに選ばれたのを、誇りにしている顔でお鈴に告げた。

「お志乃さまがうちをお呼びなんどすか」

「へえ、そういい付けられてまいりました」

かれは晴れやかな顔でお鈴に答えた。

「今頃になってなんどすやろ」

「さあ、ご用はうちにもわかりまへん」

お久の胸裏を、「夜伽《よとぎ》」「人身御供《ひとみごくう》」などの言葉が不意にさっとよぎったが、人目の多い別宅でよもやそんなことはあるまいと、その疑念をあわてて打ち消した。

そうした不埒《ふらち》なら、さすがの伊勢屋や権勢を持つ広島藩の京都留守居役でも、ひそかに運ぶはずだと考えたのである。

「それではすぐにおいで願います」

太吉が床から立ち上がると、お鈴もそれにつづき、お志乃のお役部屋へと向かった。

「ご老女はんはまだ初々《ういうい》しいあの女子衆はんに、なにをいい付けはるんやろ」

佐兵衛が案じ顔でお久にたずねた。

「さあ、なんどっしゃろ。うちにもさっぱりわからしまへん」

「どうせ碌《ろく》でもないことに決ってるわい。首や肩の凝《こ》りを揉《も》めぐらいやったら、ええのやけどなあ」

わずかな触れ合いでお鈴に好感を覚えたのか、お久より佐兵衛のほうが心配気味であった。

「お志乃さま、お鈴でございます。お呼びとうけたまわり、まいりました」

彼女は役部屋にくると、歩廊に手をつき、団扇《うちわ》を使っているお志乃に告げた。

「ああお鈴はん、早速、きてくれはりましたか。お風呂の工合はどうなってます」

「はい、いつでも召していただけるように、すでに沸いております」

「それはご苦労さまどした。それでもう一つ、してもらいたいことがあるんどす。広島藩のお留守居役さまがお風呂に入らはったら、お背中を糠袋で洗うてさし上げてもらいたいんどす。その恰好ではなんともなりまへんさかい、うちが用意したものに着替え、部屋でひかえていておくれやす。襷をかけたら、袖口も濡れしまへんやろ。お社《やしろ》の巫女《みこ》はんの白い衣装の裾と袖を短くした着物を、店の針女《しんにょ》に急いで仕立てさせてありますさかい」

お志乃は全くさりげない口ぶりであった。

――自分が身分の高い侍の背中を洗う役目につかされる。

お鈴は身体がぞくっと震えた。

「いまから雑仕女《ぞうしめ》のおよねに手伝わせますさかい、いつ呼ばれてもご用が果たせるように、用意しておいておくれやす」

彼女は無造作につづけた。

陽が西山に落ち、辺りに闇が這《は》いかけている。

どこかで蜩《ひぐらし》が寂しげな声で鳴いていた。

三

お志乃の言葉に反し、別邸の女中部屋には誰もいなかった。

お鈴は老女のお志乃から巫女仕立ての白衣を受け取り、そこにくると、衣桁《いこう》にそれをかけた。

自分の行李《こうり》から晒を取り出し、半幅帯を締めたままの着物の上半身を、まず大きくはだけた。

形よく盛り上がった両の胸乳《むなぢ》が瑞々《みずみず》しく美しかった。

その胸に晒をぐるぐるっとまき、次いで帯を解いて腰巻き一枚になり、白衣に着替えた。

彼女は普段、手鞠髷に半形の簪《かんざし》を飾っていたが、風呂を焚いていただけに、その簪が汚れるのを避け、髪から外していた。

それを挿《さ》すべきかどうかふと迷った。

だが湯殿で貴人の背中を洗うのに、簪でもあるまいと思い、一旦、手にした簪を鏡箱に再び仕舞い込んだ。

温泉宿で入浴客を世話する湯女《ゆな》と呼ばれる女子衆は、いったいどんな恰好で働いているのだろうと、ふと思ったりもした。

彼女がこうして湯殿に呼ばれるのを待っている頃のことだった。

伊勢屋の別邸から南にさほど離れていない高台寺の南、公事宿《くじやど》「鯉屋《こいや》」の先代宗琳《そうりん》が住む隠居所の大部屋では、三人の男たちが帰り支度を始めていた。

店の後を継いだ源十郎《げんじゅうろう》と、自ら店の居候《いそうろう》だと吹聴している田村菊太郎《たむらきくたろう》、それに異腹兄のかれに代わり、京都東町奉行所・同心組頭の職につく銕蔵《てつぞう》の三人であった。

かれらは、老人といえどもまだ矍鑠《かくしゃく》として、孫ほど年の離れたお蝶《ちょう》と二人で暮らしている隠居宗琳に招かれ、彼女の手料理で昼すぎから酒を飲んでいたのであった。

「おまえたち、もう帰るのか。わしを引き立て、公事宿株まで買わせ、鯉屋を始めさせてくださった次右衛門《じえもん》の大旦那さまは、今日は体調がすぐれず、おいでにならなんだ。そうだからといい、おまえたちまでが大旦那さまに遠慮し、早々に帰らんでもええやないか。昔はおまえたちは、わしのいうことをなんでもはいはいとようきいてくれたもんや。そのわしがもっとゆっくりと勧めてるのに、慌ただしく帰るのはどういうこっちゃ」

四脚膳を前に脇息《きょうそく》にもたれた宗琳は、菊太郎や息子の源十郎を見上げて詰《なじ》った。

「宗琳のご隠居さま、わたくしは奉行所のお役目があり、それほどゆっくりはできませぬと、最初にお断りしたはずでございます」

「宗琳の親父どの、わしはいささか寄り道をせねばならぬところがございますゆえ——」

菊太郎が銕蔵につづいていった。

「寄り道をせねばならぬところじゃと。ふん、そなたがどこに寄るのかぐらい、わしでもすぐ察せられるわいな。祇園《ぎおん》・新橋で団子屋の店を出させている『美濃屋《みのや》』だろうが。そこには、お信《のぶ》ともうす子連れのきれいな女子がいてるさかいなあ。老《お》い耄《ぼ》れたわしより、その女子に酌をさせ、二人でしっぽりやっているほうが、そらええに決ってるわ」

「親父どのははっきりわかっておられるのじゃな」

「わしに図星を指され、狼狽《ろうばい》して否定するのかと思うてたら、開き直ってしまうのか。さすがやわい」

「親父さま、銕蔵の若旦那さまや菊太郎の若旦那さまにも、なにかと都合がおありでございます。今日のところはこれくらいにして、お開きにしまひょうな。わたしも店に客がきているはず。商いは大事にせなりまへんさかい。また近々、三人そろってまいり、そのときはゆっくりさせてもらいますわ。今日はもう堪忍してくんなはれ」

源十郎が老父をなだめた。

「折角、話が弾みかけたのに、無粋なこっちゃなあ。これから夜に入り、酒がいっそう旨《うも》うなるのやがな」

「宗琳の親父どの、まあそうもうされずに、わしら三人を気持よく帰してくだされ。今度は父の次右衛門もうかがいましょうほどに、ここで快気祝いをさせていただきますわい」

「わしを贔屓《ひいき》にし、将来まで案じてくれはった次右衛門さまの快気祝い。それはええなあ。そしたらわしも、おまえたちをぐちぐち引き止めてんと、あっさり帰すとするか。それにしても三人ともすっかり大人になって、まずはめでたいこっちゃわ。子どもの頃はわしに付いて廻っていた三人がなあ」

「親父さま、わたしらはそれぞれ妻を娶《めと》り、一家を構えておりますぞ」

「そうやわなあ。わしもいつまでも三人を、餓鬼やと思うてたらあかんわけや。それで菊太郎の若旦那は、お信はんを早う嫁はんにしはったらどないどす。この間も清水寺にお参りにこられた政江《まさえ》さまが、早う落ち着いてくれたらええのにと、わしに嘆かれておりましたぞ。政江さまは、次右衛門さまが祇園の茶屋の娘に産ませた菊太郎の若旦那を、お母はんが死なはった四つのときから手許に引き取り、立派に育て上げはったお人。あの政江さまを悲しませてはなりまへんえ」

「それくらいわしにもわかっております。時期を見てと思うておりますれば、さように心配いたされずともようございますわい」

「次右衛門さまやわしの目の黒いうちに、是非とも果たしておくんなはれ」

「はいはい、必ずさようにいたします」

　菊太郎は宗琳の愚痴にうんざりした微笑を源十郎に向けて見せ、かれに答えた。

「それでは源十郎、また三人でくるのじゃぞ。きいへんかったら、督促の使いを出すさかいなあ」

「わかってます、わかってますわいな」

源十郎は苦笑いをしながら、最後に席から立ち上がった。

丁度、別邸ではお鈴が立ち上がったところだった。

「お鈴、広島藩のお留守居役さまが湯殿に向かわれました。すぐに行き、お背中を流しなはれ」

老女のお志乃が女中部屋をのぞき、声をかけたからだった。

「はい、ただちにまいります。それでお志乃さま、この恰好でようございましょうか」

「ああ、それで品よくできております」

お志乃はお鈴の姿を、頭の先から素足の足許まで意地の悪い目でじろりと眺め、それでも褒め言葉をかけた。

滑《なめ》らかな脹脛《ふくらはぎ》が、中年をすぎた彼女の目にまぶしく映った。

お鈴はお志乃の後につづき、幾度も廊下を曲がった。やがて南庭に面した客用の湯殿に着いた。

湯殿の引き戸の前には、広島藩京都留守居役の小倉助太夫が他出する折、いつもぴたりと警固に付いている目付《めつけ》の大隅市郎《おおすみいちろ》助《すけ》が、片膝を立ててひかえていた。

「これはご老女どの――」

かれは差料《さしりょう》を二人の目から隠すようにし、軽く頭を下げた。

「お留守居役さまのお背中をお流しする女中を、連れてまいりました」

「それはかたじけない。それがしは大隅市郎助ともうす目付役、よろしく頼むぞよ」

「うちはお鈴ともうします。ふつつか者でございますが、ご用をうけたまわりましてございます」

彼女は一見して相当の遣い手だとわかるかれに一礼した。

左手に握っていた赤い腰紐の端を口に銜《くわ》え、手早く両袖に襷をかけた。

それを見て、お志乃が腰をかがめ、湯殿の引き戸を両手で静かに開いた。

「お鈴、お留守居役さまに粗相があってはなりませぬぞ」

「へえ、わかっております」

彼女が一声答えて湯殿に入ると、戸がひそっと閉められた。

お志乃はそこから立ち去っても、目付役の大隅市郎助は依然、ひかえているに決っている。

腰板の上に細竹の嵌《は》められた瀟洒《しょうしゃ》な中戸が設《しつら》えられていた。

その向こうから湯気がかすかにただよい、湯を使う音がひびいてきた。

「伊勢屋の女中で、鈴ともうします。お背中をお流しするため、参上いたしました」

お鈴はここで正座し、湯殿の中に声をかけた。

「おお、背中を洗いにきてくれたのか。まあ、遠慮なく中に入るがよい」

太い声がお鈴を招いた。

「それでは失礼させていただきます」

　湯殿に入ると、湯の匂いとともに、足許の桟から湯殿までの檜の香が、むっと強く鼻を突いた。

　お留守居役の助太夫は、広い湯船の中にゆったりひたり、白い手拭いで首筋をぬぐいながら、お鈴を値踏みするようにじっと見つめた。

　ふてぶてしい顔の初老の武士だった。

「お湯加減はいかがでございます」

「ああ、丁度よいわい。そなたがわしのために焚いてくれたそうじゃなあ」

「へえ、うちが焚かせていただきました」

「それをきいてわしは満足じゃ。この檜で拵えた風呂桶もまことによいわ」

「もし熱いとお思いなら、そばの桶から水を汲《く》み入れますが、いかがでございましょう」

「いやいや、これで十分。それより赤い襷をかけたそなたのその恰好、ご禁裏さまの牛車《ぎっしゃ》に従う男童か巫女のようにも見える。よく似合うぞ」

「お褒めにあずかり、かたじけなく存じます」

「わしは正直な男でなあ。見たままの思いをもうしたにすぎぬわい。まあ、わしを大藩の留守居役だと思い、堅くならぬでもよい。気を楽に、気を楽にしてくれ」

　湯殿に敷かれた檜造りの桟に片膝をついてかしこまるお鈴に、助太夫は猫撫《ねこな》で声《ごえ》でいった。

「お言葉、ありがとうございます」

「ところでそなたは幾つじゃ」

「へえ、十九になります」

「十九か。いまが娘盛りじゃな。わしもそなたのように、若く美しい女子に背中を洗うてもらえば、若返るというものだわい。まことに至福、それよりほかにいいようがないのう」

助太夫はまた手拭いで首筋をぬぐった。

お鈴は返事の仕様もなく黙っていた。

「湯殿の窓から見える結構な庭も、すっかり夜の帳《とばり》に包まれた。庭に置かれた台灯籠《だいとうろう》も、なかなか風流じゃ。今日はのう、そなたの主の伊勢屋太郎左衛門が、とのを始め御台所や女中衆、家老やそのほか役職につく主だつ侍たちの用いる衣服を、一手に伊勢屋に扱わせてもらえぬかとわしに頼みよった。わしはあれこれ思案したすえ、今まで出入りさせていた店々から順次買付けを止め、伊勢屋だけにしようと決めたゆえ、この屋敷に招かれてきた次第じゃ。藩の御用達商人は、小川二条上ルの野波屋九郎左衛門。そ奴にもわしの意向を伝えねばならぬ。もし広島藩の呉服物を一手に扱うとなれば、伊勢屋の儲けは相当な額となろう。まあ、世間の多くは引き（縁故）と賂で動いておる。これには誰もがころっとまいってしまうものでなあ——」

助太夫はお鈴によほど心を許したのか、太郎左衛門と内々に交わした商談まで明かした。

伊勢屋はかれに大枚の賂を摑ませたに違いなかった。

不快な思いがお鈴の胸をよぎった。

「さてさて、いつまでも湯にひたっていては、茹《ゆ》で蛸《だこ》になってしまうわい。そろそろ、そなたに背中を流してもらうとするか――」

かれはそうつぶやくと、湯船から前を隠しもせずにざばっと立ち上がり、檜造りの小さな腰掛けに坐った。

かれの股間をふと見て、お鈴は思わず顔を背けた。

「お鈴とやら、されば糠袋で背中を洗ってくれるか。わしの肌は年に似合わず、まだなかなかの色艶《いろつや》であろうがな」

「はい、そのように拝されます」

お鈴は震え声で答え、湯船から桶で湯を汲み取り、かれの背に廻った。

湯殿にただよう湯気がなぜかうるさかった。

桶に糠袋をひたし、助太夫の背中をこすり始めた。

「お鈴、もう少し力を込めてくれい」

「へえ、さようにさせていただきます」

彼女は助太夫の無恥を忌まわしく思いながら、かれの肩を左手で押さえ、右手で糠袋を荒々しく背中にこすりつけた。

「うむ、なかなか心地がよいわい。わしの背中を洗う女子は、こうでなくてはならぬ。これ、これでよいのじゃ」

助太夫の背中から臀部《でんぶ》にかけ一通り洗い終えると、お鈴は真新しい晒を棚から取って三枚重ねにし、その肩から背中の一面に垂らした。

「なにをいたすのじゃ――」

「この上から湯をかけましたら、心地がようございます」

「なるほど、そうか――」

お鈴が湯船から汲み取った最初のひと掛けを浴びると、助太夫はよほど気持がよかったらしく、感嘆の声を上げた。

湯は手桶で次々に浴びせかけられた。

「疲れがこれですっと癒えていくようだわい。湯治場の湯女とて、これほどの知恵はそなえておるまい。あるいは町湯の三助《さんすけ》の中には、客の背にこんなふうに湯を流す奴がいるのかもしれぬな」

かれは満足そうにつぶやいた。

三助は下男の通称。後に銭湯で風呂を焚いたり、浴客《よっかく》の身体を洗ったりする男の呼び名に定まってきた。

「そなた、次にわしの身体の前を洗ってくれるのじゃな」

助太夫にいわれ、瞬間、お鈴は顔を伏せ、ぐっと口を閉ざした。

「なぜ黙っているのじゃ」

「仰せに従わせていただきますが、何卒《なにとぞ》、腰をこれで囲ってくださりませ」

お鈴はたったいまかれの背中から剝《は》いだ三枚重ねの濡れた晒を、後ろからかれに差し出した。

「なんだ、さようなことか。そなたはまた初《うぶ》な娘だのう。わしの股間の物が気になっては、洗えぬともうすのじゃな」

かれは小さく笑って晒を受け取り、お鈴の言葉に従った。

前に廻った彼女は、再び新しい糠袋を棚から取り、助太夫の肩から胸にかけて洗い出した。

骨太の逞《たくま》しい身体だった。

手桶で汲み取るたび、湯船の湯が次第に減るため、外では孫七が黙って風呂を焚いてくれているはずであった。

糠袋での洗いは肩から胸、次には腹部にと移ってきた。

「どうじゃお鈴、わしの陰嚢《ふぐり》（睾丸）も柔かく洗うてはくれまいか」

顔に卑しい笑みを浮かべ、助太夫がささやいた。

「そ、それだけは何卒、ご辞退させてくださりませ――」

お鈴は動転して哀願した。

「そなた、なにをうろたえているのじゃ。わしの陰嚢を洗えるのは、女子として誉《ほま》れであろうが。どうやら恥ずかしがっているようじゃな。年は十九で生娘《きむすめ》なれば、さもあろう。されどあと一、二年もいたせば、なんともなくなってくるわい」

助太夫はお鈴の狼狽や羞恥を楽しむようにいった。

湯殿の中には湯気が濛々《もうもう》と立ちこめている。

淫靡《いんび》な助太夫の小声は、外には漏れていないに違いなかった。

お鈴は濡れた糠袋を摑んだままうなだれていたが、辱《はずかし》めを受けた思いで、胸は嫌悪と怒りで震えていた。

「そなたもまことのところ、わしの股間に触れるのを、さして嫌ってはおるまい。十九の生娘とはもうせ、独り寝の閨《ねや》で我が身に我が手でなにをしているか、知れたものではないわい。どうじゃ、そうだろうが。わしがいっそいま、それを果たしてやろうぞよ」

助太夫は目前で蹲《うずくま》っているお鈴にいきなり手をのばし、右手で彼女を強く抱きすくめた。

次に左手でお鈴の濡れた白衣の裾をたくし上げ、豊かな太股を撫でようとした。

かれがお鈴を抱きすくめたとき、それまで腰を下ろしていた腰掛けが、音を立てて飛んだ。

だが外にひかえる目付の大隅市郎助は、あの助太夫ならありそうなことだと、苦笑を浮かべたにすぎなかった。

「お、お止めくださいませ。何卒、お止めくださいませ――」

「そなた、心にもないことをもうさぬでもよいぞ。わしがそなたの恥部を優しく慈しんでつかわす。そなたも、わ、わしの股間を愛《め》でてくれたらどうじゃ」

助太夫は声を喘《あえ》がせ、その指をもっと奥にのばすためお鈴に迫った。

「ご、ご無体《むたい》な。なにをいたされます」

お鈴は思い切ってありったけの力でかれを突き飛ばし、きりっと立ち上がった。

「ぶ、無礼は許さぬぞ——」

思いがけない抵抗を彼女から受け、助太夫は檜の桟に尻餅をついて大声を上げた。

「うちにこれ以上お近づきになったら、覚悟がございます」

いつの間にやら、お鈴は棚に置かれた鋭利な剃刀を握っていた。

「無駄に抗《あらが》い、さような物を摑んだとて、どうにもならぬぞよ。さあ、おとなしくそれを置き、着ているものを脱ぐのじゃ。一緒に湯船に入り、互いに抱き合おうではないか。なにも恥ずかしがることはないぞ。男女の秘め事ぐらい、そなたも絵草子などで知っていようがな。わしのもうす通りにいたせば、女中奉公など辞められ、栄耀栄華《えいようえいが》は思いのままじゃ。わしはてっきりそなたは、伊勢屋が差し出した人身御供だとばかり思うていたわい。伊勢屋も事前にいい含めておらぬとは、気の利かぬ奴じゃ。それは後で叱り付けるとして、そなたも伊勢屋太郎左衛門に大きな顔をできるのじゃぞ」

助太夫は硬い笑顔でお鈴にいいかけ、這うように近づき、彼女を抱き締めようとした。

「無体はお止めくださりませ」

お鈴は大きく叫び、剃刀をさっと一閃《いっせん》させた。

「ひえっ、痛あ。なにをするのじゃ」

鮮血が辺りにぱっと飛び散り、助太夫は左頬を押さえた。

このままでは自分はどうされるかわからない。お鈴はかれの身体を力いっぱい湯船に突き落とした。

大きな湯音が湯殿にひびき、外では大隅市郎助が刀を摑んで立ち上がった。

中でなにかとんでもないことが起っているに相違なかった。

「ご免つかまつりまする」

かれが脱兎《だっと》の速さで湯殿に飛び込むと、湯船の中で助太夫がわけのわからぬ言葉を叫び、ばちゃばちゃともがいていた。

お留守居役さまに傅《かしず》いていた女子は、どこにいったのだ。市郎助は辺りを見回したが、狭い湯殿にその女の姿はなかった。

お鈴は湯殿の狭い躙り口から、外に逃げ出していたのである。

助太夫の頬を切った剃刀は、まだ手に固く握ったままだった。

「お、お鈴はん――」

湯殿での逐一をきいていた孫七は、屋敷の表門に向かって走る彼女の後につづいた。

かれには、不運なお鈴がかわいそうでならなかった。

「みなのもの、出会えっ――」

市郎助の大声が屋敷中にひびき渡った。

別邸の表門にひかえる藩邸の駕籠舁《か》きが立ち上がり、供の侍たちもそこに走り出てきた。

「お、お鈴はん、急ぐのや」

孫七が彼女の手を引いて走る。

だが表門を出たところで、二人は早くもかれらに取り囲まれてしまった。

もうどうにもならなかった。

「そ、その男を斬《き》り、女は生捕りにいたすのじゃ」

浴衣を着た助太夫が裸足《はだし》で蹌踉《そうろう》と現れ、供侍たちに怒りの下知《げち》を飛ばした。

市郎助がぎらりと刀を抜き、孫七をすぐさま一刀の許に斬り捨てた。

「く、口惜《くちお》しや——」

孫七は斬られても立ったまま、手を宙に泳がせていた。

そのとき、源十郎たち三人が心地よく酔い、陽の暮れた道を南から伊勢屋の別邸のほうに歩いてきた。

菊太郎が端歌《はうた》を小声で口ずさんでいた。

「兄上どの、あれ、あれはなんでござる」

目敏く別邸の前の騒ぎに気付いた銕蔵が、菊太郎と源十郎に叫んだ。

「なんと、ただごとではあるまい」

血の臭いが、菊太郎の酔いをいきなり醒ました。

かれらは草履を脱ぎ捨て、騒ぎの渦中に駆け出していった。

四

「そ、そなたたち――」

大隅市郎助が孫七を斬った血刀を構え、菊太郎たち三人を睨《にら》み付けた。

「ふん、そなたたちとはなんじゃ。見たところ、なんの抵抗もしていなさそうな年寄りを、情け容赦もなく斬り棄てておって。それに気付いて駆け付けてきたわしらを、苦々しく咎《とが》めるとは、さてはよほど後ろ暗いことがあるのじゃな」

「後ろ暗いことだと。さようなことなどあるはずがなかろう。わしはただその老い耄れを、無礼討ちにしたまでだわい」

「無礼討ちになあ。わしにはとてもさようには見えぬが――」

菊太郎は、左肩から胸に袈裟《けさ》懸《が》けに斬られた孫七を後ろから抱え、怯《おび》えてたたずむお鈴を一《いち》瞥《べっ》し、市郎助に憫笑《びんしょう》を投げかけた。

「どこの公家侍か知らぬが、余計なことに口出しをすると、厄介に巻き込まれよう。主からお暇を出されてしまうぞよ」

かれは居丈高にいい捨てた。

菊太郎の儒者髷《じゅしゃまげ》を見ての発言らしかった。

「わしは芸州《げいしゅう》広島藩の京都留守居役・小倉助太夫じゃ。なにも見なかったこととして、三人ともここから早う立ち去るのじゃ。さようにいたせば、そなたたちの身は安泰。すべてこちらで処置してつかわす」

助太夫が濡れた髷を右手で撫で、お鈴に剃刀で切られた頬を、左手に握った白布で押さえながらわめいた。

その白布から赤い血がなおも滲《にじ》み出ているありさまだった。

「芸州浅野さまの京都お留守居役さま。ここは確か室町筋の呉服問屋伊勢屋の別邸のはず。そうなると、見て見ぬふりはできませぬぞ。それがしは東町奉行所・同心組頭の田村銕蔵ともうす。これなるは兄の菊太郎。もう一人は公事宿・鯉屋の主で、源十郎ともうす者でございますのじゃ」

銕蔵が一歩前に進み出、助太夫と市郎助の二人に厳しい声でいい下した。

「な、なにっ。そなたは東町奉行所の同心組頭だと——」

かれら二人の顔に狼狽が走った。

別邸の門前に集まった広島藩京屋敷の供侍たちの間にも、動揺の声が湧いた。

相手の中に町奉行所の同心組頭がいるとなれば、ことは内々ではすまなくなる。

白い前掛けを締めた初老の男が、別邸から走って現れ、妙な巫女姿の若い女に声をかけている。彼女の抱え込んだ年寄りを、静かに路上に横たえようとしていた。

「この伊勢屋に奉公している鈴ともうします」

このときお鈴が気丈にも声を上げた。

「あのお留守居役になにやら無体を働かれ、逃げ出してこられたようすでございますな」

「はい、湯殿でうちに不埒を仕掛けてこられましたさかい、そこの躙り口から逃げ出してきたのでございます。そやけど、うちを庇《かば》うてくれはった下男の孫七はんを、このように――」

泣きそうになるのを必死に堪《こら》え、お鈴は意外にしっかりした口調で銕蔵に告げた。

「名前はお鈴か。広島藩のお留守居役どのにお目付役らしきそなた。それにお供の方々にもうすが、わしらが出会《でくわ》したからには、ことはもうそなたたちの勝手にはすまされませぬぞ」

菊太郎が怒りをにじませた目で助太夫と市郎助を睨み付け、次いで供侍たちを眺め回した。

「ええい、こうなったらもうこれまでじゃ。相手が誰であろうと、わしがここで斬り殺してくれる。不運な場面に行き当たったと思い、そなたたちも覚悟するのじゃ」

市郎助が憎々しげに叫ぶと、刀を横に構え、菊太郎にじりじりと迫ってきた。

菊太郎は腰の刀に手ものばさず、それをじっと眺めていた。

柳生新陰流――構えを見ただけで、相当の遣い手だと知れた。

かれは自分を斬ったうえ、次に銕蔵と源十郎を殺すつもりでいるのだろう。

練達の士とはいえ、さように逸《はや》るとはまだまだじゃな。菊太郎にはかれの腕のほどがすぐに察せられた。

――大きな口を叩くものではないわ。そんな腕ではわしを討てまいよ。

菊太郎は胸で相手をせせら笑い、なおもぼおっと立ったまま、その動きに目を配っていた。

こうしてぼんやり立って軟弱に見えるが、実は鋼の強さを秘め、どうとでも敏捷柔軟に動けるのが、相手にはわからないのだ。

「やあっ――」

裂帛《れっぱく》の気合いを浴びせられたが、菊太郎は表情一つ変えず、動こうともしなかった。

数瞬後、また鋭い気合いがかけられ、相手がふと気を抜いたとき、菊太郎は目にも留まらぬ速さで動き、かれに撃ちかかった。

驚いた市郎助は受け身になり、辛うじて菊太郎の刀を受け止めた。

だが足の構えが留守になり、いきなり強く足蹴にされたところを、がっと肩を斬り付けられて昏倒《こんとう》した。

菊太郎の腕にはとてもかなわなかった。

新しい血の臭いが再び辺りにただよった。

「おのれっ――」

数人の広島藩士が、菊太郎に一斉に斬りかかったが、数合《すうごう》、刀を合わせただけで、それぞれが軽い手傷を負わされてしまった。気勢が急速に殺《そ》がれた。

「刀を引くのじゃ。無益に血を流してなんといたす」

銕蔵がかれらにというより、助太夫に向かって叫んだ。

菊太郎の剣が怒りをはらみ、血に飢えかけているのが、銕蔵にはわかっていた。

町同心としてこれ以上、刃傷沙汰《にんじょうざた》をくり広げさせるわけにはいかなかった。

「引けい、刀を引くのじゃ」

助太夫が藩士たちに呼びかけた。

かれもここで騒ぎを大きくしては自分に不利になると、賢《さか》しらにも素早く覚ったのであろう。

市郎助は菊太郎の一撃を浴び、絶命しているようだった。

「お留守居役さま、どうぞお静まりくださりませ」

式台から足袋《たび》裸足《はだし》のまま駆け出てきた伊勢屋太郎左衛門が、助太夫に懇願した。

「ここから後は、わたしの出番になりまっしゃろなあ。さあ、広島藩のお侍さまがた、刀を鞘に納め、伊勢屋の奥にお入りやす。お目付はんらしいお人の弔いの支度を、していただかななりまへん。伊勢屋はんは、そのお侍に斬られた奉公人のお弔いどすわ。それをええ加減にしたら、東町奉行所の田村銕蔵さまが黙っていはりまへんえ。わたしかてそうどす。屋敷奉公しているお鈴はんに、広島藩のお留守居役さまがなにをしようとしはったんかは、誰が見たかて一目瞭然どすさかいなあ。こういうてるわたしは、すでにおききの通り、大宮《おおみや》・姉小路《あねやこうじ》に店を出してる公事宿・鯉屋の主どす。凄腕らしいお目付はんを斬らはったのは、うちの店の居候さま。

両町奉行さまから出仕のお召しの声が、たびたびかけられてるお人どす。ここまでいうたら、もうどないにあがいてもごまかせへんのが、ご理解できまっしゃろ」

「伊勢屋にお留守居役どの、お二人ともこの一件の解決次第では、芸州浅野さま四十二万六千石を、お取り潰しにしてしまいかねぬのを、おわかりにならねばなりませぬぞ」

銕蔵が朱房の十手を握り、恫喝《どうかつ》するようにいった。

これらの言葉が助太夫にはよほど応《こた》えたのか、かれは顔を蒼白にして身を縮め、小さく震えていた。

それは伊勢屋太郎左衛門も同じであった。

助太夫は供侍たちに早く退《ひ》くのじゃと再度命じ、伊勢屋太郎左衛門は奥から走り出てきた男衆に、お弔いの用意をと低い物腰で頼んでいた。

「広島藩の目付が下男はんを斬り、旦那がその敵を討ってくれはったんどすな。この侍、お鈴はんをかばった下男はんを、なんというひどい目に遭わせたんじゃ。旦那、こんな侍の弔いなんか、どうでもよろしゅうおっせ。畜生、弱い者をあんまりどすわ」

料理人の佐兵衛が、顔を歪めて菊太郎に悪態をついた。

「全くその通りじゃ。よく相手も見ず、浅慮にもわしに斬りかかってくるとは猪口才《ちょこざい》な。あの世に往《ゆ》き、さほどでもない腕を、地獄の邏卒《らそつ》どもにもぎ取られてしまえばよいのだわさ」

「菊太郎の若旦那、ここでお怒りをちょっと鎮め、事態の収拾に当たらななりまへん。銕蔵の若旦那さまもそのおつもりどすさかい――」

　お鈴が息絶えた孫七に取りすがり、哀《かな》しげにひっそり泣いている。その姿を見下ろす菊太郎を、源十郎がなだめた。

「菊太郎の若旦那。そのお侍さまのお名前、どっかできいた覚えがございますなあ。さてどこでどしたんやろ。菊太郎の若旦那さま、いまはどうも思い出せしまへん」

「そなたもなかなか意地の強い奴らしいのう」

「あの留守居役がするに違いない汁物に、一匹捕えておいた油虫を、泳がせておいてやりましたわ」

「どこかでわしに会い、そういたすではないぞよ」

「菊太郎の若旦那さまに、間違ってもそないな横着はしいしまへん。それよりいまやっと思い出しましたわ。右衛門七《えもしち》はんが住み込みで働いている団子屋に、ときどきおいでになる若旦那どっしゃろ」

「ああ、その通りだが。そなたは右衛門七とはどういう仲なのじゃ」

「へえ、わしは今日、ここに呼ばれてきた料理人の佐兵衛といいます。右衛門七はんは若い頃、同じ料理屋で働いていた先輩なんどすわ。この狭い京では、知《し》る辺《べ》を二、三人たどれば、見知らぬお人にも行き着くとは、ほんまどすなあ」

　佐兵衛は菊太郎を、親しみを込めた目で見てつぶやいた。

こうして修羅の場は、それから伊勢屋の別邸の奥座敷に移された。

東町奉行所・同心組頭の銕蔵は、その職柄から広島藩がなんとかお取り潰しにならないように、話をつけたいと考えていた。

「こんな卑劣な奴を、京都留守居役に据えている安芸広島藩など、幕府から改易にされてしまえばよいのよ。浅野安芸守どのはとのと崇《あが》め立てられ、かわいそうになにも知らされずにおられようが、家中にはかような奴がうようよいるに相違ないわい」

菊太郎は一件を穏便に収めようとしている銕蔵に、辛辣《しんらつ》な言葉を浴びせ付けた。

そなたも幕府から禄《ろく》をいただく侍。同じ穴の狢《むじな》だとまで罵《ののし》った。

「まあ菊太郎の若旦那、そんなお侍はんばかりとはかぎりまへんえ。浅野家がお取り潰しにされたら、多くのご家来衆やその家族が、路頭に迷わななりまへん。その大きな不幸を考え、どうぞ銕蔵さまのお気持に添うてやってくんなはれ。お願いしますわ」

源十郎が必死に取りなし、やがてその場は円《まる》く収められた。

大隅市郎助に斬られて死んだ孫七の家族には、伊勢屋から三百両の弔慰金が支払われ、お鈴にも同額の金子《きんす》が、慰労金の名目で与えられると決められた。

さらに伊勢屋から退く彼女について一切、干渉報復の手は出さない旨の誓約書を、小倉助太夫は書かされた。

伊勢屋太郎左衛門は事態を内済《ないさい》（話し合いでの解決）ですませてくれた鯉屋にも、二人と同額のお礼を出し、万事が穏やかに片付いた。

　京都留守居役の任を解かれ、国許に戻った小倉助太夫が、間もなく行方不明になったとの噂を菊太郎たちがきいたのは、半年ほどがすぎてからだった。

「発心《ほっしん》して坊主になり、人知れず山寺にでも籠《こも》ったのであればよいが、おそらくは藩家の重臣たちによって、ひそかに謀殺されたのだろうよ」

　それが菊太郎の意見だった。

　お鈴は朽木村に帰り、やがて地味な村の男に嫁いだ。

　彼女は自分を庇って討たれた孫七の供養を、ずっと怠らなかったそうである。

世間の鎖

一

今年の残暑は厳しかった。

お里《さと》は寝間着《ねまき》姿のまま土間に下りると、御飯を炊くため、昨夜《ゆうべ》、支度しておいたお釜の竈《かまど》に火を点《とも》した。

暑さで寝苦しかったせいか、寝間着の背中が汗ばんでいる。

長屋の奥の六畳間には、古びた蚊帳《かや》がまだ吊ったままで、竈の火が燃え盛ったら寝床を片付けるつもりでいた。

御飯が炊けたら、六畳間の隅に置いた兄定七《さだしち》の位牌《いはい》にお仏飯を供える。

それがこの三ヵ月余り、彼女の日課になっていた。

竈の火が燃え上がり、着替えて蚊帳の吊り手をはずしていると、長屋の奥の井戸のほうから、にわかに女たちの騒ぎ声がひびいてきた。

「これはどういうことやな」

「こんな悪戯《いたずら》をしたのは誰やろ」

「これではまともに水が汲めしまへんがな」

「性《しょう》の悪いことをしよってからに。どうしたもんどっしゃろ」

彼女たちが口々に叫んだり、罵《ののし》ったりしていた。

「いったいどうしたんやな——」

表戸を荒々しく開け、一軒の家から三条大橋東で人足稼ぎをしている平助《へいすけ》が、飛び出してきた。

「平助はん、これを見てくんなはれ」

女房の一人が、がらがらと滑車の音をひびかせて釣瓶《つるべ》で水を汲み上げ、釣瓶桶《おけ》を井戸枠の隅にどんと置いた。

桶の水がばしゃっと辺りに散った。

「こ、これはなんじゃいな」

平助ははっと目を見張り、後ろに退《の》いた。釣瓶桶から小さく割れた西瓜《すいか》の皮が、水とともにかれの足許に飛び散ってきたからだ。

「平助はん、井戸を覗《のぞ》いてみてくんなはれ。中で大きな西瓜が割れ、皮や小さな身が仰山《ぎょうさん》、浮いてますわ。これでは茶碗や鍋釜も洗えしまへん。お湯も沸かせしまへんわ」

「いくら水の中とはいえ、このまま放っておいたら、すぐに腐ってくるやろしなあ。誰の悪戯どっしゃろ」

「そんなん、わしが知るかいな」

上を板屋根でおおった井戸の周りには、朝御飯をすませ、これから稼ぎに出かけようとしている男たちが、次々にやってきた。

代わるがわる井戸の中を覗き込んだ。

「ああ、浮いてる浮いてる。確かに西瓜やなあ」

「赤い身も大きなものから小さなものまで、うじゃうじゃ浮いてるがな。これはどうしたことやろ」

鋳掛屋《いかけや》の政五郎《まさごろう》が素っ頓狂な声を上げた。

鋳掛屋は小さな鞴《ふいご》をたずさえ、「鋳掛屋でござい――」と声を張り上げて町筋を歩く。鍋や釜など銅・鉄器の漏れを、白目《しろめ》（銅と亜鉛の合金）などでふさぐ手間商いであった。

腕のいい職人は、高価な茶碗の縁取りを銀でしてくれと、頼まれる場合もあった。

「政五郎はん、どうしたことかわからへんさかい、みんなが騒いでるんどす。おまえさん、昨夜は遅おしたやろ。まさかどこかで買《こ》うてきた西瓜を、悪戯半分に井戸に投げ込まはったんとちゃいますやろなあ」

平助の女房のお勝《かつ》が、政五郎に絡んだ。

「お勝つぁん、おまえ無茶をいわんといてえな。わしにいちゃもんを付けるのやったら、一昨日《おととい》にしてんか。わしが昨夜、遅う帰ってきたのを知ってるのなら、そのとき、井戸に西瓜を投げ込んだ音をきいたかいな。そこをよう思い出してからの話にしてんか」

「お勝、いくら腹が立つからというて、政五郎はんに言掛《いいがか》りを付けるのは失礼やし、あんまりやで」

夫の平助が彼女をなだめた。

「うちら長屋の女子《おなご》は、男はんが安心して外へ働きに出られるように、昼間はそれぞれ内職をして稼ぎ、しっかり留守番をしてまっせ。うちが誰かに少々当たったかて、咎《とが》められるほどのことではおへんわ」

お勝は極《き》まり悪そうな顔をしながらも、平助に抗弁した。

「まあまあお勝はん、そこのところはおまえさんのいわはる通りや。わしに言掛りを付けて腹立ちが治まるもんなら、それでかまへんがな」

政五郎がお勝にいったとき、すでにその場にきていたお里の目に、向かいに住む藤助《とうすけ》の姿が映った。

藤助は死んだ兄の定七と仲良くしていた。

定七は渡り中間《ちゅうげん》として、各藩の京屋敷に雇われていたほか、口入れ屋から主に大寺の掃除などを頼まれて稼いでいた。

その兄について、今になって考えれば、訝《いぶか》しいことがいろいろ数えられた。

渡り中間をしていながら、何藩のどこの京屋敷で働いているとは、一度もきかされたことがない。数日も帰宅しないのは常のことで、息を弾ませ、逃げるように帰ってきた日も、喧嘩でもしたのか傷を負い、よろよろになって戻ってきた夜すらあったからである。

——兄は本当に渡り中間として働いているのだろうか。

お里はそんな疑問をたびたび抱いたが、不審を口にするのはひかえていた。

定七は十四のとき、三つ年下の自分を連れ、若狭の小浜《おばま》から京に出てきた。

両親は網元の網子《あみこ》として、漁業に従事していた。ところが陸《おか》では旱魃《かんばつ》から不作、加えて不漁がつづいた九年前、網元の蔵から乾魚《ほしざかな》をわずかに盗んだ不埒《ふらち》が露見してしまった。罰として夫婦ともども海中の岩に縛り付けられ、一昼夜、放置された。不運にもその夜は海が荒れ、二人は溺死同然に死んでしまったのであった。

「かわいそうになあ。ひもじがる子どもたちに、乾魚の少しでも食わせたかったのやろ」

わずかな盗みに対してひどい仕打ち。同情する人々もいたが、当然の報いだと冷淡にうそぶく人たちも見られた。

網元の「辻屋《つじや》」綱次郎《つなじろう》は、少し気弱な表情で定七に、今まで通り網小屋のそばに建つ小屋に住み、ここで働くのもよし、敦賀《つるが》か京に出ていくのも勝手だと伝えた。

「それなら網元、わしは網元に買われたわけではありまへんさかい、京にでもいかせてもらいますわ」

それまで定七は、黙って涙を流しつづけていた。だが網元の言葉をきいた途端、涙を腕で拭って綱次郎を睨《にら》み付け、傲然《ごうぜん》といったのである。

京には三度ほど、「魚荷衆」に付いて出かけていた。あの町でなら十一になるお里とともに、どうにか生きていけそうに思ったのだ。

そして京にくると、一度会っただけの錦小路の魚問屋の旦那に土下座し、自分たち兄妹が住むどこか長屋の世話を頼んだ。そして御池《おいけ》・富小路《とみのこうじ》に近い裏長屋に住み始め、かれはすぐ口入れ屋の暖簾《のれん》をくぐった。

こうして働き始めた定七の浮草にひとしい稼ぎぶりを見て、向かいに住む藤助の両親が、まだ十代の兄妹を哀れがり、なにかと温情をかけてくれた。

藤助と定七は同年。かれは父の弥蔵《やぞう》と同じ籠《かご》屋に奉公し、いまでは二十三歳の立派な職人になっていた。

籠屋は竹や藺《い》、柳や針金など線状のものを編んで器物を拵《こしら》え、どの家でも大小一つ二つは用いられているものだった。

お里と藤助の視線が、一瞬ここで親しげに交差し、お里はほっと胸をなで下ろした。かれの目が心配ないといっている。このところお里の身辺には、不審なことが数々起っていたからである。

二人はいずれ夫婦《めおと》になろうと、ひそかに約束をしていたが、その二人にとってなにか悪い前兆ではないかと、お里は案じていたのであった。

二人は長屋の誰にも気づかれないように、何気ないふうを装っていた。だが兄の定七が三ヵ月ほど前、五条の鴨川で何者かに殺された後、お里はひそかに怯《おび》えながら暮らしていたのだ。

町奉行所の調べでは、定七の死は中間仲間の喧嘩か、賭場《とば》での悶着《もんちゃく》の末だろうと、簡単に片付けられていた。それでもお里はただごとでないものを感じていたのであった。

「いま家できいてましたけど、井戸の中で砕けている西瓜を、目の細かい笊《ざる》で掬《すく》い上げたらどないどっしゃろ」

「ああ、藤助はんかいな。それが一番に思われんでもないけど、西瓜には種があるわ。種は鯉が食べるとしても、残りは底に沈むわなあ。それに西瓜の破片が井戸水に溶け込んでいるのを考えると、やっぱりなんや気色が悪いわい」

平助が苦々しげな顔でいった。

「ほんまにこんな悪さをした奴、誰かわかったら、どづい（撲《なぐ》っ）たらなあかん」

政五郎が腹立たしそうにつぶやいた。

「そら、西瓜の汁は水に溶け込んでまっしゃろなあ」

「西瓜の皮やその大きな身は掬えても、汁だけは無理やわ。水に溶け込んだ汁が辛抱できるかどうか、そこが問題なんや」

藤助の言葉に対して、平助がつぶやいた。

「台所仕事をするうちらにとって、井戸水は一番に大切なもの。これからずっとそんなん、辛抱できしまへん」

お勝が不服面でいった。

「そしたら井戸浚《さら》えをするしかあらへんなあ」

「政五郎はん、おまえ簡単にそないにいうけど、井戸浚えはこの七月の始めにやったばかりや。こんなことぐらいでまた井戸浚えをしてたら、長屋の出費がかさんでしまうがな」

「ああ、職人に頼んだら金が要るさかい、八軒の長屋からそれぞれ人を出し、みんなでやったらええやないか。そんなん、半日も精を出したらすんでしまうわいな」

　平助があっさりいってのけた。

「そしたらいまからにでもかかりますか。この井戸は深くもありまへんさかい、みんなが一生懸命にしたら、半日もかからんと、すませられます。善は急げ。あれこれいうてんと、すぐ始めまひょうかいな。仕事先にはそれぞれが事情をいうて、断りを入れていただきまひょ。女子はんたちには桶を持ってきて、手伝うてもらいます。それに梯子《はしご》と縄を用意しておくれやす。わしが一番若おすさかい、最初に井戸に下りて水を汲み出させてもらいますわ。順送りにそれを溝《どぶ》に流しておくれやす」

　藤助はみんなの返事もきかずに、いきなりきものを脱ぎ、褌《ふんどし》一つになった。

　普通、井戸浚えは水替え人足に頼んだ。四人ほどで行われるそれは、見慣れた光景となっており、素人でも力を合わせれば、できない仕事ではなかった。

　年相応に逞しい身体をした藤助は、政五郎が急いで持ち出してきた長梯子を、井戸の底に向かって下ろした。

長梯子は上の数段を水の上に残しただけで、井戸の底に届いたようだった。

平助や政五郎、後から姿を覗かせた男たちも、次いで褌一つになった。

お勝たち女もきものの裾をまくり、襷《たすき》をかけた。

お里も同じ出立ちをし、裸足になった。

これもまた、自分に関わる不審なことの一つではないかと、疑われないでもなかった。

兄の定七が死んだ後、出《で》機《ばた》稼ぎをしている自分が、織り上げた反物を織屋に届けたり、買い物のためちょっと出かけたりした留守の間に、何者かが家に入り込み、家《や》探《さが》しをした痕跡が、数度うかがわれていたのだ。

「うち、なんや怖《こお》うておちおち眠られしまへん」

「そうやろなあ。けど相手もお里はんに気付かれんように、こそこそしてることや。まさか表戸を蹴破ってまで、押し入ってはきいへんやろ。夜は戸締りをしっかりして、眠るこっちゃ。家探しをしている相手は、あるいは定七はんがわしに預けた柳行李《やなぎごうり》を、探しているのかもしれんなあ。定七はんは紐を厳重に掛けたあれを、開けてくれるなといい、わしに預けたんや。それにしてもあの行李には、いったいなにが入ってるんやろ。こんなありさまになっても、わしは約束を守ってるのやけど、あんまり長うなったら町役に立ち会ってもらい、行李を開けてみなならんかもしれんわ」

お里の家のひそかな家探しと、今度の出来事や柳行李。藤助はそれらがみんな一つの糸で結ばれているに違いないと思っていた。

井戸の底に、麻袋に入れた金でも幾袋か沈んでいるのではないか。そんなことまで考え、かれは真っ先に褌一つになったのである。

井戸は円い周囲に石をきっちり積み上げ、頑丈に造られていた。

石に足をかけても、崩れそうになかった。

「平助はんに政五郎はん、わしが水を次々と汲み上げますさかい、それを受け取っておくんなはれ。女子はんたちには、それを溝に流してもらわななりまへん」

井戸浚えは手早く行わないと、新たに水が湧いてきて意味がなくなる。迅速な作業が必要だった。

「よっしゃ、わかったわい」

「こんな井戸の水ぐらい、一気に汲み出してしまうこっちゃ」

藤助は長梯子と井戸の石組みに足をかけた。

平助と政五郎もそれぞれ足場を定めると、井戸の一番下に下りた藤助をうかがった。

長屋の子どもたちが、お祭りでもあるかのように、楽しそうに騒いでいる声が、井戸の底で身構える藤助の耳にも届いてきた。

「ほな藤助はん、水を汲み始めてんか」

平助に呼びかけられ、藤助は足許に浮かべた桶に水を汲み、それをぐっと持ち上げ、政五郎に手渡した。

政五郎は井桁《いげた》近くにいる平助にそれを手渡し、それはすぐお勝に渡された。お里など長屋の女たちの手を経て、溝に水がぶちまけられた。井戸に浮かんでいた西瓜の皮や種が、水とともに溝を流れていった。

作業はわずかな猶予もなく黙々とつづけられ、井戸の水位がみるみるうちに下がっていった。

井戸の底から、藤助の荒い息遣いがきこえてくる。

「藤助はん、大丈夫かあ――」

「へえ、大丈夫どす」

「あんまりしんどかったら、代わったるで」

「おおきに。けどまだよろしおすわ。政五郎はんたちはどうもありまへんか」

暗い井戸の底から、藤助の声が上に吹き上がってきた。

「わしたちやったらどうもないわ」

「こんなことは、一気にやってしまわななりまへん。水がすぐに湧いてきますさかい」

藤助の足はもう井戸の底に届きそうだった。

それにつれ、政五郎と平助も長梯子を次第に下り、金太郎飴売りの正吉《まさきち》が、平助の上にいた。

井戸の水は藤助の膝までになり、古くからこの井戸に棲《す》む鯉が、狭い場所で勢いよく跳ねていた。

藤助が考えていたような金袋は、どこにも見当たらなかった。

井戸の底は寒いぐらいであった。

「おうい藤助はん、底のようすはどうやいな」

平助が水を満たした桶を正吉に手渡した後、藤助にたずねた。

井戸の脇から溝まで、一列に並んだ女たちは、汗びっしょりであった。

裸足で肌襦袢《はだじゅばん》一枚になっている女もいた。

「もうこれくらいでええのとちゃいますか。お勝はんにきいておくれやすか」

井戸の底から藤助が叫び返した。

「お勝、これでどうやねん」

「うちらくたくたどすわ。藤助はんがええのやないかといわはるんどしたら、もう十分。これで終りにしまひょうな」

お里も同じ思いだった。

「藤助はん、お勝は十分やというてますわ」

平助の声が井戸の底でわんとひびいた。

「大きな鯉が元気に跳ねてます。これは井戸の主どっせ。そのお顔を拝見せんでもよろしおすか」

かれの声が、お勝たちの耳に反響しながらきこえた。

お勝は首を横に振り、否定の態度を示した。

「藤助はん、お勝は見んでもええというてます」

「そしたらこれが最後のいっぱいどす」

藤助の喘《あえ》ぎ声がすぐ返ってきた。

一列に並び、水を溝に流していた女たちはほっとして、額や首筋から噴き出した汗を拭った。

長屋の表の富小路では、いつの間にか人だかりができていた。

「水がどんどん流れ出てきてますけど、この長屋ではなにが行われているんどす」

「井戸浚えやそうどすわ」

「今頃、なんのためどすな」

「なにか碌《ろく》でもないものが、井戸に投げ捨てられていたからとちゃいますか——」

物見高く集まった人々が口々にいっていた。

「碌でもないものとはなんじゃ」

かれらにたずねたのは田村菊太郎だった。

かれは祇園・新橋の「美濃屋」から公事宿「鯉屋」に戻ろうとして通りかかり、人だかりに気付いたのだ。

「さあ、なんどすやろ。とにかく碌でもないものやそうどすわ」

お店者《たなもの》らしい身《み》形《なり》の男からいわれ、菊太郎は碌でもないものなあと編み笠の中でつぶやき、独りうなずいた。

この長屋に住んでいた中間働きの男が、三ヵ月ほど前、五条河原で殺された話を、ぼんやり思い出した。

――それとなにか関わりがあるのではなかろうか。

ふとした疑惑が菊太郎の脳裏をかすめた。

二

鯉屋の表で鶴太《つるた》が道に水を撒《ま》いていた。

その水が尽きたのか、背筋をのばして町筋を眺めると、その先に菊太郎の姿が見えた。

「これは菊太郎の若旦那さま、朝帰りどすか――」

四つ（午前十時）をすぎていたが、朝帰りには違いなかった。

「そなたもわしに、生意気な口を利くようになったものじゃ」

「へえ、公事宿の奉公人どすさかい、それくらいの口が利けんことには、将来の見込みがございまへんやろ」

鶴太は左手で空桶を提げ、右手に柄杓《ひしゃく》を摑《つか》んだまま答えた。

「そなた、将来は株を手に入れ、公事宿の主《あるじ》になるつもりでいるのか」

「へえ、正太《しょうた》はんはどうなのかきいてまへんけど、わたしは一応、その気でいてます」

「公事宿の主もなかなか大変だぞ。この世は多くが色と欲で動いておる。人を欺《あざむ》いたり殺《あや》めたりするのも、ほとんどがそれに通じている。そんな人の欲に関わる商いは、並大抵の覚悟ではできぬぞ。公事宿の主になるのもよいが、まあ下代《げだい》の吉左衛門《きちざえもん》どのや手代の喜六《きろく》のように、ずっと奉公をしていたらどうじゃ。わしは町をぶらついていて、さまざまな人々を見かける。そのたび多くの老若男女が心の中で、銭金銭金、色恋色恋とつぶやきながら歩いているように思われてかなわぬのよ」

「そら、そうかもしれまへん。けど世間の枠からはみ出した人々を、捕えてお裁きにかけたり、また話し合いなんかで、世の中の秩序を保とうとするのが、お奉行所や公事宿の務め。わたしは非力ながら、いくらかでもそんな助けをしとうおす。人にはそれぞれ適した生業《なりわい》があるもんどっしゃろ」

「そなたは公事宿稼業が性に合うているともうすのじゃな。えらく成長したものじゃ」

菊太郎が驚いた口調でいい、編み笠の紐を解いたとき、鯉屋の暖簾が撥《は》ね上げられた。

「若旦那、そんなところに立ったまま、鶴太みたいな奴となにを問答しておいやすのどす。早う中に入らはったらどないどすな」

帳場に坐っていたらしい主の源十郎だった。

「源十郎、そなたまで苦情をもうすのか」

「これは苦情ではありまへん。あたりまえのことを勧めてるだけどす」

「あたりまえの言葉には、従わねばなるまいわなあ」

「臍曲《へそま》がりの若旦那は、人の言葉にも一つひとつ小言らしいことをいわはって、かないまへんわ。ともかく、さっさとお入りやすな」

源十郎は暖簾をかかげたまま、菊太郎を店の中に迎え入れた。

店の土間はひんやりして気持がよかった。

今日は下代の吉左衛門が正太を伴い、町奉行所の詰め番部屋（公事溜り）に出かけているようだった。

「源十郎、今月の月番は東西両町奉行所のどちらなのじゃ」

菊太郎の表情は、店に入るや否や、真面目なものに改まっていた。

「今月の月番どすか——」

「ああ、そうじゃ」

「今月は西町奉行所どす」

「そうか、それなら銕蔵の奴も、少しぐらい暇があるのじゃな」

「暇いうたかて、外にお出かけにならへんだけで、先月の内に関わった事件の処置に当たってはりまっしゃろ。忙しくしてはるに決ってますがな」

源十郎はそれは無礼だといわんばかりに、口を尖《とが》らせた。

町奉行所は江戸では南北の二つだが、京では東西に分けられていた。

月番の町奉行所が、その月は定町廻《じょうまちまわ》り同心を毎日、町の見廻りに巡回させた。町番屋（自身番）に立ち寄らせ、犯罪の有無を質《ただ》したりして、その防止に当たっていた。

もしその月の内に厄介な事件が起ったら、これには継続して対さねばならなかった。

「源十郎、それがなんじゃ。さような折にいたさねばならぬこともあろうぞ」

「そら、そうどすわなあ。それで菊太郎さまが、鋳蔵さまにご用どしたら、鶴太にでも使いをさせまひょか」

「ああ、そうしてもらえればありがたい」

かれは源十郎に答えたつもりだが、桶を提げ、土間で話をきいていた鶴太が、それどしたらと源十郎にいいかけた。

「ほな鶴太、おまえ東町奉行所までひとっ走り行ってくれるか。鋳蔵さまが不都合どしたら、岡田《おかだ》仁《に》兵《へ》衛《え》さまでも曲垣染九《まがきそめく》郎《ろう》さまでもかましまへん。菊太郎の若旦那、それでようございまっしゃろ」

「ああ、それでよい」

かれは襟許をくつろげ、扇子で風を入れながらいった。

「まあ若旦那、お上がりやすな。どこかでなにか、怪しいことを嗅《か》ぎ付けてきはったんどっしゃろ」

「そなたは鼻のよく利く奴じゃ。いかにも怪しい出来事に出会うたのよ。普通ではさしたる話でもなく、ときどきどこかでありそうな一件だが、場所柄からして一応、穿鑿《せんさく》してみる必要があるのではないかと考えてなあ。尤《もっと》もこれはわしの勘にすぎぬがのう」

菊太郎はいくらか自嘲《じちょう》気味につぶやいた。

「いやいや、世間をさまざま見てきはった若旦那の勘。疎《おろそ》かにはできしまへん。それで美濃屋からこの鯉屋へお戻りになる途中、どこでなにがあったのか、まずわたしにきかせとくれやす」

源十郎は、女子衆《おなごし》のお与根《よね》が水で冷やした手拭いを届けると、それを菊太郎に勧めながらうながした。

「そなたも知っておろうが、この新緑の頃、中間働きをしていた若い男が、五条河原で殺されたわなあ。あれは確か東町奉行所の扱い。中間仲間の喧嘩、あるいは博奕《ばくち》でもしてならず者に殺められたのではないかとして、深く詮議《せんぎ》もされずにすまされてしまった。男は御池・富小路に近い長屋に住んでいたが、その男の長屋の井戸に、西瓜が放り込まれていたのじゃ。西瓜が井戸の中で割れたため、長屋の連中が、朝から総出で井戸浚えをしていたのよ。あの長屋には殺された男の妹が、そのまま住んでいると、銕蔵配下の誰かがもうしていたのう」

「その男の妹のことはともかく、確かにそんな事件がございましたなあ」

「わしが不審に思ったのは、西瓜を投げ入れる悪戯がされたのが、殺された男の住んでいた長屋だったことと、その男の妹がいまだそこにいるその二点じゃ。特に男の妹が、同じ家に住みついたままでいるのが不可解。若い娘の一人暮らしじゃでなあ。もちろん理由があってだろうが、それはいったいなんであろうな」

「そんなん、わたしにはわからしまへん」

「すんだ事件の詮議は、まずその辺りから始めるしかあるまい。なにが飛び出してくるかしれぬぞ」

　冷えた茶を湯のみに二杯飲み干した頃、岡田仁兵衛と曲垣染九郎の二人が、東町奉行所からやってきた。

「菊太郎の兄上どの、組頭さまはご用人《ようにん》さまがなにやらご相談があるとかで呼ばれ、部屋をお留守にされております。それゆえそれがしたちが、二人でまいりました。なにのご用か、おきかせくださいまするか――」

　仁兵衛にいわれた菊太郎は、先程、源十郎に語った次第を、二人にありのまま伝えた。

「殺された男の名は定七、妹の名はお里ともうします。事件の詮議は、組頭岩井《いわい》清七郎《せいしちろう》どのの手で行われました。菊太郎さまがお考えの通り、お里がそのままあの長屋に住んでいるのには、理由がございます。お里は手先が器用で働き者のため、西陣の織屋に重宝され、そこの出機《でばた》をして稼いでおります。兄の定七が残したわずかな蓄えと合わせ、なんとか暮らしが立てられているのでございます。さらにお里は、長屋の向かいに住む籠職人の藤助なる男と、やがては夫婦《めおと》になる約束だときいておりまする」

「そうか、それでそのお里とやらが、あの長屋にとどまっていることには納得できた。されどわしはお里に、もっときき糺《ただ》したいことがある。とはもうせ、お里は何者かに見張られている恐れも考えられる。町奉行所に呼び出すか、わしたちがたずねてもよいが、もしお里を見張っている輩《やから》がいれば、詮議が失敗してしまうなあ」

「菊太郎の若旦那は、お里からなにをきき出そうとしてはりますのやな」

　ここで源十郎がいきなり口を挟んできた。

「金、金のことじゃ」

「金のことどすと。貧乏長屋に独り暮らすお里とは、まるで関わりがないのと違いますか」

「いや、それがなあ源十郎、はっきりあるのよ。金銀小判ともうすものは、微《かす》かな匂いを放っておる。わしはあの長屋の表に立っているとき、どこから漂ってくるのか、芬々《ふんぷん》たる金の匂いを嗅いだのじゃわ」

　菊太郎は源十郎や仁兵衛たちに無造作にいった。

　事実、金は匂いを持っている。金銀小判なら金属の、紙幣なら紙の特殊な匂いであった。殊《こと》に金にひどく執着を抱く者や、鼻が敏感な人物なら、はっきり嗅ぎ付けられるのである。

「芬々たる金の匂い——」

　曲垣染九郎が、菊太郎の顔をまじまじと凝視してつぶやいた。

この男はどんな感性をそなえているのだろうと、明らかに驚愕《きょうがく》したようすだった。

確かに小判に鼻を近づけてみると、微かな匂いがする。それが多数になれば、匂いは濃くなる道理だった。

「菊太郎の兄上どの、そのお里を誰にも気づかれずに詮議するのに、一つ方法がございまする」

「いかなる方法じゃ」

「お里は千本出水《でみず》の機屋『寿屋《ことぶきや》』の出機をいたしております。われらが寿屋の主に話を付け、そこにひかえまする。そしてお里を呼び出させれば、もし見張られているとしても、その者には気付かれずにすむのではございませぬか――」

「なるほど染九郎どの、そなたは賢明なことを考えてくれるわい。では早速、組頭の銕蔵に話を通し、段取りを付けてもらえまいか」

「かしこまりましてございます」

かれと仁兵衛は、源十郎にも丁重に頭を下げ、間もなく辞していった。

出機――とは、内職で織物を織る女たちに、織屋が織糸を届けて製品を作り出す方法。一反の織物を織り上げるには、実に多くの人々の手を経なければならないのであった。

織屋の手代や小僧が、出機先に糸を届けたり、また出機をしている長屋の女たちが、織屋に糸を取りに行ったり、完成した反物を届けたりするのは、京・西陣では常に見かけられる光景だった。

染九郎の提案を入れ、翌々日の昼すぎ、すぐそれが実行された。

寿屋の主は半右衛門《はんえもん》という。

かれはなにがなんだかわからぬまま、手代に織糸を風呂敷に包ませ、長屋に向かわせた。

丁度、織り上がった反物を、お里が店に持参する日が近づいてもいた。

半刻（一時間）ほど後、お里が寿屋にやってきた。

「お里はん、おまえを騙《だま》したようですまないけど、東町奉行所のお役人さまが、ききたいことがあるといわはり、奥の座敷で待ってはります。おまえの身に災いが及ぶのを避けるためやそうどす。そこのところをよう考え、なにもかも正直にお答えせなあきまへんのやで。お役人さまは四人、物柔らかな物腰のお人たちばっかりどす」

半右衛門の言葉をきき、お里はぎょっとして顔色を変えた。

兄の定七が殺されたとき、町奉行所で吟味役からさまざま詰問《きつもん》されたことを、急に思い出したからである。思い出したくないことまで、あれこれ吟味役に述べねばならなかった。

奥の座敷に通ると、そこには四人の男が思い思いの恰好でくつろいでいた。

一人だけ着流し姿の侍が、肘枕《ひじまくら》をして寝ころび、手入れの行き届いた庭を眺めているのがひどく目立った。

「そなたがお里か。手の込んだことをいたし、まことに相すまぬ。わしらはそなたの兄定七が殺されたとき、お取り調べに当たった者ではない。されどちと不審があり、内々、改めてそなたにたずねたいと思い、この寿屋の主に頼み、こうしてきてもろうたのじゃ」

組頭の銕蔵が、仁兵衛と染九郎の顔をうかがい、穏やかな口調でお里に話しかけた。

その背後で寝そべっていた痩せ気味の侍が、むっくりと起き上がった。

髪は儒者髷《じゅしゃまげ》、物柔らかい雰囲気の人物だった。

「そなたと兄の定七が九年前、どのような事情で若狭の小浜から京にやってきたのか、それについては、町奉行所のお調べ書きを当たって存じておる。定七は一度会っただけの錦小路の魚問屋『淡路屋《あわじや》』の旦那に、土下座して請け人になってもらい、いまの長屋に住み始めたのだとか。そして四条・堺町の口入れ屋『十四松屋《じゅうしまつや》』にまいり、そこで中間奉公を紹介されたそうじゃな」

仁兵衛が銕蔵に代わって問いただした。

「はい、さようでございます」

「ところがなあお里、そなたはまだ小さかったゆえ、気付いておらなんだのだろうが、わしらが改めて調べたところ、定七が中間奉公にありついたというのは、どうやら嘘。十四松屋がここにと紹介したのは、堅気の行商の手伝いを装っていたが、その実は石仏《いしぼとけ》の五兵衛《ごへえ》ともうす老賊の親分だったのよ。定七は妹のそなたを案じさせまいとして、中間奉公などと伝えていたにすぎぬのじゃ。わしらがこうもうせば、思い当たる節がいろいろあるはずだが――」

仁兵衛の後に再び銕蔵が口を利いた。

「うちの兄が盗賊の仲間に――」

お里は頭をがんと棒で叩かれたような衝撃を覚えた。

目の前が真っ暗になった感じだった。

「だがお里、さように案じることはないぞ。盗賊ともうしても、石仏の五兵衛はなあ、強欲で不埒な商人ばかりを狙って襲い、しかも相手にそれと気付かれぬように盗みをしていた。いわゆるこそ泥じゃ。誰にも恐ろしい思いをさせておらぬわい。それで石仏の五兵衛と、仲間内で渾名《あだな》されたほどなのじゃ。そなたの兄の定七は、しかも見張り役をさせられていただけで、いわば端《はした》にすぎぬ。中間の身形をしていれば、町の人々から怪しまれなんだであろうでな」

儒者髷の菊太郎が慰め顔でいった。

「蛇《じゃ》の道は蛇《へび》。これらのことは五兵衛と関わっていた者たちから、わしらがきき出したことで、さほど間違いはなかろう。ところが石仏の五兵衛はどこが悪かったのか、半年ほど前、隠れ家としていた寺の離れで、ぽっくり死んでしまったのよ。手下として気になるのは、五兵衛がひそかに溜めていたはずの金。それをどこに隠したのか、さっぱりわからぬそうじゃ。手下たちがそれで目を付けたのが定七。定七は五兵衛に信頼されて身辺の世話もしており、金を預かっているのではないかと疑われた。おそらく問うても一向に口を割らぬため、それが原因で殺されたのであろう。それ以外には考えられぬのじゃ」

またしても銕蔵が、菊太郎の言葉につづけて説明した。

「お里、そなたなにか思い当たることはないか。もしあれば、わしらにありのままもうすがよいぞよ」

こういわれ、お里ははっと驚きの表情になり、肩をおののかせた。

向かいに住む藤助に預けたままにしてある小さな柳行李を、思い浮かべたのである。

兄の定七を殺害した五兵衛の手下たちが探しているのは、それに違いなかった。

自分の留守中、何者かが家に侵入し、家探ししていたことも含め、すべてを打ち明けてしまうべきだと決意した。これまで自分が直接脅迫を受けたり、自白を迫られたりしなかったのが、幸いだった。

このことをこれ以上放置しておいたら、自分の身になにが起るかわからない。相手は探しているものが、まさか長屋の向かいの家に預けられているとは思いもしないのだろうが、三日前に起きた西瓜の一件を考えると、事情が変わってきているとみるべきだった。

「お役人さま、実は――」

お里は銕蔵や菊太郎に向かい、身を乗り出した。

寿屋の庭で飛んでいた蜻蛉《とんぼ》が、苔《こけ》むした庭石に止まり、羽を休めていた。

三

夏は熱くて食べにくいため、団子があまり好まれない。そこで美味《うま》い団子で評判の美濃屋では毎年、趣向を変え、とうもろこしを焼いて売ったりしていた。

また座敷に上がる客たちには、ところてんが口当たりがよいとして喜ばれた。

ところてんは「心太」と書き、海藻のてんぐさを洗って晒し、煮てかすを除いた汁を、型に流し込んで冷やす。固まらせたそれを、口に針金を網状に張ったところてん突きの中に入れ、押出し棒で突いて太い麺状にする。

芥子《からし》醤油《じょうゆ》か甘酢、黒蜜などをかけて食べる涼味のある食品だった。

ときには団子の注文もあったが、美濃屋のところてんは特別にうまいと評判だった。

美濃屋で働く右衛門七は、お店《たな》さまや菊太郎の若旦那さまに、骨を拾ってもらうつもりでいてますと、いつも口癖のようにいっていた。

その右衛門七が、煮上げたところてんを型で冷やし、固まったそれを水を入れた桶の中に浮かべている。

かれはその後、黒蜜を作りながら、お信の顔をたびたびそっとうかがった。

今日もまた暑そうだった。

今年は梅雨が早くに明け、夏が長かった。

「右衛門七はん、おまえうちの顔をなにをじろじろと見てはるのえ。なにか付いてますのか――」

お信は甘酢を作りながら、かれにたずねた。

「いいえわし、じろじろとなんか見てしまへん」

「そんなことありまへんやろ。先程から何遍もうちをうかがってましたやないか。うちになにかあったら、遠慮のういうとくれやす」

少し強い口調で、お信は右衛門七をうながした。

「さほどのことではありまへんけど、そんならいわせていただきます。お店さまは、菊太郎さまのことを案じてはるのやないかと、わしは心配してるんどす。今日で三日目、菊太郎の若旦那さまは女癖の悪いお人ではございまへん。けど一つ屋根の下に、二晩も三晩も若い女子はんと二人でいてはったら、好むと好まざるとに拘《かかわ》らず、なにが起るかしれしまへんさかい――」

右衛門七は声を低め、気遣わしげにいった。

その言葉をきき、お信がにやりと笑った。

「右衛門七はんはそんなことを案じてはるんどすか。あれは鋳蔵さまを手伝ってのお仕事どすえ。浮いた話ではありまへん。いつ盗賊が押し込んできて、お里はんいう女子はんの家を、家探しするかわからしまへん。菊太郎さまはそのときの用心のために行ってはるんどす。そんな物騒な中で、ややこしいことなんかできしまへんわ。そもそも菊太郎さまが軽率なお人でないのは、うちにはようわかってます」

お信の言葉は確信に満ちていた。

「そらそうどすわなあ。それに長屋の真向かいには、お里といわはる娘はんと夫婦約束をしてる男はんが、住んではるときいてます。万一、言い寄られても、手なんか出せしまへんわなあ」

「右衛門七はんはそういいながらも、まだ心の中でばかな心配をしてはるようどすなあ。いい加減にしておかな、後で菊太郎さまに告げ口をして、叱ってもらいますえ。それにしても、うちと菊太郎さまの仲をそうまで案じてくれはっておおきに。お礼をいわさせていただきます」

だがお信にも、そんな危惧《きぐ》が全くないではなかった。

女なら菊太郎を一目見ただけで魅せられる。

一、二度なら、身を委せてもいいと考える女もいるに違いなかった。

長身痩軀《そうく》で優しく、きりっとした顔。強くて逞しく、それでいて優雅な雰囲気をそなえる菊太郎なら、女の誰もが慕うに決っていた。

だがいまは、死んだ石仏の五兵衛という老賊の手下たちを一網打尽にするため、菊太郎はその一事に心を傾けている。

お信はすべての経緯《いきさつ》を、鯉屋からきた手代の喜六にきかされていた。

「そんなわけで当分、菊太郎の若旦那さまは、お里という女子はんの家で泊りの張り込みをつづけ、こっちにもあっちにも戻ってこられしまへん」

喜六はお信に真面目な顔で伝えた。

こっちやあっちというのは、お信の営む美濃屋と鯉屋を指している。

あの日、織屋の寿屋で銕蔵や菊太郎たちは、意を決したお里からすべての事情を打ち明けられた。

結果、菊太郎たちは、石仏の五兵衛配下の盗賊たちが、親分の五兵衛が定七に預けていたはずの柳行李を奪い取るため、お里の家に侵入し、たびたび家探しをしているのだと断じた。

「それにしても微かにしたところで、金銀の匂いが嗅ぎ付けられるとは、兄上どのはどんな鼻をしておられますのじゃ。わたくしは兄弟でありながら、まったく駄目でございます」

銕蔵は仁兵衛や染九郎がそばにいるにも拘らず、少し戸惑った顔で菊太郎にたずねた。

「わしはどのような鼻もしておらぬわい。そなたたちと同じ鼻をしておるが、まあもうせば嗅覚が犬に近いのだろうよ」

「ともかく驚きました」

染九郎が複雑な顔で感心していた。

「石仏の五兵衛が定七に預けた柳行李が、用心のため藤助に委ねられていたのは、幸いであったわ。紐で固く縛ったそれには、おそらく何百両かの金が入っているのだろう」

「石仏の五兵衛は、老後のためにでも金を溜めていたのでございましょうか」

「さてなあ。とにかくいまはその金のことより、たびたびお里の家を家探ししておる五兵衛配下の盗賊たちを、一網打尽にすることじゃ。五兵衛は荒立てずにこっそり盗むのを信条としていた賊。子分たちがお里の家内《いえうち》をこそこそ探していたのは、そんな信条が奴らの身にも染みているからに相違ない。定七を殺害したのはおそらくことの弾み。さればここはわれらのうち誰かが、お里の家にひそかに泊り込み、相手を捕えるのが一番じゃ」

銕蔵にいわれ、仁兵衛と染九郎がうなずいた。

「銕蔵、その役目、わしが果たそうではないか。そもそもわしの鼻が嗅ぎ付けた一件じゃからのう」

お里を目前に置き、相談がまとまった。

「そうしていただければ、うちは今夜から安心して眠れます。おおきに、ありがとうございます」

銕蔵や菊太郎たちに心配事を打ち明けたお里は、ほっとした表情で礼をいった。

その夜、人の気配がないのを確かめてから、菊太郎はお里の家に入り込んだ。

お里が寝るために、蚊帳を吊り始めた。

「お里、わしに蚊帳は不要。蚊《かや》遣りを焚き、中の間の隅で横たわるわい。そなただけ奥の部屋で蚊帳を吊って寝るがよかろう」

「菊太郎さま、どうしてでございます」

　織屋の寿屋でみんながかれをこんなふうに呼んでいたため、彼女も自然とそれに倣っていった。

「わしが蚊帳の中に寝た場合、賊が侵入してきてその吊り手を切ったら、網にかかった獣同然となる。手も足も出せぬからじゃ。蚊遣りがあれば十分、これならどのようにでも動けるのでなあ」

「菊太郎さまがそないいわはるんどしたら、うちも蚊帳を吊りまへん」

「そなたは別。わしに気をつかわぬでもよい。気楽にして眠ってくれ」

　お里は菊太郎の言葉に素直に従った。

　最初の一夜はなんとなく緊張して明けたが、何事も起らなかった。

　朝になり、お里は竈で二人分の御飯を炊いた。

「今日から当分、わしはここで昼間もすごすことになる。藤助にもいうではないぞ。誰にも気付かれてはならぬからじゃ。わしはなるべく気配を消しておるわい。そなたは普段通りに、機を織ってすごすがよかろう」

　円《まる》いちゃぶ台を囲んで朝御飯を食べながら、菊太郎はお里にいい諭した。

「はい、かしこまりました」

　菊太郎に固くいわれたお里は、長屋の井戸端で朝の洗い物も、一人分だけにした。残りは家の台所で果たした。

長屋の女たちにも気を配り、それとわからないように注意深くしていた。

洗い物と家の掃除をすませると、お里はいつも通り、機に向かって腰を下ろした。

長屋には、何事もないかのように機の音がひびき始めた。

菊太郎は刀を抱え、汗ばんだ身体を中の間に横たえ、その日をすごした。

次の日もそうだった。

さらに翌日、お里は織り上げた反物を届けに、織屋の寿屋に出かけた。

菊太郎は、一礼して出ていくお里に無言でうなずき、また中の間で横になった。

「お里はん、あの子はこれからどうする気でいるのやろ。兄さんが殺されたというのに、気丈に頑張ってはるやないか」

「織屋の手代はんがいうてたけど、お里はんが織らはる反物は、経験が豊富な織子はんたちに負けんくらい、きっちり出来上がってるそうやわ。そやさかい、織屋の旦那はんが暮らしの面倒はちゃんと見る、なにも案じんと仕事をつづけてほしいと、いうてはるんやて」

「きいたところによれば、お里はんと死なはった定七はんのご両親は、若狭の小浜で、なんや網元から酷い目に遭わされて死んだそうやわ。それで二人は思い切って、この京に出てきたのやと。そやのに、この京でもまた哀しい目に遭わなならんとは不運なこっちゃ。そやさかいあのお里はんには、長屋のみんなができるだけ優しゅうしてやらなあきまへん。気丈に生きてはるお里はんに意地悪なんかしたら、うちが承知しまへんさかいなあ」

声を強めていっているのは、平助の女房のお勝だった。

「それにしてもこの間、長屋の井戸に西瓜が放り込まれていたのは、どうしたわけどっしゃろ」

「誰がなんのつもりであんなことをしたのか、見当も付きまへん。ほんまに悪い悪戯をする者がいるもんどすなあ」

「犯人がわかったら、男でも女でも縛り上げて辻晒しにでもしたらな、腹が立って治まりまへんわ」

「あの日の朝の井戸浚えは大変どした。それでも長屋のみんなが総出でして、一刻（二時間）ぐらいですみましたがな。これから毎年の井戸浚えも、職人はんたちに頼まんと、みんなでああしてやりまひょうな」

長屋の女房たちのそんな声が、菊太郎の耳にも届いてきた。

長屋の井戸浚えは多くが年に一度。普通、大家の支払いで行われるが、家賃が安いこの長屋では、店子《たなこ》の負担と決められていた。

一刻ほど後、お里がただならぬようすで長屋に戻ってきた。

手には新しい織糸を包んだ風呂敷包みを提げていた。

「お里、どうしたのじゃ」

菊太郎は小声でたずねた。

なにかあったようすだった。

「はい菊太郎さま、家を出てから行きも帰りも、怪しい男二人に跡を尾《つ》けられたようどした」

「行きも帰りもだと――」

「はい、うちの思いすごしではございまへん」

「そうか、ならば奴らが現れるのは、おそらく今夜じゃな。奴らは今度は、そなたに金の在《あ》り処《か》を直接、質すつもりのようじゃ。そなたもその覚悟でいるのじゃな。だが相手が二人でも三人でも、必ずひっ捕えてつかわす。そなたは案じぬでもよいぞ」

菊太郎の言葉にお里は黙ってうなずいた。

それから夜まで、ときの経つのが、お里にはひどく遅く感じられた。

機に糸を張り、その後、夕御飯の支度に取りかかった。

できるだけ平静を装っていたが、わっと叫び、どこかに逃げ出したい衝動に駆られた。

考えてみれば、自分は囮《おとり》にされているのである。兄の定七に石仏の五兵衛が預けたものなど、自分にはどうでもいい。少しでも早く、この桎梏《しっこく》から解放されたかった。

自分には疫病神が取り憑《つ》いているのだろうか。それが追い払えるものなら、どんな面倒なことでもしたかった。

夕刻になると、さすがに季節は秋に近づいているとみえ、いくらかひんやりしてきた。

向かいから藤助の戻った気配が届き、長屋には家族がうちそろい、夕御飯を食べる物音や賑わいが、ちょっとの間ひびいた。

お里は藤助の許に、助けを求めて駆け込んだらどうだろうと思ったりもしていた。

「お里、今更の話だが、藤助にはここしばらく、お里には無関心な態度でいてもらいたいと、東町奉行所からもうし伝えられておる。あの男、わしがここに潜んでいることに、おそらく気付いているだろうよ」

自分の心の内を察したらしい菊太郎にいわれ、お里はがっくりと肩を落とした。

こうなれば、この菊太郎一人に頼るしかないと、ようやく覚悟を付けた。

夕御飯の後片付けを終えると、夜の更けていくのが怖かった。

夜なべ仕事の縫いものにかかったが、手がつい疎《おろそ》かになっていた。

「惚れたはれたといいながら、女は女狐《めぎつね》尻尾をさらす。惚れた男にゃそれすら見えぬ。やがてど壺（肥溜）に腰まで嵌まる。やれ、ちょいなちょいな」

酒に酔った政五郎が、戯歌《ざれうた》をうたいながら長屋に帰ってきた。

「お里、もう夜なべ仕事を止め、蚊帳を吊るがよいぞ。夜も大分更けてきた」

中の間から菊太郎の声が低くかけられた。

彼女は無言でうなずき、押し入れから敷布団を取り出した。

菊太郎は刀を抱え、中の間の隅柱に寄りかかっていた。

かれの勘では、今夜こそ相手は痺《しび》れを切らし、おおっぴらに押し込んでくる。中の一人が長屋の人たちを、刀を構えて脅《おど》していれば、誰も番屋に走れないだろう。

五兵衛の手下たちは、そうしながら龕灯《がんどう》で部屋を照らし付け、堂々と家探しをするに違いない。あるいはお里を縛り上げて匕首《あいくち》で脅し、行李の在り処をきき出そうとするかもしれなかった。

蚊帳を吊り終え、お里が中に入った。

しばらくすると、路地のどこかで鳴いていた虫の声がふっと途絶えた。

幾つもの足音がひたひたと迫ってくるのが、菊太郎にはよくわかった。

「お里、どうやら例の奴らがきたようじゃ。そなたは薄布団を頭からかぶり、蚊帳の中で丸まっておれ」

かれが声をかけると、お里ははいとうなずいた。

その直後、わざと突っかかい棒をせずにおいた表戸が、そろりと開いた。

「兄貴、これは変どっせ——」

「なにがじゃ——」

「普通なら、戸締りの突っかかい棒が厳重に嵌められているはずやのに、それがされていいしまへん」

「そんなん、どうでもええこっちゃ。忘れたということもあるわいさ」

兄貴と呼ばれた男は、都合のいいようにしか、物事を考えない質《たち》の男のようだった。

「定七の妹は、どうやら寝ているみたいどす」

「叩き起して猿轡《さるぐつわ》をかませるんじゃ。できるものなら、家探しはなるべく騒がれんようにしたほうがええさかい」

家に侵入してきたのは三人だった。

龕灯にすでに火が点《とも》されていた。

かれらは草履《ぞうり》ばきの土足のまま、表の間に上がり込んだ。

「それにしてもこの女子、えらい気丈な奴ちゃわい。表戸に突っかい棒をするのも忘れ、独りで太平楽に寝ているのやさかい」

龕灯で奥の部屋をさっと照らし付けた男がつぶやいた。

「誰か、蚊帳の中にそっと入って素早く口を押さえ込み、猿轡をかませるんじゃ」

「米蔵《よねぞう》の兄貴、それはわしがしますわ」

「畜生、五百両余りの金を、定七の奴はどこに隠しおったんやろ。今夜は床下まで徹底して探すんじゃ」

「それだけの金があったら、わしらも危ない渡世から足を洗えますさかいなあ」

「五兵衛の親分は生涯盗賊いうても、どうしてこそ泥ですませはったんどっしゃろ」

「そら人を傷つけたり殺めたりしたら、首を斬り飛ばされるお仕置きを受けるからじゃ。万一お縄になっても、盗みだけなら首まで刎《は》ねられへん。それにもともとの大人しい人柄のせいやろなあ」

兄貴の米蔵を中心に、かれらが小声で話をしている。

「ではわしがやりまっせ――」

「おお小《こ》六《ろく》、やったれや。今夜こそ、金を探し当てなあかんねんで」

「そんなん、わかってますわいな」

小六と呼ばれた男が、蚊帳の中にもぐり込んだ。

お里のくぐもった悲鳴が起り、すぐ静かになった。

隅柱にもたれていた菊太郎は、ゆっくり立ち上がった。

四

米蔵には瞬間、なにが立ち上がったのかよくわからなかった。

ただ黒い人影だとは見て取れた。

「て、てめえはなんじゃ」

かれの声はすでに怯えていた。

「わしか、わしならそなたたちに殺された定七の亡霊じゃ」

「な、なにっ、定七の亡霊やと。そんな阿呆《あほ》なことがあるかいな」

「ならば定七に頼まれた用心棒だともうせば、わかりやすかろう」

龕灯を持った男の手が震え、その灯がゆらゆらとゆれていた。

「おい、お里に猿轡をかませようとしている小六とやら、それはもう止めにいたせ」

菊太郎が龕灯の薄い明かりに照らされ、ちらっと振り返ったとき、それがかれの計算ずくの行為とも知らず、米蔵が匕首を構え体当たりしてきた。

菊太郎は素速く身体を退け、米蔵の背中を脇差《わきざし》で撲り付け、足で蹴飛ばした。

米蔵ががあっと叫び、倒れ込んでいった。

すかさず菊太郎は龕灯を持った男に迫り、これを奪い取るや、鳩尾《みぞおち》に一撃をくらわせた。

男はぐむと声を上げ、その場にうつぶせに伏した。

龕灯でお里のほうを照らすと、彼女が蚊帳をめくり上げ、その外に出てきた。

「おい小六、そなたはそこにひかえているのじゃ」

菊太郎は一歩踏み込んで腰の刀をひらめかせ、蚊帳の吊り手を切り落とした。

これで小六は網にかかったのも同然となった。

兄貴分の米蔵が、よろよろと起き上がろうとしている。

「やい、そなたはそこにじっと坐っておれ。身動きいたせば、叩き斬ってくれるぞ」

またもや菊太郎が叱咤《しった》を飛ばしたとき、家の表戸ががらっと開けられ、何者かが押し込んできた。

　曲垣染九郎と福田《ふくだ》林太郎《りんたろう》の二人だった。

「菊太郎の兄上どの、お怪我はございませぬか——」

　染九郎にたずねられ、菊太郎はどうもないとあっさり答えた。

「そなたたちは、わしがお里の家にひそんでから、ずっとこの長屋の警戒に当たっていたのじゃな」

「はい、組頭さまからお指図をいただき、昼夜、配下の四人が代わるがわる見張りについておりました」

「こ奴らの仲間が一人、表で見張っておりましたが、そ奴はすでに手足を縛り上げ、逃げられぬようにいたしてございます」

「それは始末のよいことじゃ。礼をもうす」

「いや、そ奴に飛びかかり捕えたのは、下っ引きの弥助《やすけ》でございました」

「おおそうか。してその弥助はどこにおるのじゃ」

「若旦那、わしになにかご用で——」

　戸口から顔を突き出し、かれが菊太郎にたずねた。

「弥助か、ご苦労じゃ。されば染九郎どのと林太郎どのから、捕り縄を預かり、そこの男たちを縛り上げてくれ。足りなければ、お里から紐でも借り、それで縛ればよかろう」

「へえ、かしこまりました」

「そなたたち、代わるがわるとはもうせ、あれからずっと警戒に当たっていたとは、ご苦労だったのう」

「いえ、それがわれらのお役目でございますれば――」

「とにかく、思い通りに運んでよかったわい」

かれが染九郎たちに言葉をかけてから、長屋の表がようやくざわめき出した。

「お里はんに乱暴を働こうとして押し込んできたならず者たちを、お役人さまが捕えはったんやて」

「捕まったのは四人じゃ。表に一人、転がされているわい」

「どうやら何日も前からそんな気配を察し、この長屋を見張ってはったらしいわ」

「ならず者たちはまんまと罠《わな》に落ちたわけか」

「それにしても、四人がかりでお里はんになにをしようとしたんやろ」

「なにか探し物のため、押し込んできたようやで」

「わしらがいるというのに、大胆なこっちゃ」

「そのわしらが頼りないと甘う見て、押し込んできたんとちゃうか」

「わしらが頼りないと甘う見てやと。あっ、そうか。西瓜を井戸に投げ込んだのも、きっとそいつらの仕《し》業《わざ》やわ。わしらが井戸浚えをしているようすをうかがい、これやったらかまへんと、見込みを付けおったんやな」

「畜生、幾重にも腹の立つ話や。どづいたらなあかんわい」

人足の平助がいきり立った。

「米蔵、西瓜の一件はそのつもりでいたしたのか——」

菊太郎が厳しい声でかれにただした。

「へ、へえっ、すんまへん。さようでございます」

「妙に利口な奴らじゃが、わしらがそのとき、すでに不審に思っていたのに気付かなんだとは、失敗だったな」

「お奉行所の旦那、わしは人足働きをしている平助といいますけど、こいつらはなにを探すため、お里はんの家に押し込んできたんどす」

「さて、なんだろうな——」

かれらの後ろに藤助が無言でひかえていた。

かれは両手に柳行李をたずさえていた。

「藤助、悪いがそれを背負い、取《と》り敢《あ》えずお里とともに、わしらに付いてきてもらえまいか。平助、こ奴らが狙っていたものはこれなのじゃ。この行李の中に、蛇や蜥蜴《とかげ》がうじゃうじゃ入っているやもしれぬぞ」

「そんなことありますかいな。ならず者が四人がかりで狙うからには、大枚の小判に決ってますわ。自分のものにならんでも、それだけの金、一度ぐらい持ってみたいもんどす」

政五郎が大袈裟《おおげさ》に声を上げた。

「政五郎はん、お役人さまたちの前で、そんな横着をいうたらいけまへん」

藤助からたしなめられ、政五郎が首をすくめた。

「お役人さま、そんな悪い男たちの縄尻を一本一本摑《つか》み、お奉行所まで連れて行かはるのは大変どっしゃろ。一人でも逃げられたら、追っ掛けて殺生をせなあきまへんがな。うちの関白が、店から持ち帰った長い縄がありますさかい、それで数珠《じゅず》繋《つな》ぎにしはったらどうどす」

平助の女房のお勝が、両手で縄を抱えてきた。

「それはありがたい。早速、借りてまいるぞ」

福田林太郎がよろこばしげにいい、手をのばした。

江戸で長屋住まいの庶民は、夫を人に披露するとき、「宿六」と呼んでいたが、京では「関白」と呼ぶ女が多かった。

宿六は宿の主人、すなわち亭主を親しみ、同時に卑しめていう言葉だが、関白も「亭主関白」という言葉があるように、それと同じであった。

だが土地柄、これは大閤秀吉や関白秀次から起った呼称だと考えてもよかろう。

関白――は国の政務に関わり、天子の補佐や奏上をする重職。因《ちな》みに秀吉は関白になってから放恣《ほうし》をきわめた。

米蔵ら四人を捕えた菊太郎たちは、夜の御池通りを西に向かった。

さすがに夜は肌寒くなっていた。

「菊太郎の兄上どの、こ奴らをどこに連れていかれます」

染九郎が菊太郎にたずねた。

「この時刻に、東町奉行所をいきなり騒がせることもあるまい。とりあえず鯉屋に連れてまいり、牢座敷にぶち込んでおいてもらおう。取り調べは明日からじゃ。三晩にわたった警戒、その肩の荷を下ろし、今夜はともに酒でも飲もうぞよ」

「それがしは菊太郎の兄上どのが勧められましたゆえ、つい大酒を飲んでしまいましたと、組頭さまにもうし上げまするぞ」

「ああ、銕蔵の奴になんとでももうせ。さればわしは、染九郎どのが深酔いしたのか、北野から妓女《おなご》を呼んで欲しいと頼まれたわいと、付け加えてくれる」

「菊太郎の兄上どのの刀さばきの巧みさにはまいりまするが、気の利いた切り返しにも、降参いたしますわい」

「わしは銕蔵配下の中で、そなたを一番苦手に思うているわい。気性がどこか似ているからだろうな。福田どのの酒好きには驚き、岡田仁兵衛どのの思慮深さには焦《じ》れる。小島左馬之介《こじまさまのすけ》のごとき清純な同心が、わしみたいな男に傾倒しているときくたび、片腹が痛くなってまいるぞ」

「左馬之介のそれは、自分に欠けるものに憧れているのでございましょう。それがしとてきくたび、つい苦笑いしてしまいまする」

「まあ染九郎どの、さよう扱《こ》き下《お》ろされまい。されどわしとて、町奉行所には憧れの人物が、十人も二十人もおいでになるわい。だがわしがさようになりたいと思い、そのお人たちに揉み手をして近づこうものなら、相手はわしを気味悪がる。顔を合わせず、そっと遠ざかっていくのは確実じゃ。世の中は引きと縁故、さまざまな約束事と手続きで成り立っておる。またそこを無事に渡っていくには、ある種の平衡感覚が大事なのじゃ。わしやそなた如き男は、その気になったとて、とても仲間には入れてもらえぬ。わしにもそなたの顔にも、目には見えぬ烙印《らくいん》が、臍曲がりとか偏屈者とか、捺《お》されているようじゃでなあ」

「目には見えぬ烙印――」

「いかにも。弘法大師は晩年に記された『秘蔵宝鑰《ひぞうほうやく》』ともうす書物の中で、生まれ生まれ生まれ生まれて生の始めに暗く、死に死に死に死んで死の終りに冥《くら》しと記されている。このお言葉をわしに解釈させれば、人間はいくら同じ人間に生まれ変わって生を受けたとて、所詮、どうにもわからぬものじゃと、大師は溜息をつかれているのだろうよ。石仏の五兵衛とて、普段は町筋を売り歩いていた玉屋だったそうではないか。子どもに慕われる玉屋暮らしをいたしながら、盗みに押し入るよからぬ商人の店をうかがっていたとは、全く不可解。狡《ずる》い方便との見方もあるが、そうばかりではないのではあるまいか」

菊太郎は林太郎や下っ引きの弥助が、米蔵たち四人を数珠繋ぎにした縄尻を摑み、先にいくのを見て、小声でいった。

玉屋はいまでいうならシャボン玉売り。江戸時代のシャボン玉売りは、椋《むく》の実を煎じた汁を竹の筒に入れ、葭《よし》の管で吹き、子どもたちを集めて売っていた。

鯉屋に到着すると、米蔵たちは後ろ手に縛られた捕り縄を解かれ、頑丈な牢座敷にすぐ放り込まれた。

見張りには弥助がつかされた。

藤助とお里はお多佳《たか》の案内を受け、二階の客部屋に導かれた。

「布団を二つ、敷いておきましたさかい、今夜はここでゆっくり休んでおくれやす」

「それでは、あ奴らを捕えた祝い酒を飲もうではないか——」

お多佳が奥の部屋に戻ってくると、菊太郎と染九郎が銚子に手をのばしていた。

にわかに起され、身形をととのえた源十郎も一緒であった。

かれらの前には、藤助が背負ってきた柳行李が置かれている。

「この中に入っているのは、一両小判や二朱金などであろう。全部でどれほどの額になるのだろうな」

「米蔵たち四人は、五兵衛が金を貯え、それを定七に預けたのを、知っていたに相違ございませぬ。その金をみんなで山分けするため、わしらに渡せともうしたが、定七は頑として拒んだ。

それゆえ、あ奴は殺されてしまったに違いございませぬ。定七はこの金をどうするつもりでいたのでございましょうなあ」

「どうするつもりでいたか、明日からの取り調べで次第にわかってくるわい。それにしても、定七は石仏の五兵衛の言葉を律義に守り、頑固な奴だったのじゃな」

菊太郎は立てつづけに猪口をあおり、お多佳をたびたび台所に立たせた。

鶴太や正太、それに喜六は、いきなり米蔵たち四人を牢座敷に入れる騒ぎとなり、すっかり目が覚めてしまっていた。

明日から忙しくなる、早う寝なはれと源十郎にうながされ、再び布団に横たわったが、頭が冴えて容易に寝付けなかった。

それは二階の客部屋で横になった藤助とお里も同じで、お里は朝まで藤助に不安を訴えつづけていた。

「なにも心配することなんかあらへん。奉行所のお白洲《しらす》では、ただ事情をきかれるだけのこっちゃ。どうやらおまえには、あの妙なお武家さまが付き添ってくれはるみたいやさかい」

そうこうするうちに、空は間もなく白《しら》んできた。

「正太、おまえ銕蔵の若旦那さまの組屋敷に走り、昨夜からの一切を伝えてこいや」

階下で喜六が正太にいいつけていた。

牢座敷でこの声をきいた米蔵たちは、もう観念したようすだった。

四半刻（三十分）ほど後、銕蔵が岡田仁兵衛たちを従え、鯉屋に到着した。

米蔵たちに再び捕り縄をかけ、弥助とともに東町奉行所に連行していった。

その日から藤助とお里は、ずっと鯉屋に逗留《とうりゅう》させられた。

お里だけは菊太郎と源十郎に連日付き添われ、東町奉行所に出頭し、軽い吟味を受けていた。

「いろいろ取り調べが進むに従い、意外なことがわかってきたわい。あの柳行李の中には、五百五十両もの金が、麻袋に小分けして入れられていたそうじゃ。しかもその小袋には、石仏の五兵衛のつたない字で、大雲寺三綱《さんごう》さまと書かれていたともうす」

三綱は寺内の僧侶・寺務を管理する役僧をいい、上座《じょうざ》・都維那《ついな》・寺主《じしゅ》などがこれに当てはまる。

大雲寺（実相院）は洛北の岩倉にあった。

平安中期、後三条天皇の皇女が精神病を患われたが、寺内の井戸水を祈願して飲むと、治ったという話が伝わっている。

円融《えんゆう》天皇勅願の天台宗寺院だったが、織田信長の焼き討ちで焼失し、江戸時代初期に再興された。

同寺の不動の滝に打たれる灌水《かんすい》療法は、鬱《うつ》の病に利くといわれ、境内《けいだい》には貧しい人々のための療養所が設けられ、やがては孤児も収容するようになってきた。

「石仏の五兵衛はこの寺で孤児として育ち、世間に出ていった。されど世間の扱いは冷たく、四十すぎてからついには盗賊となったのよ。そこへ若狭の小浜から京にきた定七が、玉屋の手助けをしてくれる若者はいないかと、口入れ屋で網を張っていた米蔵に釣り上げられたのじゃ。五兵衛の手下は定七を含めて五人。いずれも洛中に住んでいた。五条東洞院《ひがしのとういん》にいた五兵衛の許で、シャボン玉の汁を仕入れるふうを装ってあれこれ話し合い、ときどき大きな盗みを働いていたそうじゃ」

　菊太郎はどこか物憂そうな口振りでつづけた。

「盗んだ金は頭の五兵衛が二人分取り、後は五人で均等に分けていた。五兵衛は自分の分から必要な金だけを取り、残りを大雲寺の賄《まかな》いにといつも届けていた。若い頃は多くて一、二両だったのが、近頃ではいつも百両近くなっていたともうす。お陰で、大雲寺で看護を受ける者や孤児たちの暮らしは随分よくなった。介抱人を近くの村から雇い入れ、地域ぐるみでの看護になっているそうじゃ。奴が石仏の五兵衛と異名されるのは、あまりに無口のため、配下の誰かがそういったかららしいわい。その配下たちも荒っぽい仕事は苦手のようであった。それで自分の死期をなんとなく察した五兵衛は、別に溜めていた大金を、もし自分が死んだらその大雲寺に届けてもらいたいと、定七に柳行李ごと託したのじゃ」

「盗賊ながら、なかなかの男どすなあ。その柳行李、米蔵たちに奪われずに大雲寺に運び込め、よろしゅうおしたわ」

　そばできいていた下代の吉左衛門が、五兵衛の行為をたたえて感心した。

「それに定七を殺した四人も、ときどき自分たちの懐から、大雲寺の孤児たちのために、祠堂《しどう》金《きん》を届けていたそうどす。お奉行さまはそれを知って処置にお困りになり、江戸のご老中さまに早馬をもって相談をかけられ、そのすえ、こんなお沙汰が下されました。本来、四人は打ち首に処すところだが、さような者を処刑するのは忍びない。永代、隠岐島《おきのしま》に遠島をもうし付けるがよいとの仰せやそうどすわ」

　源十郎が晴れやかな顔でお多佳たちに告げた。

「政《まつりごと》を行う奴らが、孤児や貧しい人々に自らひっそり救いの手を差しのべることは、ほとんどないからのう。我が身を顧《かえり》み、石仏の五兵衛や米蔵たちのことを考えれば、おそらく忸怩《じくじ》たる思いなのであろう。貧しかったり生まれに事情を持ったりしていると、世間はその身に目に見えぬ鎖を絡め、それを容易に解いてはくれぬものじゃ。五兵衛も定七の奴も、不憫《ふびん》にもそんな鎖に繋がれたまま、一生を過ごさねばならなかったのよ。ところでお奉行どのから定七の墓を、大雲寺のどこかに立ててつかわせとのお言葉があったそうじゃ。秋にも祝言《しゅうげん》を挙げるともうしていたお里が、これでさぞかし安堵するだろうよ」

　事件が決着した後でも、菊太郎の声はくぐもっていた。

　こんな大雲寺でも、いまはともかく、やがて破戒坊主が現れ、政と同様にいつ腐臭を放つようになるかしれないと思ったからだった。

　京の空に鰯雲《いわしぐも》が広がっていた。

弘法大師の箴言《しんげん》がかれの頭の隅にこびり付き、どうしても離れなかった。

鴉浄土

一

間口の広い店の表戸を、小僧たちの開ける音がひびいてくる。

古手《ふるて》（古着）問屋「菱屋《ひしや》」の隠居九郎右衛門《くろうえもん》は、母屋から離れた隠居所の部屋で、いつもその音をきき、目を覚ますのであった。

一緒に働きに働き、菱屋を京で五本の指に数えられる店にしてきた妻のお民《たみ》が死んでから、半年がすぎていた。

「店はおまえに譲ることにしました。後は弟の大次郎《だいじろう》と二人で商いに励み、いずれは大次郎に暖簾《のれん》分けをしてやっておくれ」

嫁を迎えて三年経つ嫡男の大一郎《だいいちろう》と、総番頭の甚兵衛《じんべえ》を前に、九郎右衛門がいい渡したのは、去年の秋だった。

古手問屋仲間（組合）の主立つ人々には、すでに話が付けてあり、後をよろしくと頼んでいた。

「九郎右衛門はん、そろそろ退《ひ》けどきやとお考えになったんどすな。大一郎はんもいまではお店《たな》（女主《おんなあるじ》）さまを迎え、店の切り盛りを立派にしてはりますさかい、ここら辺りで店を譲られるのも、方法どすわなあ。弟の大次郎はんも、真面目に店を手伝ってはりますさかい、もうなんの心配もありまへん。隠居暮らしを始めはるのも結構やおへんか」

「そやけど、店の離れで暮らすのも鬱陶《うっとう》しおすさかい、そのうちに東山の高台寺か青蓮院《しょうれんいん》の近くにでも、別宅をお建てになるんどっしゃろなあ」

親しい同業者たちから羨《うらや》ましげにいわれ、九郎右衛門もその気になった。

直後から隠居所の土地をそれとなく物色していたのだが、妻の死でそれはいつしか曖昧《あいまい》になっていた。

一日中、そこで好きな古い焼きものや絵などを見て、茶を飲んでいても張り合いがない。花や野菜でも栽培し、その合間に馴染みの骨董屋に出かけたりすれば、日々が楽しくすごせるだろう。

かれは碁や将棋の心得もなく、酒も全く嗜《たしな》まなかった。趣味といえば、古い焼きものや絵などを見るのを、唯一の楽しみとしていた。

「菱屋のご隠居さま、こんな仏画が手に入りました。この文殊菩《もんじゅぼ》薩《さつ》さまは、鎌倉時代のものどっしゃろか。お顔がきりっと端整で、乗ってはる獅子の足が、太うしっかり描かれてますなあ。これを買《こ》うときやしたら、いつまでも見飽きはらへんはずどす」

馴染みの骨董屋が訪れ、そんなふうにでも勧めるだろう。

佳《よ》い品物を、確かな好事《こうず》家《か》に買い取ってもらっておけば、ほかからこんな物がほしいと依頼されたとき、先に売っておいた品を、持ち主から出してもらい、新しい客に売ることができる。

骨董屋として安定した商いが成り立つのであった。

近年、強盗・泥棒・骨董屋——と悪くいわれ、それに現職の研究者も自ら抱き込まれて一役果たしているが、戦前までの骨董屋は、買い主の好みを大事にし、さほどあくどい商いをしていなかった。

九郎右衛門の好みは古い焼きものと新旧の絵だが、それだけに留まらない。美しく佳《よ》いものだと感じたら、根付《ねつけ》、櫛《くし》、たばこ入れの前金具でも、なににでも及んでいた。

「古画の数々、また宗達や光琳のほか、実にさまざまなものを見せていただき、さらには白鳳《はくほう》時代の伽藍石《がらんせき》を置いたかような庭まで拝見いたし、眼福のかぎりでございます。そのうえでもうすのはなんでございますが、九郎右衛門どのは、これでよくぞ玩物喪志《がんぶつそうし》に陥《おちい》らなかったものでございますなあ」

書画を好む延暦寺の老僧が、かれの所持する土《ど》蔵栄相《そうえいそう》の描いた仏画を見にやってきた。栄相は比叡山出身の下級法師で、土蔵（金貸し）や酒屋を営み、室町時代の出色の絵師でもあった。

一通りの蒐集品《しゅうしゅうひん》や伽藍石を目にした後、老僧が茶を喫しながらこういった。

伽藍石とは、もとは寺の堂舎の大きな柱を置いていた礎石。山門か本堂が建っていたのかもしれなかった。

廃寺の礎石と化したそれを、移して沓脱石《くつぬぎいし》や飛石としたものを、伽藍石と呼んでいた。

玩物喪志とは、人には無用と思われる物を愛玩し、大切な志を失うことをいい、『書経』に記されている。

「ご老師さまはそないにもうされますけど、はかない人の一生を考えたら、商い熱心なのも、一種の玩物喪志なのではございまへんか。死んでしもうたら、どんな高名なお方でもすぐ人から忘れられ、ましてや金など、何代も守り切れるものではありまへん。人には無用な物でも、これらには確かに存在していたという意味があり、わたしみたいな者の心を、穏やかにじわっと揺すり立ててくれますのや。壺一つを取っても、いつかの時代に誰かに作られ、誰かがそれを使い、そうしてずっといまに伝えられてきたんどすさかいなあ。いい返すみたいで失礼ではございますけど、わたしはそないに思いますわ」

「なるほど、考えてみれば、九郎右衛門どのがもうされる通りじゃ。商い熱心なのも一種の玩物喪志か。世の中に確かなものなど何一つないのでなあ。この世で確かなものは、仏の教えだけじゃわ」

延暦寺の老僧は、まいったといわんばかりの顔でつぶやいた。

「ご隠居さま、お目覚めどすか――」

寝床から起き上がると、離れの別室で起伏している付女中のお桂《けい》が、襖を開け声をかけてきた。

彼女は死んだ妻のお民にもかわいがられ、隠居所が新たにできれば、そこにも付いてくるはずになっていた。

七年前、近江《おうみ》の瀬田から奉公にきて、いまでは二十歳になる娘だった。

「ああ、いま起きましたよ。顔を洗ってご飯をすませたら、いつものようにすぐ出かけます。その用意をしておいておくれ」

「へえ、承知いたしました」

お桂は九郎右衛門に両手をついていい、台所のほうへ退いていった。

隠居所の井戸端には、高盥《たかだらい》にすでに水が汲まれ、口を漱《すす》ぐ用意もととのえられていた。

二つを終え、かれが四脚膳に向かって坐ると、今朝も隠居所の屋根からいつもの声がきこえてきた。

「くわあ、くわあ――」

鴉《からす》が間隔を置いたのどかな声で、数声鳴いたのである。

――ああ、ご飯をすませたらすぐ行きますさかい、わたしをそない急《せ》かさんと、ちょっと待っていなはれ。

九郎右衛門は鴉に向かい、胸の中でおだやかにつぶやいた。

給仕をするお桂にも、全く気付かれない会話だった。

店のほうから買い付けの古手屋や、遠くから訪れた買い出し屋の声などがきこえてきた。

月に何度か、質屋の番頭や手代の声も交じっていた。

質屋の質草は主にきものだった。質屋たちは質流れしたきものを、仲間の市で売りさばくより、直接、古手問屋に売ったほうが金になり、定期的にそれらを持ち込んでくるのである。

店の作業場では、十数人の女たちが早々と仕事を始めていた。

運ばれてきた古手を改め、そのまま古手屋に売れるものは除《よ》け、解いて洗濯をして洗い張りにかける。〈お針子〉と呼ばれる女たちが、それを仕立て直し、新たに商品とするのであった。きものはこうして人の手から人の手にと渡り、最後には雑巾や赤ん坊のお襁褓《むつ》になったりして消えていくのだ。

よくぞここまで着古したと感心させられるきものも、ときには見られた。

それでも菱屋では、それをできるだけ丁寧に継ぎを当てて直し、商品として流通させていた。

「こんなんを粗末にせんと、直したうえで売りにかけるのは、少しでも多く儲けたいからではありまへん、きものとして仕立てられたこれを、人の一生に見立て、その命を全《まっと》うさせてやりたいからどす。どうぞ、面倒がらずに、丁寧に縫うてやっておくれやす」

死んだお民が、洗い場や仕立て場の女たちにいつもいっていた。

彼女は暇があると襷《たすき》をかけ、自ら彼女たちの中に交じり、洗濯をしたり針を持ったりするほどだった。

お民のこうした心掛けのうえ、主の九郎右衛門も似た考えを持っていた。そのため勢い給金がよく、奉公人をはじめ働きにくる近所の長屋の女たちも長つづきをし、辞める者は少なかった。

「お店さま、これをうちの小さい娘に着せとうおすさかい、売っていただけしまへんやろか」

そう頼む作業場働きの女もいた。

「そんなんおまえ、菱屋の店の中で売り買いなんかできしまへん。そのかわいらしいきもの、もらってもらいますさかい、その分、しっかり働いてくんなはれ。それがお互いに一番どっしゃろ。旦那さまにも承知しておいてもらいますさかい、気兼ねをせんと、そうしなはれ」

お民にやさしくいわれた女は、目に涙を浮かべてよろこんだ。

自分は金を儲けるためだけに、古手問屋を営んでいるわけではない。また店は自分のものだが、自分だけのものではない。多くの者たちが、働いて食べていくための場としてあるのだ。

それが九郎右衛門夫婦の商いに対する理念で、息子の大一郎と大次郎の二人も、両親のこんな考えに賛同していた。

「自分の儲けばかりを望まんと、大店《おおだな》の旦那さまたちがみんな、世間のことや奉公人の身になって考えはったら、世の中、結構に運ぶんどすけどなあ」

「そういわれると、わたしは肩身が狭いわいな。店の儲けから古い絵や、人がただでも要らんようなものを、骨董屋から高《たこ》う買《こ》うてますからや」

「大旦那さま、それは考え違いではおへんか——」

「なんでやな」

「この菱屋は、大旦那さまの才覚でいまのように繁盛し、みんなによろこんでいただいているからどす。それに大旦那さまは、その骨董の善し悪しとは別に、その茶碗や絵がどんな人の手で作られ、どんな人の手から手に渡り、自分の許にきたのかを、考えてはりまっしゃろ。この菱屋に古手がきたのと同じようにどすわ。骨董の一生について考えてはるときの大旦那さまは、損得を勘定してはるときのお顔とは、全く違うてはります。夢見るように遠くを眺め、なにか別の世界に浸ってはるみたいどす。そうしたことが、仕事にもっと精を出そうというお気持に、結び付いているのとちゃいますか。それに買うたものがいくらの値段でも、ものは後に残っていきます。女子《おなご》遊びや、酒を仰山飲んで身体を悪うすることにくらべたら、どれだけ増しやらとうちは思うてます。そやさかい、骨董好きでかましまへんがな。番頭の甚兵衛や息子たちかて、そういうてますえ」

お民に何回かいわれたことがあった。

屋根ではなく、今度は別の場所で鴉が鳴いている。

「くわあ、くわあ——」

やはりのどかな鳴きようだった。

「お桂、それでは今日もわたしは出かけてきます」

朝ご飯を食べると、お桂にいい、外出の支度をととのえた。

——ご隠居さまは毎朝、どこへ行かはるのやろ。

彼女はそう思うものの、九郎右衛門にたずねはしなかった。

店から出るとき、かれはお桂に小布に包んだ二つの握り飯を決って手渡された。

「出かけてまいりますよ」

かれは店の者に出会うと、おだやかな声でこういい、寺町の下御霊社《しもごりょうしゃ》近くの店を出ていった。

「ご隠居さまは毎日毎日、いったいどこへお出かけなんやろ」

「付女中のお桂はんによれば、いつも握り飯を二つ持っていかはるそうや。しかも妙なことに、握り飯には海苔《のり》も巻かんと塩味だけ。梅干も昆布も入れて要らんと、いうてはるのやて」

「身体を動かさな早う老いるさかい、どっかへ歩きに行ってはるのやろか」

「そのついでに、骨董屋へ立ち寄らはるわけかいな」

「そうかもしれへんなあ」

奉公人たちは小声でこうささやいていた。

短羽織《みじかばおり》に行灯袴《あんどんばかま》をはいた九郎右衛門は、寺町筋を南に向かい、二条の妙満寺の北道を通り抜けた。鴨川の板橋を渡り、大きな伽藍を聳《そび》えさせる頂法寺の前を通り、その北に二十余りも伽藍を並べる中の一つ、西方寺にやってきた。

この西方寺が菱屋の菩提寺《ぼだいじ》であった。

近くの花屋の老婆から、小さな供花《くげ》を二つと線香を買うと、かれは線香に火を点《とも》してもらい、閼伽桶《あかおけ》を提げお民の墓に近付いた。

墓のそばで黒いものが動いている。

「おまえ、やっぱり先にきていたのやな」

九郎右衛門は鴉にやさしく声をかけた。

「くわあ、くわあ――」

朝、菱屋の隠居所の屋根で鳴いていたあの鴉だった。

鴉のかれは、九郎右衛門がお民の墓へお参りにきた当初は、遠く離れてかれを見ていた。だが食べ物を置いて帰ると、それをいつもすっかりきれいに食べてあった。

お参りのたびにそんなことがつづき、九郎右衛門と鴉との距離がぐっと近付いた。

かれがお供え物をあまさず食べ、お民の墓を少しも汚していないことが、九郎右衛門に鴉への好感と親近感を抱かせたのである。

最近では九郎右衛門が墓にくると、かれはそこで待ち受けている。店への帰路を空から眺めたのか、隠居所の屋根で九郎右衛門の動きをうかがうまでになっていた。

「くわあ、くわあ――」

おだやかな鳴き工合が、九郎右衛門になにかいいかけているようだった。

――人は鴉を嫌うけど、わたしはそうでもないわい。鴉は賢い鳥やときいている。もしかしたらお民の奴は、あの鴉に生まれ変わってきたのかもしれへんなあ。墓にくると、わたしを恐れもせずに出迎え、ときには肩へおとなしく止まったりする。この鴉はきっとお民の生まれ変わりなんやわ。

九郎右衛門はまず線香を立て、昨日、挿したばかりの花を替えた。それからお桂に作らせた握り飯を二つ、墓前に供えた。

そのそばで鴉が九郎右衛門を見上げていた。

「さあどうぞ、早う食うのじゃ。わたしのくるのが待ち遠しかったやろ。菱屋の店から先に飛んできて、わたしを待っていてくれたのじゃな」

九郎右衛門の声をきき、鴉がくくっと鳴き声を上げた。

「さあ、遠慮せんでもええで。腹が空いてるのやないかいな。野鼠《のねずみ》なんか捕え、食うてはならぬぞ。腹を痛めるからのう」

線香の煙が立ち昇るのを眺めながら、九郎右衛門は鴉に話しかけた。

――それではいただきます。

そういうように鴉は頭をわずかに動かし、おもむろに握り飯を食べ始めた。

「いつも握り飯は二つじゃが、そなたにそれで足りようかな。お民の奴は少食だったのでなあ。もう一つ増やしてほしかったら、そうしてやるが、どうじゃ」

九郎右衛門が鴉に問いかけると、かれは首を横に振り、否やと答えたようだった。

「増やして要らんのやな。ほな、いつもの二つにしておくわい」

九郎右衛門にはどう考えても、その鴉がお民の生まれ変わりのように思えてならなかった。

自分の名前を襲名した息子の大一郎に話したら、親父さまの思い過ごしどっしゃろと、いうに決っている。おそらく誰に語っても、そう笑われるだろう。

店の商いは順調だが、隠居して妻のお民に死なれてみると、さして面白くもない世の中だ。骨董を買うのにも、息子に少し遠慮を感じるようになってきた。

自分はこれまで十分に働いてきた。

そろそろあの世に旅立つため、身の回りの片付けをしておいたらどうだろう。

お民は風邪をこじらせ、二月《ふたつき》余り寝付いただけで死んだため、彼女の遺品はそのままにしてあり、形見分けもしていなかった。

それを兼ね、自分の形見分けも、前もってすませておいたらいかがだろう。

突然、そう思い付き、九郎右衛門はお民の墓前にいる鴉を改めて眺めた。

「くわあ、くわあ、くわあ――」

かれが間を空け、ゆっくり三度鳴いた。

「おまえはわしに、そうしたらええというているのじゃな」

かれが鴉にたずねると、鴉はそうだといわんばかりに、また「くわあ」と一声鳴いた。

身体にどこも悪いところはないが、あるいは自分の死期が迫っているのかもしれなかった。

二

——ほなお民、わたしはこれで帰りますよ。明日、またきますさかい、待っておいでなはれ。たったいま思いついたんどすけど、おまえが残していったさまざまなものを、整理して片付け、あの人やこの人に形見の品としてもらっていただかなあきまへん。同時にわたしのものも、整理しておくつもりどす。わたしもいまは元気どすけど、いつどうなるかわかりまへんさかい。おまえのそばに往《ゆ》くのも、そう遠い日ではありまへんやろ。そしたらまた毎日、一緒に過ごせますわ。

九郎右衛門は両手を合わせて胸の中でいい、ふと彼女の墓に目をやった。

すると鴉が自分を見上げてかすかにうなずき、そうどすなあというように「くわあ、くわあ——」とまた鳴いた。

「おまえには、わたしがお民になにをいうたのかわかりますのか——」

かれは鴉に問いかけた。

玉砂利の上にいた鴉は、今度は羽をゆすり、一声だけ「くわあ」と鳴き、次いで「くくっ」と哀しそうに喉を鳴らした。

「やっぱり、わたしのいうてることがわかるんどすな。おおきにおおきに、おまえはほんまにありがたい鴉どすわ。おまえに会《お》うてから、わたしはなんや少し元気になった気がしていますわいな」

「くくっ、くくっ、くくっ——」

それから鴉は、これまできいたこともない声で鳴きつづけていた。

――ほな、わたしは帰りまひょ。

九郎右衛門は西方寺の小さな山門に向かって歩き始めた。

かれの後ろで鴉の飛び立つ羽音がきこえた。

その羽音は山門まできて、屋根に止まった。

「わたしをそこで見送ってくれるのやな。おまえはやっぱりお民の生まれ変わりどっしゃろ。そしたらどうして鴉ではなく、猫にでもなってきいへんかったんどす。猫どしたら懐に入れ、出かけるときでも一緒にいられますのに。そやけどそれは仏さまが決めはることで、仕方ありまへんわなあ」

九郎右衛門ははっきり声に出していい、古びた山門を見上げた。

「くわあ、くわあ――」

思いなしか鴉の声は、そうだといっているようだった。

西方寺を後にした九郎右衛門は、一旦、そのまま店に帰ろうとしたが、祇園社にでもお参りしていこうと思い立ち、俗に東《ひがし》寺町小路と呼ばれる道を南に向かった。

東寺町小路の名の通り、そこには大小の寺が櫛比《しっぴ》していた。

かれが三条大橋から東にのびる東海道（大津街道）を間近にした要法寺の近くまでくると、そこの山門からひょいと人の姿が現れた。

着流し姿の腰に大小を差している。

おやっと目を凝《こ》らすと、儒者髷《じゆしやまげ》を結った相手の男は、田村菊太郎だった。

九郎右衛門は菊太郎とは、公事宿「鯉屋」の隠居宗琳を通じて旧知の仲だった。

十数年前、宗琳がまだ現役で働いていた頃、古手問屋仲間の揉め事を、処理してもらった縁からだった。勿論、菊太郎の父田村次右衛門もまだ現役だった。

「もうし、あなたさまは田村菊太郎さまではございませぬか――」

かれは躊躇《ためら》いもなく、菊太郎に声をかけた。

足を止め、かれがゆっくり振り返った。

「これはどなたさまかと思いきや、古手問屋・菱屋のご隠居どの――」

「はい、菱屋の九郎右衛門でございます。一別以来でございますなあ」

「一年ほど前、鯉屋の主源十郎とともに、川魚料理屋でご馳走に相なった。改めてお礼をもうし上げる」

「なんの、あれぐらいのことでお礼とは、お恥ずかしいかぎりでございます。その後、お父上さまはご壮健でおられましょうか」

「ああ、元気も元気、組屋敷で退屈していると、弟の銕蔵がもうしておりました。毎日、盆栽をいじっているだけでは、暇を持て余しましょうなあ」

「高台寺脇の宗琳さまはいかがでございます」

「宗琳どのは近頃、近くに住まわれる比丘尼《びくに》さまから、黒茶碗を手捻《てびね》りする技を習っておられ、庭に小さな窯《かま》を築き、もっぱら黒茶碗を焼いておられます。いまやその茶碗も四、五十個と溜りにたまり、訪れる客人に差し上げても、数は増える一方。いっそ茶碗屋を開こうかといい出され、源十郎を悩ませておられますわい」

「宗琳さまが手捻りの黒茶碗を――」

「いかにも、できはそこそこでございますぞ」

菊太郎は快活な口調でいった。

宗琳に茶碗作りを教えたのは、二代前の膳所《ぜぜ》藩主の側室。いまは剃髪《ていはつ》し、妙寿尼《みょうじゅに》と名乗っている尼御前《あまごぜ》だった。

「それはそれは、ご隠居さまでもいたすことがあって、ようございますなあ。それが昂《こう》じて茶碗屋をとは、いやはや、なんとももうし上げようがございませぬ」

「九郎右衛門どのも一度、宗琳どのの許をお訪ねくだされ。但《ただ》し、黒茶碗を一個か二個、必ずいただいて戻らねばなりませぬぞ」

「宗琳さまが焼かれた黒茶碗なら、一個どころか二個でも三個でも、よろこんで頂戴して帰らせていただきます」

「されど使い心地が悪かったら、なんといたされる」

「鯉屋のご隠居さまがお作りになった黒茶碗。使い心地の悪かろうはずがございませぬ」

「わしなど宗琳どのから三個もらっておるが、茶湯《ちゃのゆ》を嗜《たしな》まず、どうも使い道がなくてなあ。しかし飼猫のお百《ひゃく》の飯茶碗にいたすのも、源十郎の手前憚《はばか》られ、なんとも困っている次第じゃ」

「それでは一度、宗琳さまの隠居所をお訪ねいたしますわ」

　九郎右衛門は微笑していった。

「宗琳どのの許に行かれても、いまのわしの言葉を、口にされてはなりませぬぞ」

「勿論、さように使い道がないなどとは、決してもうし上げませぬ。代わりに使い心地がことのほかよいとでも、お伝えいたしておきましょう」

「それはそれでかまいませぬが、あまりわしが褒めていたと、もうされてもなりませぬぞ。うれしがって更に茶碗をくれるに決っておりますのでなあ」

「その旨もかしこまりました。ところで菊太郎さまはなにゆえ、かような東寺町小路においでになったのでございます」

「ああ、それはなあ。いまわしが出てまいった要法寺に、子どもの頃、剣道を学んでいた岩佐昌雲さまのお墓がござってな。久々にお参りいたしてきたのよ」

「それはそれは、お師匠さまもおよろこびでございましょう」

「さようにもうす九郎右衛門どのは、いかがしてかような場所においでになるのじゃ」

　菊太郎は急に不審な顔になってたずねた。

「ついそこに構えられる西方寺が、菩提寺でございまして、わたしは亡き妻に線香を手向《たむ》けにまいったのでございます」

「されば奇《く》しくも同じ用であったわけじゃ」

話をしながら同じ方角に歩いているうち、二人は東海道に出て、いつしか白川を目前にしていた。

東海道では十人ほどの人足の一団が、大人の背丈を超える真新しい細長の木箱を担ぎ、ゆっくり慎重に運んでいた。

木箱を置く台も別に運ばれ、前後とその周りには、四人の僧と旅袴をはいた警固の武士が、これも十人ほど付いていた。

三十人余りにもなる一団の移動を、道行く人たちが立ち止まって見ていた。

「あの一行はなにを運んではりますのやろ」

「立派な木箱に、警固のお侍さまとお坊さまが四人。なんか変な取り合わせどすなあ」

「慎重に運ばれているのはなんどすやろ」

「さてなあ。警固のお武家さまが付くほどどすさかい、木箱の中身はよっぽど大事な物どっしゃろ」

人々が口々にあれこれいっていた。

「菊太郎さま、いったいなにを運んではるのでございましょう」

「あれか。あれはおそらく京仏所で刻まれた阿弥陀さまなどのご尊像であろう。それとも、廃寺になった寺の古仏かもしれぬ。どこかの大名が国許に引き取るため、いま京を旅立ってきたのじゃ。平安・鎌倉時代のご尊像なら、引き取り得じゃな。そんな時代の仏師たちは、遠国からご尊像の依頼を受けると、だいたい鑿《のみ》などの道具だけをたずさえ、身一つで出かけたともうす。尤《もっと》もあのように大袈裟《おおげさ》に、京や奈良で造られたご尊像を、運ぶ場合もあったであろうが――」

「妻のお墓に詣でた戻りに、そんな一団に出会うとは、これも仏縁かもしれませぬなあ」

九郎右衛門は合掌して一行を拝んだ。

そのかれの姿に気付いたのか、警固の侍の一人が、塗り笠をかぶった頭を、九郎右衛門に一《いち》揖《ゆう》させた。

かれの行為の意が、ほかの見物人にもわかったらしく、両手を合わせる人々が次々につづいた。

「これでご尊像さまも未練なく、この京からお去りになることができるだろうよ。さて九郎右衛門どのは、これからいかがいたされる」

粟田《あわた》口《ぐち》のほうに遠ざかっていく一団を見送りながら、菊太郎がたずねた。

「わたしは祇園社にでも詣で、それから店に戻ろうと思うてます。菊太郎さまはどうされまする」

「わしか、わしなら馴染みの団子屋が、祇園・新橋のそばにあってな。そこに立ち寄り、そなたには不謹慎だろうが、団子を食いながら酒でも飲もうと思うているわい。そうじゃ、そなたもいっそ、団子だけでも食べていったらどうじゃ。店の名は『美濃屋』ともうすが、そこの団子はどこの店のものより旨《うま》いぞ」

「さようにお誘いくださるのであれば、ご一緒させていただきます。菊太郎さまが昼間からお酒をお飲みになるぐらい、わたしは不謹慎とは思うておりませぬ。わたしとて古手問屋風情《ふぜい》で、人から不謹慎なと非難されそうなことを、いたしておりますさかい」

「ほほう、その不謹慎とは、またいったいなにをなしておられるのじゃ。まさかご当代に隠れ、どこかに女子でもこっそり、囲うておられるのではあるまいな。仮にそうだとしても、それなら鯉屋の隠居どのと同じで、別に隠す必要もなかろうが。今日の墓参りは、さてはあの世のご妻女どのに、お詫びのためでございましたか」

「いやいや、とてもさように艶《つや》のある話ではございませぬ」

「では九郎右衛門どのは、なにをいたされているのじゃ」

菊太郎は興味深そうにたずねた。

「菊太郎さまにもうすのは、おこがましゅうございますけど、わたしは無類の骨董好き。骨董漁《あさ》りでございます。人には瓦礫《がれき》に等しいものでも、ほしいとなれば、なんとしてでも手に入れたいのでございます」

「なんと、九郎右衛門どのにさようなご趣味がおありだとは、存じませなんだわい。わしの知《し》る辺《べ》にも、無類の骨董好きがおりましてなあ。そ奴の許に、これもまた無類の酒好きが、一体の金銅仏を持ってまいりました。わしも拝顔いたしたが、それは聖徳太子さまご存命の頃に鋳《い》られた弥勒菩薩《みろくぼさつ》。酒好きの男は、骨董好きのそ奴に、これと一斗樽一つとを交換してもらえないかといい、その金銅仏を無理矢理置いていったそうでございます」

菊太郎は肩を並べて歩く九郎右衛門に、楽しそうに語りつづけた。

「骨董好きのそ奴は、これは間違いなく天平《てんぴょう》より古い金銅仏だと鑑定いたした。だが酒好きの男によれば、実は立派な店構えの骨董屋に持ち込んだところ、主が一見するなり、これは百年ほど前に鋳られた偽物、一両でなら買わせてもらいますともうしたそうじゃ。酒好きは、骨董屋が嘘をついて安く買い取る腹でいるぐらい見抜いたが、偽物だといわれ、すっかり興醒めしてしもうた。それは鍍《と》金《きん》の厚い逸物でなあ。ほしい人物に出会えば、千両、二千両にでも売れる品じゃ。あの骨董屋から偽物だといわれたのがわしの不運。そもそも酒を飲むため、仏さまを売ろうとしたわしが横着であった。弥勒菩薩さまはわしに愛想尽かしをされたのじゃ。何千両になろうとも、わしは一斗樽一つで十分。それをすっかり飲み尽くしたら、酒をきっぱり断つつもりじゃともうしおった。そうして骨董好きのそ奴に是非ともと頼むゆえ、そ奴は躊躇《ためら》いながらも、一斗樽の質《しち》として、その金銅仏を預かったともうす」

「それは世にも珍しいお話どすなあ。それでその酒好きのお人は、一斗酒を飲んで、いかがいたされました」

「もとは北面の武士の子孫で、いまは弓作りをして暮らしているのだが、一斗の酒をたらふく飲んだ後、言葉通り、ぴたっと酒を断ったそうな。骨董好きのそ奴が、ならば祝いとして弥勒仏を返さねばならぬと思い立ち、酒好きだった男にそう伝えた。ところが男は、そなたがもしあの弥勒仏をどうしても返すのであれば、わしはまた酒好きになってくれるわいと、脅《おど》しおったそうじゃ」

「人の好意に対して脅すとは、あんまりどすがな」

九郎右衛門にすれば、天平時代より古い金銅仏となれば、垂涎《すいぜん》の品であった。

「これには後日譚《ごじつたん》がございましてなあ。どこで探り出してきたものやら、酒好きだった男の許に、当初、金銅仏を売りにいった骨董屋が、手土産を持って現れ、深々と頭を下げたともうす。その折にはわたくしの目違いから、百年ほど前に鋳られた偽物ともうし上げましたが、それは全くの過ち。あの弥勒菩薩さまを、どうぞ三百五十両でお売りくだされと頼んだそうな」

「それでその弓作りのお人は、どうお答えになられました」

白川沿いに歩きながら、九郎右衛門は興味深そうにたずねた。

「金輪際、酒を断った男は、本物を偽物ともうし、一儲け企《たくら》む悪党とは、端《はな》からわかっていたわいと叱り付けた。そして本物を偽物といたすのは、その職分にある者には決して許されぬ行為。わしの友に野鍛冶《のかじ》がいてなあ。その友と骨董好きの奴とともに、今後の災いを断つため談笑しながら、その金銅仏を溶かしてただの銅に戻してやった。そなたは不埒な強欲者、射殺してくれるといい、立ち上がるや手許の弓を取り、その骨董屋に向かい、弓弦《ゆづる》を引き絞ったそうじゃ」

「それはまあ、痛快な話でございますなあ」

「その弓作りの男とは、東町奉行所で同心組頭をいたしている異腹弟・銕蔵の配下で、岡田仁兵衛ともうす男の友だちでなあ。その男のこしらえる弓は、実に不思議なのじゃ。下手な射手が空に向かって矢を射たりすると、その矢がときどき空の中に消え、どこを探しても全く見付からぬのよ。その後、突然のように弓弦が、音を立てて切れてしまうともうす。どうだ、面妖《めんよう》な話でござろうが——」

「今日、わたしは珍しい場面に出会うやら、痛快なお話をきくやらで、なんや頭がぼうっとしてまいりました。後のお話は、まるで変わった名人譚をきいているようでございます」

「ああ、そうかもしれませぬなあ。さて、団子の甘垂れの焦げる匂いがしてまいろう。あそこが訪れようとしている美濃屋じゃ」

菊太郎はお信が団子を焼いている姿を見ながら、九郎右衛門にいいかけた。

白川の水が清冽《せいれつ》に流れていた。

三

「ご隠居さま、それでは出かけさせていただきます」

昼ご飯の後、付女中のお桂が、信楽《しがらき》の小壺を箱から取り出そうとしている九郎右衛門に、両手をついて挨拶した。

手鞠髷《てまりまげ》の上で、小さな簪《かんざし》がきらっと光った。

彼女は菱屋へ奉公にきた当初は、まだ子どもだったが、いまではすっかり娘らしく、色っぽくさえなっていた。

「ああ、行ってきなはれ。お師匠さまからしっかり教えてもろうてくるのだよ」

九郎右衛門はやさしい声で答えた。

お桂は習いごとに行かされているのだ。

しかもそれは仕立て物、裁縫の師匠の許に通っているのだった。

古手問屋の女中として仕える若い女が、縫い物を習いに行くというのは、誰でも変に思うだろう。

古手問屋ではお針子を何人も雇い、洗い張りをすませた布を、再びきものに仕立て直しているからである。

お針子は長屋住まいの女たちが多かった。

彼女たちの仕事は急ぎ縫いで荒っぽく、それぞれ勝手な流儀で行われ、細部においてはさまざま異なっていた。

そのため妙な癖が付かないように、良家の子女と同様、裁縫の師匠の許へ通わされているのであった。

「お桂はうちらによう仕えてくれてます。うちは女の子がなかったせいか、あの子が娘か孫のように思われてなりまへん。ほんまどしたら、大一郎か大次郎の嫁にでもしたいところどすけど、それはそれぞれ好き好きがあり、どないにもなりまへん。そやけど、うちらの面倒をようみてくれる娘どすさかい、一通りのことを学ばせ、ここからどこかへ嫁がせたいと思うてます」

それが、自分とともに店の商いに励んできたお民の願いで、九郎右衛門もあえて反対を唱えなかった。

お民が病んだときなど、お桂は常にもまして甲斐甲斐しく看病に努めてくれた。

長患いのときにはなおさらであった。

――お民がいうてた言葉は、あれの遺言と受け止めなあかんなあ。それにしても、わしが生きているうちに、お桂を嫁に出せるやろか。息子夫婦に頼んでおいても、わしが死んだらどうなるかわからへん。大一郎の嫁のお琴《こと》は、どうもお桂を嫌《きろ》うているみたいやさかいなあ。隠居したかて年を取ると、気にかかることばっかしや。冥土からいつ迎えがくるか知れんと思うているせいやろか。

九郎右衛門は胸でつぶやき、箱から取り出した信楽の小壺を、手に取ってしみじみと眺めていた。

その壺の肩には、縄目模様（檜垣紋《ひがきもん》）が力強く線刻され、肩から裾にと一筋、濃緑の釉薬《ゆうやく》が鮮やかに垂れている。

数奇者《すきしゃ》のたいそう好む品だった。

――これに野菊など活《い》けたらええやろなあ。何年前に買うたのかさえ覚えてへんけど、一度もそんな風流をせえへんかったわい。なにしろ、店が忙しかったさかいなあ。壺の裏に赤漆で、千宗旦《せんのそうたん》の花押が書かれてる。宗旦の持ちものやったんやさかい、おそらく高値で買うたんやろ。けど幾らやったのかも忘れてしもうたわ。

九郎右衛門は箱だけを片付け、信楽の壺をかたわらに置いた。

当分、使ってみる気になったのだ。

かれは焼きものにかぎり、これまで人には決して持ち運びさせなかった。

もし途中で落として割ったりしたら、当人は勿論、自分も悔いるのがわかっているからだった。

悔いるというのは、その焼きものが惜しいからではなく、それを落として割った当人に罪の意識を覚えさせ、そのことでこちらも傷付くからである。

形あるものは必ずその形を損なう。

それは十分にわかっているが、名器といえるほどのものは、永遠にその姿を保っていてほしかった。

隠居所の部屋は大小五つあった。

その一つの十二畳の部屋に、かれがこれまで買い集めた絵や焼きものを納めた箱が、特別に拵《こしら》えさせた棚に、びっしり仕舞い込まれている。それらで埋め尽くされている感じであった。

半年前に死んだお民の遺品、簞笥《たんす》や鏡台などは、その隣の彼女の居間に生前通り、置かれたままだった。

一番狭い六畳の間がお桂に宛《あて》がわれ、お民が病で死ぬまでの二月ほど、お桂はお民に付きっ切りでおり、その部屋にいることは少なかった。

「寝付いてはったご隠居さまのお世話を、お桂はんが付きっ切りでしてはったそうや。夜はそばで添い寝をしてはったようどしたえ」

「そら、ご隠居のお婆さまに、娘みたいにかわいがられてましたさかい、当然のことどっしゃろ。あれほど大事にされてたら、一晩や二晩、寝ずの看病でもせなりまへん」

「そやけど恩返しのつもりでも、食事から下《しも》の世話まで、親身に介抱するのは大変どしたやろ。うちにはとてもああはできしまへん」

「その頃お桂はん、少し痩せはったみたいどしたさかいなあ」

「お桂はんがご隠居さまのお世話をしてはったさかい、お店さまは楽々どしたがな。お店さまはなんか、お桂はんを嫌うてはるようどすけど、この間、ようお世話をしてくれはりましたなあ、ほんまにおおきにと、お礼をいうてはりましたえ」

「そら、珍しおすなあ。お店さまのお琴さまは、同業者のところから菱屋へ嫁にきたお人で、うちらには優しおす。けど近江の瀬田から奉公にきたお桂はんを、虫が好かんのか疎《うと》まはり、ほとんど口を利かはらしまへんどした。あれはどうしてどっしゃろ」

「それをいうたら、ご隠居さま夫婦が、お桂はんを娘みたいにかわいがってはるのが、気に入らんからとちゃいますか」

「お桂はんの実家は、近江の瀬田でなにを生業《なりわい》にしてはりますねん」

「蜆《しじみ》掻きの漁師やそうで、お桂はんは口減らしのため、十三のとき伝《つて》をたどり、奉公にきはったといいますえ」

「女の子が十三から、よその家でご飯を食べなならんというのは、ちょっとかわいそうやけど、貧乏人なら仕方のないことどすわなあ。ここにいてるみんなも、ほとんどそないな苦労を重ね、いまは夫を持ち、また別の苦労をしているんどすさかい」

「そやさかいお桂はんも、お店さまから少しぐらい冷たくされたかて、ご隠居さまたちからかわいがられた分、引き換えやとでも思い、あんまり気にせんことどすわ。どこのお店のご隠居さまが、わが娘みたいに扱い、お針の稽古にまで通わせてくれはります。そやけどこの頃、お桂はん、だいぶ色気が出てきましたなあ。誰か好きなお人ができたのとちゃいますか」

「おまえさん、まさかご隠居さまにかわいがられているとでも、いいたいのではありまへんやろなあ」

「冗談でもばかな口を利いたらあきまへん。ご隠居さまは女子の尻より、小汚い壺を撫でてるほうが好きなお人。お桂はんに手なんか出さはらしまへんわいな。ご隠居さまは好きな骨董品が、安う手に入らんかという苦労ばかりしてはりますわ」

「骨董好きは古びた竹筒にも、目の色を変えるときますさかいなあ」

「それは茶湯に竹花入れいうものがあるからどす」

「骨董も種類が多おすさかい、ご隠居さまも苦労しはりますなあ」

「苦労苦労、お秋《あき》はんは旦那はんが酒飲みどすさかい、酒代を稼ぎ出す苦労どすやろけど、うちのところなんか、博奕好きの苦労どすさかい、たまりまへんわ」

「ここの旦那さまは、ご隠居さまが大きくしたお店を潰さんようにする苦労。うちらは毎日、飢えんようにする苦労。誰でもそれぞれ分《ぶん》に応じた苦労があるもんどす。人間、苦労の種は死ぬまで尽きしまへん」

　店の洗い場や仕立て場で働く女たちの中で、一番古株の六十近いお豊《とよ》が、みんなの話をこう締めくくった。

女たちから噂されているように、九郎右衛門の苦労は、これまでの商いはともかく、好みに合う焼きものや絵を、どう入手するかであった。

だが新しいものを手に入れると、すぐまた別なものがほしくなる。

そうした欲は切りがなかった。

しかしさすがに多くの骨董品を集め、また死期を間近に感じるようになっただけに、そんな欲も薄れてきた。

近頃では、それらを整理しなければならないと思い始めていた。

「わたしは墓参りの後、まっすぐ店に戻り、お民の形見分けをはじめ、あれこれ身辺の整理をしますわ」

くわあ、くわあ——と鳴いて近付く鴉にもいいきかせ、九郎右衛門は店に帰ると、すぐそれに取りかかった。

——まずしておかなならんのは、やっぱりお民の形見分けどすわ。あれはあんまりものをほしがらん女子やったけど、それでもわたしが買うてやった金銀の簪、八橋図象牙櫛など、髪飾りが仰山あったわ。それに化粧道具。携帯用のそれもありましたなあ。これらの品々を惜しまんと、店で働いてくれている女子はんたちに、お民の形見の品やといい、もろうてもらいまひょ。息子や嫁も、わたしがそうしたいというたら、反対しまへんやろ。

かれは息子にそう伝えた。

「親父さま、それはええ考えと違いますか。わたしは賛成どす。お母はんもよろこばはりまっしゃろ。そやけど一つだけ、親父さまにきき届けてほしいことがございます」

「きき届けてほしいこと。それはなんどす。いうてみなはれ」

「はい、なんやいい辛うおすけど、お母はんは狐の嫁入りを描いた蒔絵《まきえ》の櫛を持ってはりましたわなあ。お琴がいつかあれを見て、ええ櫛どすなあとえらく褒めてました。そやさかい、あれをお母はんの形見の品として、お琴にやってもらえしまへんやろか」

「なんや、そんなことかいな。ああ、かましまへんえ。そしたらお琴に、お母はんの持ちものの中でほかにほしいものはないか、わたしがきいてたと、伝えておいてくんなはれ。それももろうてもらいますさかい」

「親父さま、ありがとうございます。ではそうしておくんなはれ」

大一郎は隠居のかれに深々と頭を下げた。

この日から九郎右衛門は、ぼつぼつお民の遺品の整理に取りかかった。

衣装箪笥や化粧箪笥、小物箪笥も笄《こうがい》箪笥もあった。

——人間、長く生きていると、こんなにものが溜ってしまいますのやなあ。これだけの身の回りの品があったら、これから五十年百年生きたかて、使い切れしまへんやろに。それをあれは、ちょっと病んだだけで死んでしまうとは、もったいないお人やわ。この鶴を織り出した綴《つづれ》帯《おび》は、大事にしすぎ、一遍も締めてへんのと違いますか。葬るとき、お棺の中へ一緒に入れてやったらよかったわい。これは嫁のお琴にもらってもらいまひょ。綴織職人が四ヵ月、掛かり切って織ったものやというてましたなあ。

九郎右衛門は衣装簞笥から、たとう紙に包まれたきものや帯を一つひとつ取り出し、深い感慨に浸りながら、それらを見つめていた。

「ご隠居さま、なにかお手伝いさせていただきまひょか――」

そんなかれに、付女中のお桂が言葉をかけてきた。思いなしかくぐもった声であった。

「いいえ、それには及びまへん。放っておいてくんなはれ。それよりその暇があったら、お針のお師匠さまからいい付けられてるきものの一部でも、遠慮なく縫うていなはれ。縫い物はどれだけ数をこなしても、奥の深いものやといいますさかいなあ。それにこないなものの整理は、人に手伝ってもらうわけにはいかしまへん。おまえももう二十、なんでかわかるようにならなあきまへんわ」

かれはおだやかな口調で、お桂のもうし出を断った。

「へえ、ではそうさせていただきます」

お桂はなぜか怯《ひる》んだ表情になり、退いていった。

――なんや、いつものお桂やないみたいやなあ。なにかあったんやろか。あれも年頃やさかい、まあ、いろいろ思うこともあるやろ。

九郎右衛門は彼女を好意的に見て、深く考えもしなかった。

ところが翌日、お民の小物箪笥を引き出し、そこに異変が起っていることに気付いた。

櫛の類《たぐい》は、一つひとつ納められるように、ビロードを張った斜めの小さな棚が作られていたが、その櫛棚が妙にがらんとしていたのである。

櫛棚からお民が愛用していた「月に雁秋草文様」の鼈甲《べっこう》の蒔絵《まきえ》櫛が消えていた。

それはお民の五十歳を祝い、九郎右衛門が十両で買ってやった櫛で、有名な寛哉《かんさい》写と金泥《きんでい》で銘が入れられていた。精巧をきわめた細工の品だった。

――これは妙どすなあ。

はっきり覚えていないが、櫛棚から失われているのは、これらだけではなさそうだった。

ほかに洒落《しゃれ》心のある題材を模様に取り入れた金銀の平打《ひらうち》簪も、いくつか消えていた。

――これだけお民が大事にしていた物がのうなってると、変やと思うただけではすませしまへんわ。嫌なことやけど、これは誰かが盗んだとしか考えられしまへん。そやけどこの隠居所には、わたしに断りもなく、母屋から誰も入ってきいへんはずや。そうすると、真っ先に疑わなならんのはあのお桂。お桂の仕業かもしれまへん。ご隠居さまの形見として頂戴したいというたら、物惜しみせんと、なんでももろうてもらうのになあ。あの娘はわたしが骨董品に目を眩《くら》ませ、連れ合いの持ち物になんか関心を持ってへんとでも、思うているんやろか。いやいや、わたしとお民が手塩にかけてきたのも同然の、あのかわいらしいお桂が、そんな悪事を働くはずがありまへん。わたしの思い違いどっしゃろ。ああ、母屋からここにくる者はいないというても、わたしの留守の間に、嫁のお琴がやってきたかもしれまへん。選《え》り好んで、持ち出したとも考えられますわなあ。

九郎右衛門は自分を落ち着かせるため、一旦、こう考えたが、いやいやとその考えを否定した。

——いくらなんでも、お琴はそんな行儀の悪いことをする嫁ではありまへん。いま思い返してみると、わたしがお民の遺品を整理しかけたとき、お桂がお手伝いさせていただきまひょかと声をかけてきたわ。けどわたしがその心得違いを諭したら、お桂は怯んだ顔で退いていきましたなあ。あれはなんでどしたんやろ。長年、連れ添ってきた相手の遺品を前にして、その一つひとつを身に付けた妻の姿を思い出しながら、整理したいわたしの気持を、察せられなんだのやろか。あのとき見せたお桂の顔は、お民をしのぶようなものではなかったわい。暗い表情で、いまにも泣き出しそうどしたなあ。あれと今度のことは、なにか関わりがあるのやろか。

九郎右衛門は小物箪笥の引き出しをいくつか並べて見て、呆然としながらも必死にあれこれ考えた。かれはお桂の仕業だとは、どうしても思いたくなかった。

手癖の悪い者は意外なところにいるものだ。

かれや彼女たちは、そ知らぬ顔で相手をうかがっており、ほんのわずかな隙をつき、大胆なことを素速くやってのける。

自分が西方寺に出かけ、お桂が縫い物の稽古で、隠居所が全く留守になったときなど、絶好の機会だろう。こう考えると、菱屋で働く者すべてが疑わしくなってくる。

――泥棒を捕えてみればわが子なり、という諺《ことわざ》もあるさかい、手癖の悪いのは、お桂だと決め付けられしまへん。そやけど、一人ひとりにたずねるわけにもいきまへんわなあ。きものや帯などがどれだけ失われているか、それも改めないけまへん。けど櫛と簪だけでも、百両をはるかに超す品がのうなってますわ。

この家から縄付きを出したくないけど、そんなわたしの気持を踏みにじって盗んでいたんなら、こっちもしっかり仕返しをしてやらななりまへん。これはどうしたらええのやろ。

こう考えた九郎右衛門は、はたとあることに思い付いた。

つい数日前、お民の墓参りの戻り、東寺町小路で出会った田村菊太郎の顔を思い出したのだ。鯉屋の主源十郎の顔もであった。

――あのお人たちに一度、相談をかけたらどないやろ。口の堅いお人たちやさかい、ことを荒立てんと、解決してくれはるはずどすわ。

そうして九郎右衛門は早速、出かける支度をととのえた。

「親父さま、こんな夕刻近くにどこへお出かけどす。誰か小僧の一人でも、お供に連れていかはったらどないどす」

当代が草履をはきかけたかれに勧めた。

「いや、ついそこまで行くだけどす。すぐ帰りますさかい、心配なんかせんときやす」

九郎右衛門は息子にいい、店を出ると、寺町を下った「革堂《こうどう》」の前で、客待ちをしている辻《つじ》駕籠《かご》に乗った。ただちに大宮・姉小路《あねやこうじ》の鯉屋に向かった。

「これは古手問屋・菱屋のご隠居さま——」

かれを出迎えたのは下代の吉左衛門だった。

帳場のそばの広い床で、何人かの男たちが車座になって談笑している。

その近くの結界の奥に、主源十郎の姿があり、談笑の輪の中には、菊太郎の姿も見かけられた。

「これはこれは菱屋のご隠居さま、お久しぶりでございます。あの折には、川魚料理屋でご馳走になり、ありがとうございました」

源十郎が立ち上がってきて挨拶した。

「なにをいうといやすのや。あれは一年も前のことどすがな。そんなお礼など、どうでもよろしゅうおす」

「つい先日、西方寺の近くで、菊太郎の若旦那さまにお会いなされたそうどすなあ」

「はい、今日はその菊太郎さまに、旨い団子のお礼をまずもうさねばなりまへん」

「菱屋のご隠居どの、いきなりここへおいでとは、いかなるわけでございます」

菊太郎が車座から進み出てたずねた。

「ちょっとお二人に、相談に乗っていただきたい事柄があり、こうしてまいったのでございます」

「わしと源十郎の二人にか――」

「さようでございます」

「奥の客間でもかまわぬが、二人に相談とあれば、いっそここでどうであろう。わしのそばにいるのは、東町奉行所で同心組頭を務める弟・銕蔵。ほかは銕蔵の配下で、血肉を分けた兄弟同然の男たちじゃ。ご隠居どのの相談をきき、よい知恵を出すことはあっても、他言など決していたさぬ者ばかりでございます」

菊太郎の言葉に、岡田仁兵衛、曲垣染九郎、小島左馬之介の三人が、大きくうなずいた。

「ほな、ここに坐らせてもらい、わたしの話を一通り、きいていただきます」

九郎右衛門はお民の形見分けをしようとして、いきなり気付いた一切を、一同に包み隠さずに語った。

「それは悩ましいことでござるなあ」

話の後、銕蔵たちがむっつり押し黙っている空気をかき乱すように、菊太郎がぼそっとつぶやいた。

「一人ひとり呼び付け、詰問するわけにもいかしまへんさかいなあ」

菊太郎につづき、源十郎がゆっくり腕を組み、嘆くようにいった。

「兄上どの、わたくしが口を挟んでもよろしゅうございましょうか――」

「おお銕蔵、なにか意見があらば、遠慮なくもうしてくれ。わしらにはいまのところ、どうしてよいやら見当も付かぬからじゃ」

「はい、ではそのようにさせていただきまする。菱屋の九郎右衛門どのは、最初に長い間、かわいがっていた付女中のお桂ともうす娘に、疑いの目を向けられました。はっきりした悪戯者《いたずらもの》が思い浮かばぬかぎり、その娘をやはり疑ってみるべきでございましょう。年は二十、近頃、色っぽくなってきたともうされるのが、わたくしにはどうも気にかかりまする。九郎右衛門どのがそ知らぬ顔をされており、その付女中にまだ気付かれておらぬとなれば、こうしてくだされ。化粧簞笥や小物簞笥の引き出しの奥の縁《へり》に、小麦粉でも少し乗せ、それが引き出されたかどうかを、まず見定めるのでございます。毎日、西方寺へご妻女さまの墓参りに行かれており、その留守が品々を盗む機会となりましょう。もうすまでもなく、引き出しの中身の数だけは、改めておかねばなりませぬ」

「なるほど、さすがは銕蔵。さような探りの手があったのか。ところで九郎右衛門どの、そのお桂は何日ごとに、お針のお師匠さまの許に通っているのでござる」

「五日に一度、二日前に出かけましたさかい、今度は明明後日《しあさって》でございます」

「銕蔵の尻馬に乗ってもうすわけではないが、怪しい者はまず疑ってかからねばなるまい。まことお師匠さまの許に通っているかどうか、わかったものではなかろう。よし、わしが当日、そのお桂の跡を尾けてみてくれる」

「されば兄上どの、そのお桂の人相、一日も早く見定めておかねばなりますまい」

「そうだな。それが肝要だわい」

「では明日、わたしがお桂を連れ、墓参りにまいりますれば、西方寺の近くからでも顔をご覧になってくださりませ」

「ああ、そういたそう。それでよいな」

菊太郎が仁兵衛や染九郎たちの顔を、たずねるように見渡していった。

異存を唱える者は誰もいなかった。

「くわあ、くわあ——」

あの鴉が九郎右衛門を案じて付いてきたのか、開いたままの鯉屋の表口から、恐れげもなく土間をのぞき、今日は心配そうに短く鳴いた。

「多くの者が鴉を嫌うが、鴉ほど賢い鳥はないぞ。あの鴉、わしが九郎右衛門どのに会うたときにも、西方寺の山門の上で鳴いていたわい」

菊太郎が九郎右衛門の決断をうながすようにいった。

四

「くわあ、くわあ——」

古手問屋・菱屋の隠居所の屋根で、鵄がまたのどかな声で鳴いていた。

菊太郎は下御霊神社の鳥居の陰に隠れ、いまや遅しと、お桂が姿を現すのを待ちつづけていた。彼女が裁縫の稽古に出かける跡を尾けるためだった。

裁縫の師匠の家は、寺町をずっと下り、三条通りに近い天性寺前町だときいていた。

しばらく待っていると、身奇麗にしたお桂が菱屋からようやく現れた。左手に風呂敷に包んだ裁縫箱を抱え、どこか浮かぬ顔付きであった。

九郎右衛門は銕蔵がいった通り、小物簞笥の引き出しの奥の縁に、人にはわからないように、小麦粉を塗り付けておいたそうだ。その小麦粉には、それが引き出された跡が、はっきりうかがわれたという。

こうなれば、小物簞笥に納められた高価な櫛や簪を盗み出しているのは、お桂と決め付けてもいいほどの証拠であった。

相手が誰かは不明だが、お桂は悪い男に騙《だま》されるか唆《そそのか》されている。いずれにしたところで、悪の道にもう踏み込んでいるのは間違いなかった。

「菊太郎の若旦那さま、それでは一層、お桂がかわいそうどす。なんとかその相手を引っ捕え、お桂の目を覚まさせてやっていただくわけにはまいりまへんか。お願いでございます」

九郎右衛門は彼女をかわいがってきただけに、拝まんばかりに手を合わせ、菊太郎と源十郎、それに銕蔵たちに頼んだ。

「情け深いともうせばきこえはよいが、どこまでも人が好く、頑固なお爺どのじゃ」

口の悪い曲垣染九郎が、苦々しい顔付きで、吐き捨てるようにいっていた。

お桂は尾けられているとも気付かず、寺町通りをどんどん南に下り、やがて天性寺前町に近付いた。

だが目的のここまできてもどこにも向かわず、そのまま三条通りの人込みに足を踏み入れ、そこで東に方角を変えた。

――これは妙だな。九郎右衛門どのによれば、今日はどこにも立ち寄らず、まっすぐお針の師匠の許に行くはずであったが。

菊太郎はお桂の姿を見失うまいと、彼女の手鞠髷にぐっと目をすえた。

彼女は三条通りを足早に東へ進み、河（川）原町通りをすぎ、三条小橋を渡った。

高瀬川界隈の積荷問屋から、人足たちの声が賑やかにひびいていた。

三条小橋から鴨川にかけては、両側に旅籠屋《はたごや》がずらっと建ち並んでいる。

東に向かって旅立つ人々を送り出した後になり、夕暮れや朝の喧騒を知る者には、妙なほど辺りは閑散としていた。

鴨川の水が日に日に少なくなっている。

北山を鮮やかに彩っていた紅葉も色褪《いろあ》せ、冬が目の前に迫っている感じだった。

――あれっ、お桂は三条大橋を渡り切ったぞ。いったいどこに行くつもりであろう。

菊太郎は足を止め、編み笠の縁に手をかけた。

彼女は追跡者には全く気付かないようすで、すぐ鴨川に沿う縄手道に向かった。

——これはいよいよ変だな。少し下れば祇園の色町。まさかさようなところに行くのではあるまいな。

菊太郎は彼女との間合いをぐっと詰めた。

彼女は祇園・新橋にくると、突然、左に曲がった。

——お桂の奴、九郎右衛門どのの目を欺《あざむ》き、昼間からとんでもないところに、お針の稽古に行くものじゃ。

菊太郎が胸で呆れ声を発したのと同時に、お桂は角から三軒目に構えられる待合茶屋の暖簾をくぐった。その紅色の暖簾には、白く「花ふさ」と染め抜かれていた。

そして格子戸をがらっと開け、両側に竹を植え込んだ狭い露地にすっと入っていった。

菱屋の店を出たときには、初々しい娘に見えたが、寺町を下るにつれ、次第に太々《ふてぶて》しい感じに変わり、待合茶屋花ふさに消えていったときには、これが同じ人物かと疑うほど、彼女は濃《のう》艶《えん》な雰囲気を漂わせていた。

待合茶屋は男女が逢瀬《おうせ》を重ねる場所。彼女は日を決めて男と会い、一時の逢瀬を愉《たの》しんでいるのだろう。

——相手はどんな男か。どうせ、ろくでもない奴に決っている。

菊太郎は後から男のくるのを警戒しながら、花ふさの前を行きつ戻りつして待ったが、男は一向に現れなかった。

すでに先にきていると見定め、かれは東にやや離れた場所から、花ふさを見張ることにした。そこからまた東に少し行けば、お信の営む団子屋の美濃屋になる。

――これはまことに野暮な次第じゃわい。

かれは胸で自分の役割を毒づきながらも、花ふさから目を離さなかった。

お桂の顔はもうはっきり見覚えている。

彼女を誑《たら》し込む男がどんな奴か、確かめるのが肝要であった。

男でも女でも相手に惚れ込むと、つい夢中になり、善悪の判断さえできなくなるものだ。いまのお桂はきっとそうなのだろう。

祇園・新橋の人目を気にしながら、編み笠をかぶった菊太郎は、半刻（一時間）ほど場所を移したりしていたが、表の格子戸が再び開き、まずお桂が現れた。

つづいて少しやくざめいた職人姿の男が姿を見せた。

――お桂の相手はこの男だな。これから二人はどうするのかな。

菊太郎がそう考えるまでもなく、二人は花ふさを出ると、縄手道に向かった。そこでお桂は三条大橋のほうへ、男は反対に南へとさっと別れた。

今度の逢瀬の日は、決められているに違いなかった。

お桂はこれからお針の師匠の許に、口を拭って行く気なのだろう。男一人を追えるのは、菊太郎には好都合であった。

どこまでも跡を尾け、身許を確かめてくれる。逃亡の恐れがなければ、それからゆっくり解決を図ればいいのである。

股引《ももひき》姿の職人風の男は二十五、六。軽い足取りで、菰荷《こもに》を積んだ牛車などが行き交う縄手道を、南に向かっていった。

この道は次には建仁寺道と名を改め、曲がりくねりながら、さらには伏見街道と名を変え、伏見や宇治、奈良にも通じている。

途中に方広寺、三十三間堂などが東に望める道だった。

――あ奴はどこまで行くのじゃ。

菊太郎が面倒なとふと思ったとき、男は四条通りの手前を流れる白川の石橋、そのそばの細道を左に曲がった。

白川の川沿いには、桜の木がずらっと植えられていたが、いまはもう葉を落としていた。

左手に待合茶屋や色茶屋、それに出前を専《もっぱ》らとする小料理屋などが、白川新橋にと向かい、少し斜めにつづいている。

――あれらの店のどこかにひょいと入られたら、あ奴の穿鑿《せんさく》にまた手間がかかるわい。いっそ難癖を付け、泥を吐かせるとするか。

お桂の相手の男は、縄手道に足を踏み入れた直後、薄汚れた野良犬を足蹴にしていた。

それをもって言掛りとすればいいのだ。

菊太郎はそう決め、足を速めた。

「おい、そこをいく奴――」

かれはぐっと間合いを詰め、男に声をかけた。

奴――とは、もともと「家（や）っ子」の意で、卑しい身分の者を指し、目下の者を罵《ののし》る言葉だが、親しんで呼びかける場合にも用いられていた。

「へえ、奴とはわしのことどすか――」

かれは菊太郎に呼ばれ、足を止めて振り返った。中肉中背、特別、荒れた感じの男ではなかった。

「そなた先程、縄手道で理由もなく、犬を足蹴にいたしおったな。あれは一見、野良犬に見えようが、わしが慈《いつく》しんでいる飼犬でなあ。まことは獰猛《どうもう》な奴なのじゃ。主のわしが近くにいたゆえ、そなたに飛びかからなんだが、そうでなければ、無傷ではすまなんだぞよ。足でも嚙まれるか、顔に飛びかかられ、顎でも嚙み千切られていたはずじゃ。理由もなく足蹴にいたすのは不埒《ふらち》ではないかと、一言、注意するため、こうして呼び止めたのよ。そなた名はなんともうし、またなにを生業といたしているのじゃ」

「へえ、これはすんまへんどした。わしの名前は留吉《とめきち》、桶屋の職人をしております」

「名は留吉。桶屋の職人ともうすが、そんな男がかような時刻、仕事を放っぽり出し、こんな場所でなにをしているのじゃ。わしが見るところ、そなたはいま、まさに道を誤ろうとしているな」

菊太郎は厳しい口調でかれを咎《とが》めた。

「へえ、いわれたらそうかもしれまへん」

かれは少し塩垂れた表情でうなだれた。

「先程、わしはちらっと見てしまったが、そなたは祇園・新橋の待合茶屋から、若い女子と出てまいったのう。さようなことでは、仕事にも身が入るまい」

菊太郎はかれに冷笑を浴びせていった。

「旦那、それをいわれると——」

留吉は危ない崖《がけ》っ縁《ぷち》に立っているとみえ、菊太郎のその言葉で、肩をがくっと落とした。

そのとき、近くに店を構える料理屋の二階から、大きな声がいくつもかけられた。

「おおい留吉、そこでなにをしているんじゃ」

「早うここへきたらどうやな」

「親しそうに話し込んでいるその洒落たお侍さま、よければここにお上がりになり、一緒に遊んでいかれしまへんか」

かれらはどうやら料理屋の二階の一部を借り切り、博奕をするつもりのようだった。

「なんじゃと――」

編み笠の縁に手をかけ、菊太郎は険しい目でかれらを睨み付けた。

「なんだなんだ。あのようすは留吉が侍にとっ捕まり、なんか困っているみたいやで」

「侍の一人や二人、恐れることはあらへんわい。ここにいる四人でわっと脅してやれば、あんなへなちょこ侍、尻《けつ》に帆をかけ退散するやろ」

かれらは口々にいい、料理屋の階段を急いで下りてくると、土間から白川沿いの道にどっと飛び出してきた。

その四人の顔を菊太郎はじっくり見回した。

かれらは根っからの博奕打ちでも、ならず者でもなさそうだった。

留吉と同様、みんな危ない崖っ縁に立たされているような若い男たちであった。

だがこんな男たちでも、放っておけば一歩ずつ踏み込み、やがて堅気な仕事を疎み始め、ついには確実にならず者になっていく。いまはその瀬戸際にいるにすぎなかった。

懐から匕首《あいくち》を抜き出している者、杖《つえ》を横に構える者、大きな下駄を手にした男もいた。

こんな男たちがやがて強固な組をなし、お桂の手引きで古手問屋・菱屋を、金目的で襲うことも考えられないでもなかった。

「そなたたち、わしを留吉から離し、退散させる気なのじゃな」

菊太郎はかれらを見回し、平然といった。

「そうやわさ。素人に毛の生えた程度のわしらの楽しみに、いちゃもんを付けられたらたまらへんさかいなあ。わしらは近江の瀬田近くの村から、この京へ奉公にきた者ばっかしや。一、二ヵ月に一度、こうして仲のよい者が集まり、旨い物を食うたり、ちょっとした手慰《てなぐさ》みをしているだけのこっちゃ」

仲間の一人が菊太郎に吼《ほ》え立てた。

「そなたはさようにもうすが、察するところ、その行為はすでに素人の域をはみ出しているぞよ。この桶屋の職人留吉は、誑し込んだ女に、あれこれ金になる髪飾りを盗み出させ、みつがせているのじゃ」

「なんだと、おまえは留吉のそんなことまで知っているのかいな」

「ああ、すべて存じておる。店の名は古手問屋・菱屋。女の名はお桂。近江の瀬田から奉公にきて、隠居夫婦にわが子のようにかわいがられておる。そのお桂が持ち出してくる櫛や簪は、すべて亡くなられたご妻女どのが、大事にされていた品々じゃ」

菊太郎の言葉で、四人の勢いが急に萎《な》えてしまったようだった。

普通ならここで、四人のならず者めいた男たちが、菊太郎に打ちかかって乱闘となる。そしてかれらは造作なく打ちのめされるのだが、そんな光景を胸で描いていた菊太郎は、少しがっかりして留吉を眺めた。

「留吉、おまえ夫婦《みようと》約束をしているお桂が持ってくる櫛や簪は、ご隠居さまからの頂戴ものばかりやと、わしらに説明していたやないか。あれは嘘やったんかいな」

「どうしたんじゃ留吉。さてはおまえ、お桂を唆し、盗み出させていたんやな」

「惚れた男に頼まれたら、女子はどうしても弱いもんや。二人は同じ瀬田生まれの幼馴染み。けどそんなんでは夫婦になったかて、まともに暮らしていけへんで。そないなことまでさせてからに——」

一人の男が絶望的な顔で留吉を罵り立てた。

今日はみんなが休み。ちょっと上等な料理屋に集まり、花札をして遊ぶつもりらしかった。

中年のお店者が二階から首をのばし、成り行きをうかがっている。留吉から櫛や簪を買い取っている古物買いかもしれなかった。

「こうなったらおまえ、一人で逃げるわけにもいかへんなあ」

「覚悟を決めてお桂が働く古手問屋へ行き、ご隠居さまになにもかも打ち明けるこっちゃ。よう謝ってご処置を仰ぐしか、方法はあらへんわい」

「それとも町奉行所に自訴して出るかやわ」

「いずれにしたところで、留吉におごってもろうてたわしらも一蓮托生《いちれんたくしょう》。仲間内で花札をして遊んでいただけやというても、奉行所では信用してもらえへんやろしなあ。五人ともお縄にされ、牢屋にぶち込まれるのや。わしは奉公している鍛冶屋の旦那に、死ぬほどどづかれるわい」

かれらは勢いを削《そ》がれ、急に気弱になった。

「そなたたち、町奉行所に自訴するには及ばぬぞ。実をもうせばわしは、鯉屋ともうす公事宿の客分でな。弟は東町奉行所で同心組頭を務めておる。菱屋のご隠居どのから、縁あって鯉屋に相談が寄せられたゆえ、とりあえずかように対応したまでじゃ。ご隠居どのは、店から縄付きを出したくないともうされている。お桂が悪事を働いていようとも、おそらくひどくは憎まれまい。亡きご妻女の形見として、このきものは店の誰に、この櫛は誰にと、思案される仏さまのようなお人じゃでなあ。弟の配下の同心などは、情け深いともうせばきこえはよいが、どこまでも人が好く、頑固なお爺どのじゃと、悪口をもうしているほどよ。そなたたちが深く悔悟し、ありていにもうし上げ、またお桂や留吉の分も謝れば、寛大にお考えくださろう。わしとてなろうなら、そなたたちに不味《まず》い牢屋の飯など食わせたくないわい。まともな職人に育ってほしいと思うているぞよ」

菊太郎が真面目な顔で説くと、両手で顔をおおい、蹲《うずくま》ってしまう者までいた。

一ヵ月後、留吉が働く東山・安井の「桶富《おけとみ》」の向かいに、一軒の茶碗屋が店を開けた。

店の主は隠居の九郎右衛門だった。

九郎右衛門は考えることがあり、やはり隠居の宗琳が焼いた黒茶碗を店に並べ、売り始めたのである。

桶富の店に、ときどき銕蔵や菊太郎がやってきた。

「おい留吉、しっかり働き、きちんとした技を身に付けるのじゃぞ。向かいの茶碗屋では、やがてそなたの嫁になるお桂どのが、ご隠居の九郎右衛門どののお世話をしながら、働いておるわい。店の名はただの『茶碗屋』。されど客は茶碗を野楽《のらく》（一般に焼かれた楽茶碗）と名付け、なかなか評判がよいわい。尤も宗琳どのがにわかに活気付かれ、鯉屋の源十郎は呆れ返っているがのう。鴉の話は九郎右衛門どのから十分にきかされたが、亡きご妻女どのは九郎右衛門どのに、いつまでも元気でいていただきたいのであろう」

菊太郎が鉋《かんな》で板を削る留吉に声をかけ、向かいの店を見ながらつぶやいた。

茶碗屋の店では、あの鴉がお桂から煎餅《せんべい》の屑をもらい、啄《ついば》んでいた。

「くわあ、くわあ——」

やがて空に飛び立っていったが、その鴉がどこを塒《ねぐら》にしているのか、九郎右衛門も知らなかった。

「どこに棲《す》んでますのやろなあ」

近所の誰かにきかれたとき、九郎右衛門は「冥土《めいど》と違いますやろか」と、けろっとした顔で答えたそうだった。

師走駕籠

一

「わしんとこの婆さんが、一度、蜜柑《みかん》を仰山食べてみたいといつもいうてるさかい、この間、わしは大盤振舞いのつもりで、色艶《いろつや》のええ甘そうなのを二十個、買《こ》うてきたんや」

前駕籠を担ぐ佐吉《さきち》が、北野天満宮の前で客待ちをしながら、後ろ駕籠の太兵衛《たへえ》に話しかけた。

京では毎月二十五日は天神さんの日。北野天満宮の祭神・菅原道真《すがわらのみちざね》の月命日に当たり、一年を通じてこの日は縁日とされていた。

境内外に露店が立ち並び、大賑わいになる。

中でも今日師走《しわす》の二十五日、一年最後の〈終《しま》い天神〉は、注連《しめ》飾《かざ》りなど正月用品を買い求める老若男女でごった返していた。

しかしそれにしては、ぽかぽかと暖かい日であった。

「それでどうしたんやな。今年、紀州は夏に雨が多かったせいで、蜜柑の実りはようないときくやないか」

「そやさかい、銭をはずんで上物ばっかりを買うたんやわ」

「そら、婆さまがよろこび、おまえかて親孝行をして満足やろな」

「ところが、けった糞《くそ》悪いことをいわれてしもうてなあ」

「けった糞悪いとは、どういうことやな」

太兵衛が駕籠に寄りかかり、怪訝《けげん》そうな顔でたずねた。

「自分の息子でも所詮は他人。いわば人さまの銭で、こんな甘い上等の蜜柑を食え、ただでさえ旨《うま》い蜜柑がなお旨いわいと、婆さんがわしにいうたんじゃ。そのいいようが胸糞悪うて腹立たしゅうて、かなわなんだんやわ。しかもその蜜柑をやで、一人で抱え込んでむしゃむしゃ食べてる。孫の幸助にもおみつにも、一つどうやと勧めもせえへんねん。見てるだけで小面憎うなってくるわい」

「二十個の蜜柑を独り占め、一つも孫にやらへんのか――」

「ああ、そうなんや」

「そら、おまえも腹が立ってくるやろなあ。そやけどまあ年寄りのこっちゃ。黙って辛抱したってくれや。年寄りいうのは憎まれ口をたたき、だいたいそんなもんじゃ」

「婆さんが旨そうに蜜柑をつづけざまに食べてるのを、幸助やおみつがじっと見ていよる。わしは二人が可哀そうでかなわんかった。買うてこなんだらよかったと思うたわい」

「おまえは気の優しいところがあるさかいなあ。婆さまに子どもたちにもやってくれやと、いえんかったのやろ」

「兄貴、そうなんや。それからわしは、自分の気弱なところが嫌でたまらんのやわ」

「気弱なところとおまえはいうけど、わしはそうは思わへんで。ただ気が優しいだけのこっちやがな。そやけどそれを気弱と見る奴が、世間には多いさかいなあ。困ったこっちゃ」

太兵衛は嘆かわしげにいった。

駕籠舁《か》きは「駕籠屋」に雇われている。

一挺《いっちょう》の駕籠を二人で担ぐため、だいたいその二人は、同じ長屋に住んでいる場合が多かった。それは遠くまで客を送って戻りが遅くなり、店が閉じられていて、駕籠が返せなかったりするからだ。

こんなときには、駕籠を長屋に担いで帰るのだった。

「ところで、今年の長屋の餅搗《もちつ》きはいつやったんかいなあ」

「太兵衛の兄貴、三十日やときいてますわ」

「また今年も大晦日《おおみそか》の三十日か。わしらには稼ぎどきで、餅搗きどころやないわなあ。ここ何年か顔も出してへん。一遍でええさかい、長屋の餅搗きをしたいもんや。いつも大工の重松《しげまつ》や桶屋の岩蔵《いわぞう》に、委せ切りにしてるさかい——」

「わしらの仕事は、人が遊んでいるときが稼ぎどきやさかい、仕方ありまへんわ。そやけどわしは、足腰が鍛えられてええ稼ぎようをさせてもろうていると、感謝してます」

「そうかいな、そら結構な心掛けじゃ。何事もおまえのように考えたら、世の中、もっとうまく運ぶのになあ。町中《まちなか》には駕籠屋や辻駕籠屋があちこちにあるさかい、乗ろうと思えば、どこででもできるわ。それでやろけど、お客はんの中には、駕籠に乗ってやってんやと、横着な態度のお人がいてはる。わしは大人しゅうしているけど、そんな態度が実はたまらへんねん」

太兵衛は駕籠の屋根に頬杖《ほおづえ》をつき、話しつづけた。

「わしらはお客はんに駕籠に乗ってもらい、なんぼかの銭になる稼業やけど、客商売とは、まあいうたらみんなそんなもんや。もしわしらがお客はんに、おまえさまみたいなお人には乗って欲しゅうありまへん、歩いて行っておくんなはれと答えたら、どないなるねん。身体のどこぞや足の悪いお人、また急いではるお人は、困らはるに決ってる。そやさかい、お互い駕籠に乗っていただく、乗せていただくいう気持になったら、世の中はもっと穏やかに回っていくのにと、わしはいつも思うてるねん」

「駕籠に乗る人担ぐ人、そのまた草鞋《わらじ》を作る人とよくいわれ、駕籠舁きは一番蔑《さげす》まれてます。けどそれは、駕籠舁きを卑しめた言葉やないと、いつかお乗りいただいたお侍さまがいうてはりましたで。その三人のうち誰一人を欠いても、世の中はうまく運ばぬものじゃ。三人ともそれぞれに必要な者ばかり。身のほどで人を計ってはなるまいと諭さはりました」

「そんなふうに考えてくれはるお人は、ほんの少しやわなあ」

太兵衛が佐吉にいったとき、二人に野太い声がかけられた。

「おい駕籠屋、乗せてもらおか――」

いかにも横柄な感じの声だった。

北野神社の門前には、何挺もの空駕籠が客待ちをしている。

その中から指名を受けるのは、どんな声でもやはりありがたかった。

駕籠屋には同業者仲間（組合）が作られ、どこからどこまでは幾らと、場所と距離によって駕籠賃がだいたい決められていた。

だが客の中には、図々しく値切る人物もいないではなかった。

もし値切られて乗られたら、雇われている駕籠屋からその分だけ銭を差し引かれ、稼ぎが少なくなる仕組みだった。

佐吉と太兵衛が雇われているのは、千両ヶ辻といわれる西陣の大宮に、店を構える駕籠屋の「丹波《たんば》屋《や》」だった。

「へえ、ありがとうございます」

太兵衛が腰を低くして答えた。

注連縄を持った客を狭い駕籠に乗せ、立派な履物の裏を合わせて草履袋《ぞうりぶくろ》に入れた。

客の履物とはいえ、それを駕籠の中に置いたりすれば失礼になる。

そのため駕籠の後ろに、草履袋が用意されていた。

「お客さま、どこまで行かせていただきまひょ」

「そうやな、三条小橋までやってもらおか」

綿入れ羽織を着た五十年配の客は、鷹揚《おうよう》に答えた。

綿入れ羽織は別名褞袍《どてら》羽織ともいわれ、総身に真綿が薄く入っている。

そのため一見すればただの羽織だが、保温性に富み、金持ちしか着られなかった。

「では旦那さま、やらせていただきます」

「わしは痔《じ》が悪いさかい、あんまり急がんと静かにやってんか――」

口調からうかがい、水商売にたずさわっている人物のようだった。

「へえっ、かしこまりました」

佐吉と太兵衛は息を合わせ、駕籠を担ぎ上げた。

「よいさぁ――」

「よいさぁ――」

二人の呼吸は、息杖《いきづえ》の使い工合とともに、初めからぴたりと合っていた。

このまま三条小橋を目指せば、半刻もかからずに行けそうだった。

北野神社から三条小橋へは、どのようにでも行けるが、普通、右近馬場《うこんのばば》を南に向かい、笹屋町から一条通りを東にたどる。室町通りに出て、そこを三条通りまで下り、三条小橋を目指すのが、最短の距離になる。

佐吉たちは客から痔が悪いときかされたため、慎重に慎重にと、駕籠を静かに担いだ。

「おい駕籠屋、わしに気を遣って担いでいてくれるんやな。ありがたいわ」

「旦那さま、駕籠の垂れを下げまひょか。暖かいというても、風は冷とおすさかい」

「まあ、垂れは上げたままでええわ。師走の町を見ながら店に戻るのも一興やさかい」

かれは大きな注連飾りを抱いて答えた。

「ほな、そのままにさせていただきます」

「寒おしたらいうとくれやす」

佐吉と太兵衛が客の機嫌を取り、一条通りを右に折れ、室町通りを二条まで下がってきたときである。

幼い子どもが狭い路地からいきなり飛び出し、どんと佐吉に突き当たって転倒した。

あっと駕籠を止める間もないほどの勢いだった。

「わぁ痛あ――」

子どもは頭を抱え込み、大声で泣き始めた。

「な、なんやな。おまえたちは往来の人も見てへんのかいな。子どもに突き当たったこんな不吉な駕籠に、乗ってるのはもうご免やわい。わしはその辺りで客待ちをしている辻駕籠に乗り換え、帰らせてもらうわ。あたりまえやけど、ここまでの駕籠賃はただにしてもらうさかいなあ。わしの草履を早うそろえなはれ。駕籠に乗ったわしまで、面倒にまき込まれるのはかなわんさかい」

綿入れ羽織を着た男は、図々しく佐吉に指図した。

「旦那はん、それとこれとは別どっしゃろ」

「おまえたち駕籠舁きは、子どもに怪我を負わせたうえ、わしにまで脅《おど》しをかけるのかいな」

男は太兵衛がそろえた草履をはき、かれを上から睨みつけた。
六、七歳の子どもの泣き声が、一段と激しくなっていた。
「わしらが旦那はんに脅しをかけてるとは、あんまりなお言葉ではございまへんか。駕籠賃も駕籠賃どすけど、わしらは旦那はんの痔の悪いのを気遣い、ゆっくり静かに駕籠を担いできました。そのことを、子どもの泣き声をきき、いまここに集まってはるお人たちに、大きな声で説明していただきたいんどすわ」

「へえっ、わしにそんな説明をさせるのかいな。そやけどわしは、突き当たった場面をはっきり見たわけではなし、どっちがどうやらわからへんわい。駕籠舁き風情が指図がましく、なにをいうてるねん。子どもが道に立ってたのを、邪魔やとばかりに押しのけ、通ろうとしたのかもしれへんやないか」

「旦那はん、無茶をいうてもろたら困ります。いまの言葉を、そこできいてたお人たちがほんまやと思わはったら、わしらの負い目になりますがな」

「そんなん、わしの知ったことやないわい。人は誰でも思いたいようにしか思わへんもんじゃ」

「そやさかい、まさかのときの証人になって欲しいんどすわ」

かれらが言い争うそばで、前駕籠の佐吉に突き当たって倒れた子どもは、通りがかりの女に抱き起されたものの、まだ大声で痛い痛いと泣いている。

どうやら倒れたとき、腕と膝でも擦《す》りむいたようだった。

「まさかのときの証人にやと。おまえ、えらい大層なことをいう奴ちゃなあ」

「ここまでの駕籠賃など、もういただこうとは思いまへん。どうぞお願いどすさかい、お住居だけでもおききできしまへんやろか」

「そうまで頼むんやったら、どこの誰か教えといてやるわい。わしは三条・木屋町を少し上がった川魚料理屋『魚清《うおせい》』の主で、清《せい》右《え》衛門《もん》いう者や。おまえたちの駕籠に乗ってやったのは、駕籠舁きの二人が、大人しそうに見えたからや。そやのにわしをこんな目に遭わせおって、えらい迷惑やわ。おまえらはどこの駕籠屋の者やねん。わしはそれをきいておかなならんだわい」

綿入れ羽織を着たかれは、大事そうに注連飾りをかかえ、苦々しげな顔で太兵衛にたずねた。

「わしらどしたら、西陣の大宮に店を構える丹波屋の駕籠舁きで、わしが太兵衛、若いのは佐吉どす」

「丹波屋の太兵衛に佐吉やな。よう覚えといてやるわ。ああっ、また痔がえらく痛み始めよったがな」

清右衛門は顔をしかめて痛がった。

この騒ぎを遠くで見ていた客待ちの辻駕籠が、すかさず近づいてきた。

「おお、都合のええとこへきてくれたわ。この旦那さまを、三条・木屋町のお店までお送りしてくれへんか」

佐吉が同業者の二人にいい、清右衛門を労《いたわ》って辻駕籠に乗せた。

「太兵衛はん――」

「お客はんのほうはこれで片付いたとして、こっちがえらいこっちゃわ」

駕籠に突き当たってきた六、七歳の子どもは、膝をついた中年の女に抱えられ、まだしくしくと泣いている。

「駕籠屋はん、この子、左腕と膝を擦りむいて痛がってはりますえ。どこのお子かわかりまへんけど、きっとこの近所どっしゃろ。家をきいてその駕籠にでも乗ってもらい、親御はんに会うて謝ってきはるんどすなあ」

彼女は男の子を抱き上げ、太兵衛にゆだねながらいった。

「へえ、そないにさせていただきます。ご親切にありがとうございました」

「うちは確かに見てましたえ。この子は他所《よそ》を向いて走ってきて、おまえさんたちの駕籠に突き当たったんどす。子どもを咎《とが》めたかて仕方ありまへんけど、お気の毒に災難どしたなあ」

だが遠巻きに佐吉と太兵衛を見る町筋の人々の目は、決して温かいものではなかった。

――悪いのは駕籠舁きに決っている。

――子どもは気随に動くものやさかい、大人が気を付けてやらなあかんのじゃ。

そういいたげな目が二人に注がれていた。

「坊《ぼん》、おっちゃんたちの駕籠に乗ってんか。家まで運んでいってやるさかい――」

太兵衛が子どもの機嫌を取るようにうながした。

「わし嫌や。今度はわしを、どっか遠くへ捨てに行くつもりなんやろ」

「坊、おまえはわしらになんちゅうことをいうのやな。そんなことをするはずがないやろ」

子どもの声は、近くで見ている人々にも届いたはずだった。

周囲の目が一層、冷たく感じられた。

「もうし、おたずねいたしますが、このお子の家はどこでございまっしゃろ。知っておられるお人がおいでどしたら、どうぞ、教えておくんなはれ」

太兵衛は哀願するように周囲を見回した。

だがどうしたわけか、誰からも答えはなく、一人去り一人消え、にわかに見物人が減ってきた。

その後、太兵衛の手で強引に駕籠に乗せられた子どもは、前にもまして大声で泣き始めた。道を往来する人々が足を止め、このようすを訝《いぶか》しそうな目で眺めるありさまだった。

「太兵衛はん、こらかないまへんなあ」

「ほんまに困ったこっちゃ。いっそ町番屋にでも行かな、どうにもならんのやろか」

「そんなん、左腕と膝をほんの少し擦りむいているだけどっせ。いくら子どもでも、大袈裟《おおげさ》すぎますわ」

「これは大袈裟やのうて、びっくりしてるだけのこっちゃ。大袈裟なんは、わしらや駕籠を乗り換えた魚清の旦那、それに周りの人々とちゃうか。坊、これくらいの怪我でそう大声で泣き、わしらを困らさんといてくれや」

太兵衛がまいったなあとつぶやき、子どもに頼んだ。

ところが、子どもは一向に泣き止もうとはしなかった。

「こらあ、おまえも男の子やろな。それくらいの擦り傷で、なんでそうまで泣きつづけるんじゃ」

佐吉がついに堪忍袋の緒を切らし、怒鳴り付けた。

これで子どもの泣き声がさらに大きくなった。

「さ、佐吉、なんちゅうことをいうのやな。それではわしらがますます困ってしまうやないか。ほんまにこれからどうしたらええのやろ」

太兵衛が思わず大きな嘆き声をもらしたとき、頬のこけたやくざめいた男が、顔を怒《いか》らせ近づいてきた。

「こりゃ、おんどりゃあ、わしんとこの餓鬼になにをさらすんじゃ」

それは凄《すさ》まじく迫力のある声だった。

二

禍々《まがまが》しい男の声をきくと、駕籠の中に抱き入れていた子どもの泣き声が一変した。

「お父ちゃん、痛いねん。痛いねん」

泣き声がにわかに悲鳴に近くなったのである。

佐吉と太兵衛はこのようすを見て仰天した。

これはただではすまされない。本当に痛いのか、それとも父親の声をきいて甘えているのか、そこまではわからなかったが、とにかく二人とも狼狽してしまった。

「吉助《きちすけ》、てめえも男だろうが。わしに甘えよってからに。駕籠舁きに笑われるような声を、出すんやないわい」

この言葉で二人はふと安堵《あんど》した。

相手はならず者に決っており、自分たちに恐ろしげな声を浴びせたが、父親の声をきくや、急に甘えて痛がるわが子を激しく叱っている。

意外に道理の通じる相手かもしれないと思ったのだ。

先程一瞬、親子で芝居をしているのではないかと疑ったが、そんな危惧《きぐ》はすぐ吹き飛んでいた。

「親分、こんな始末になってしまい、すんまへん」

「まあ仕方がないわさ。そんなこともあろうさね。それより吉助、わしに甘えるなというてるやろな。それでどこが痛いんじゃ」

かれは駕籠のそばに屈《かが》み込み、わが子の痛がる左足に両手をそえ、擦り傷を改めた。そして顔をしかめるわが子を見て、これはいけねえなあと独り言をつぶやいた。

「親分、傷はどんな工合どす」

太兵衛が身体を屈め、子どもの傷についてたずねた。

「外の擦り傷は、放っておいてもかまへん程度やけど、どうやら骨にひびでも入っているようやわ。わしに叱られたさかい、我慢してるのやろけど、擦り傷の近くを押さえると、うっと声を殺して痛がりよる。こりゃ、骨つぎ屋に診《み》てもらわなならんなあ」

「骨つぎ屋にどすか——」

骨つぎ屋ときき、佐吉と太兵衛は、一旦、明るくなっていた気持が、急に落ち込むのを覚えた。

だがそれでも、子どもの父親が凶悪な人相ながら、意外に穏やかなのにまだいくらか気を許していた。

「親分、わしらどうさせていただいたらよろしゅうおっしゃろ。いうておくれやす」

かれから吉助と呼ばれた子どもに当たられた佐吉が、おずおずとたずねた。

「このまま駕籠に乗せ、骨つぎ屋のところに運び、一応、診てもらわな仕方ないやろ。てめえら、そんな思案も付けられへんのかいな。それにてめえらは、お上手《じょうず》のつもりで先《さつき》からわしを親分親分と呼んでいるのやろけど、わしはどこの親分でもないわい。五番町遊廓を仕切ってはる坂田の五郎蔵《ごろぞう》親分のところで世話になっている、安次郎《やすじろう》というけちな野郎だわさ」

「そしたら安次郎はん、どこの骨つぎ屋がええのどっしゃろ」

一喝を食らわされ、黙り込んだ佐吉に代わり、太兵衛が度胸をすえてきき直した。

「わしかて、懇意にしている骨つぎ屋なんぞあらへんわい。ああ、五辻の本隆寺のそばで、小ちゃな骨つぎ屋が看板を出してたなあ。いつか見かけたことがあるわ。あそこまで行ってもらおか。いまのところ、そこしか思い付かへんさかい」

駕籠の中では、子どもの吉助が足を押さえて痛がっている。

雲行きが大分、怪しくなっていた。

五番町遊廓は、北野天満宮を北にひかえ、愛宕山《あたごやま》参詣の道筋にも当たるため、享保年間（一七一六―三六）頃から色茶屋が営まれ始めていた。

天正十五年（一五八七）、豊臣秀吉は内野の東北に聚楽第《じゅらくてい》を造営し、周りに大名ではない武士を集住させ、その地域に一番から七番までの番号を付けさせた。

これが五番町の町名の起源。江戸時代になり、寛政十年（一七九八）に茶屋株が認められ、安政六年（一八五九）には、北野遊廓の上七軒《かみしちけん》から五番町への出店営業が、改めて許されている。

五番町遊廓の賑わいは、なにより西陣機業の繁栄がもたらし、百軒をはるかに超える妓楼が、昼夜を問わず嫖客《ひょうかく》を迎えているありさまだった。

「ほな、そこにまいらせていただきます」

「急いで行くこっちゃ。そやけどあんまり駕籠をゆらさんといてくれや」

安次郎は駕籠に添って小駆けし始めた。

「吉助、足の工合はどうやな——」

かれが案じ顔で息子に声をかけている。

「お父ちゃん、足がずきんずきんと痛いわ」

「そら、あかんなあ。いまから骨つぎ屋へ行って診てもらうんじゃ。男やったら辛抱するこっちゃ。ええなあ——」

この声をききながら、駕籠を担いで走る佐吉と太兵衛は、暗澹《あんたん》たる気持に陥《おちい》りかけていた。

これで今日一日の稼ぎがふいになってしまう。

その上、治療費を払わされるのは目に見えていた。

二人は千本出水《でみず》の長屋に住んでいたが、佐吉にも太兵衛にも年の違いはあれ、一男一女がいた。連れ合いたちは西陣の出機《でばた》稼ぎをし、賄《まかな》いの不足を補っている。

それぞれの子どもたちは、いまが食い盛りだった。二人の胸裏に、暮らしの困窮が浮かんだり消えたりしていた。

一刻（二時間）ほど後、本隆寺に近い五辻に到着した。

駕籠の中では吉助が足を抱え込み、大袈裟に痛がっていた。

「てめえたちには委せておけへん。わしが抱いていくわい」

本隆寺の脇門の前に、「骨つぎ」と書かれた古看板が下がっていた。

安次郎は身体を屈め、わが子を抱きかかえた。

「すんまへん。よろしくお願いいたします」

「すんまへんやないわい。てめえたちも付いてくるんじゃ」

安次郎の口振りは、もうはっきりならず者であった。

「へえ、お供させていただきます」

古びた家の前に駕籠を横づけにし、佐吉と太兵衛は安次郎の先になり、建て付けの悪い表戸を開けた。

「おうい、誰もいいへんのかあ」

安次郎が奥に向かい声を張り上げた。

「はいはい、いてますわいな。お客はんどすか」

「てめえには銭を稼げる客だろうが、こちとらにはここは貧乏神の棲家《すみか》だわさ」

「そんなふうにいわはらんと、難儀を治す福の神の住処《すみか》と考えておくれやす」

「ちぇっ、福の神がこんな貧乏臭いところに住んでいるかよ。無駄口を利いてんと、早うこの子の左足の工合を見てくれや。駕籠屋にぶち当たられて転んだんじゃ。外見は擦り傷だけのようやけど、どうやら骨を痛めてるみたいなんじゃ」

「足の工合を、骨を折らはったんどすか――」

骨つぎ屋は一見して駕籠舁きとわかる佐吉と太兵衛を眺め、不快そうな顔をした。

「そら、あきまへんなあ。早速、診させていただきまひょ。坊を抱いたまま、上がっとくれやす。そしてそこに敷いてある布団に、坊を横たえておくんなはれ」

安次郎は骨つぎ屋のいう通りに動いた。

佐吉と太兵衛は息杖を握りしめたまま、狭い土間に立ちつくしていた。

骨つぎ屋が、吉助の左足にちょっと触ったり押さえたりして調べている。

どこかに触れるたび、吉助が痛たあと叫び声を上げた。

「坊、ここが痛いのやな」

「そこに触ったらあかん、そこに触ったらあかん。おっちゃんにはわからへんやろけど、ずきんと痛むんや」

「そうか、ここなんやな」

「そんなんいうて、また触ったり押したりしているやんけえ」

吉助は泣きこそしなかったが、大声を張り上げ、骨つぎ屋に文句を付けた。

「坊、ここの骨にひびが入っているんやわ。そやさかい、触ると痛いのや。おっちゃんがこれから手当てをしてやるさかい、じっとしてるんやで――」

一応、白衣らしい着衣をきた骨つぎ屋は、吉助に穏やかな声で伝えた。

「な、なんやと、左足にひびが入っているんやと。それに間違いはないのやな」

「はい、間違いはございまへん。手当てもせんとこのまま放っておいたら、この坊は足を引きずってしか、歩けへんようになってしまいます。けどいまのうちどしたら、骨がきちんとくっ付きますさかい、大丈夫どすわ」

「骨がくっ付いたかて、右足と一緒に大きくなっていくのかいな」

「それは一応、そこが治ってみな、後はどうなるかわからしまへん」

骨つぎ屋と安次郎の話をきき、佐吉と太兵衛は、奈落の底に引きずり込まれていくような気持に襲われた。

もし最悪の事態になったら、自分たちや家族はどうなるのだ。

相手が相手だけに、簡単にはすみそうになかった。

「やい骨つぎ屋、手当てというたけど、どないするんやな」

「練薬を患部に塗り付け、左足に副板《そえいた》を当て、縛っておくんどす。そのままうちに三、四回通ってもらい、回復を待つのどすわ」

かれは安次郎にこういい、奥に入っていった。

次に現れたとき、骨つぎ屋は練薬と、薄い副板を二枚と白布、それに細紐を持ってきた。

「えらいことになってしもうたなあ。うまく治ればええけど、もし治らなんだら、吉助の一生は台無しになってしまうわい」

安次郎は、後ろの土間に立つ二人を見向きもせずにつぶやいた。

骨つぎ屋が吉助の左足の脛《すね》に、副板を当てて縛るのを見ていた。

「骨つぎ屋のおっちゃん、そんな物を当て、わしの脚を縛り付けるのかいな。そんなんしたら、わし歩けんようになってしまうがな」

「坊、歩いたりしたら、骨のひびは治らへんのやわ。身動きは一切、したらあきまへんねんで。こうして骨がうまくくっ付くまで横になって、静かに寝ておくんなはれ」

「そしたら厠《かわや》に行きたいときには、どうしたらええのやな」

吉助は意外に元気な声で、骨つぎ屋にたずねた。

「そんなときには、お父はんかお母はんに抱いてもらい、用を足すのやな。とにかく、左足を使うたらあかんねんで。一歩でも歩いたりしたら、骨のひびに悪いさかい」

「それではうんちをするとき、足を曲げられへんがな」

「うんちのときも、横になったまま用を足し、尻のほうは誰かの世話を受けるんじゃ。屈んだりすると、副板が邪魔になりますやろ。左足にどうしても力が入りますさかい」

「そんなん、恰好が悪いわな——」

「子どものくせに恰好なんかかまってたら、骨がしっかり治らんと、後からえらいことになりまっせ」

「骨つぎ屋のおっちゃん、それ、わしを脅してるのやないやろなあ」

土間でこれをきいている佐吉と太兵衛には、吉助と骨つぎ屋が、いっぱしの男のやり取りをしているように思えた。

「さあ、終りましたえ。このままお父はんの背中に負《おぶ》さるか、それとも土間にいてはる駕籠屋はんの駕籠にそっと乗せてもらい、左足をかばいながら、気を付けて帰りなはれ。ところでお父はんにおききしますけど、お住まいはどこどすのや」

「わしなら、千本通りの大報恩寺の裏のお店《たな》（長屋）に住んでるわいな。それがどうしたんじゃ」

安次郎は不快そうに答えた。

「いやいや、わたしは治療のため、どこにお住みやろと思うてたずねただけどす。大報恩寺の裏なら、ここまでそう遠くはおへんわなあ」

「さほど遠くではないけど、治療のためとはいえ、こんな餓鬼を背負うてここまでくるのは、それこそ恰好が悪いがな」

「そしたらそこにいてはる駕籠屋はんに、そのたびに頼まはったらどないどす」

「そうするしかあらへんわなあ。なにしろこの駕籠屋に、ぶち当たられたんやさかい」

かれはぎらっとした目で、佐吉と太兵衛を眺めた。

たびたびすべて自分たちの責任のようにいわれ、それまで堪《こら》えていた佐吉の怒りがついに沸《ふっ》騰《とう》した。

「安次郎はん、わしらは痔を悪うしてはった三条・木屋町の川魚料理屋・魚清の旦那はんを、駕籠に乗せておりました。そやさかい、ゆっくり歩くようにしていたんどす。そこへ吉助ちゃんがどんと突き当たってきて、転ばはったんどすわ。横を向いて勢いよう走ってきはったさかい、突き当たったんどす。そやさかい、わしらだけのせいではありまへんで」

「な、なんじゃと。てめえらは自分たちの過ちをごまかし、相手が子どもやと軽う見おって、そんな責任逃れをいうのかいな。わしんとこの吉助は、もうすぐ七つになるねんやわ。わしは五番町遊廓の坂田の五郎蔵親分の身内やけど、この吉助はそうやない。わしとは違い、なんでもまっすぐにものを見る奴ちゃ。子どもやと思うて舐《な》めてかかってたら、あかんねんで。そんなこいつが間違いなく、駕籠屋が自分にぶち当たってきたというてるのやさかい」

安次郎は佐吉を威《い》嚇《かく》するようにまくし立てた。

「そないにいわれたら、川魚料理屋の魚清の旦那はんをはじめ、吉助ちゃんとぶち当たった二条・室町辺りのお人たちの中から、証人になってくれはるお人を探さななりまへん。吉助ちゃんと駕籠がぶち当たったとき、どんなようすやったのか、はっきり白黒を付けさせてもらわななりまへんわ」

佐吉はもう安次郎に怯《ひる》んではいなかった。

それを示すかのように、息杖の上の藁栓《わらせん》を取り、指を舌で濡らし、それをぴっと舐めた。

息杖はだいたい竹で拵えられていた。

だが、ただ漫然と竹を切ったものではない。竹節の上部一寸五分ぐらいを残して切り取り、そこにできた小さな竹筒の中に、塩が仕込まれているのだ。

それは汗をかいたとき、塩分を補給するための塩。駕籠舁きたちの知恵であった。

「佐吉、まあ止めておきいな。安次郎はん、ここの治療代はわしらが払わせてもらうとして、後は話し合いにしてくんなはれ。わしらも世帯《しょたい》持ち。暮らしがかかっておりますさかい。わしらを雇ってくれてはる駕籠屋の旦那にも、相談せんわけにはいかしまへん。ともかく大報恩寺裏の長屋まで、送らせていただきますわ」

「てめえは年を取ってるだけに、面倒臭いことをいう奴ちゃなあ。わしは二、三両もろうて勘弁したろと思うてた。けどこうなったら、もう後には引けへんわい」

どことなく安次郎に弱気が感じられた。

骨つぎ屋の天井裏で鼠《ねずみ》が騒いでいた。

三

「奥の客間にきてはるお客はんは、千両ヶ辻の駕籠屋・丹波屋の九右衛門《きゅうえもん》さまいうお人らしいわ」

「ああそうか。それにしても、あの大宮・今出川の辺りを、なんで千両ヶ辻と呼ぶのやな」

「正太、おまえはまだそんなことも知らんのかいな」

「よう知らんさかい、きいてるのやがな」

大宮・姉小路の公事宿「鯉屋」では、正月を迎えるため、鶴太と正太が店の掃除を念入りに行いながら話をしていた。

「あの辺は西陣の問屋ばっかしや。特に今出川を挟んだ南北の町の五辻には、糸問屋が軒を連ね、糸屋町八丁と呼ばれているくらいやわ。毎日、仰山の織物が、大宮・今出川の辻を行き交っているわけなんや。それをそろばんで弾くと、千貫千両にもなるというねん。そやさかい、俗に千両ヶ辻と呼ばれているんやわ」

「なるほど、わしが人からきいてた通りなんか」

「正太、そしたらおまえ、前から知ってたのかいな。おまえ、わしを試したんやな」

「わしはおまえを試してなんかいいへん。ただ確かめただけやわ」

正太が雑巾を桶の水ですすぎ、ぎゅっと絞りながら鶴太にいい返した。

「これこれ二人とも、なにをしょうもないことで揉めてんのやな。早う拭き掃除をすまさへんと、吉左衛門はんからお目玉を食らわされるねんで。おまえら、それでもええのんか――」

手代《てだい》見習いの佐之助から、二人に声がかけられた。

かれはしばらく前に病み、木津の実家に帰っていたが、ようやく本復して先月から鯉屋に戻ってきていた。

下代《げだい》の吉左衛門と手代の喜六の二人は、主の源十郎とともに、客間に詰めていた。

その場には田村菊太郎も同席している。

千両ヶ辻に店を構える丹波屋は、公事宿仲間にもそこそこ名の知られた店。鯉屋に持ち込まれてきた相談には、容易ならぬものが含まれており、鯉屋の主だつ者がみんな同席することになったのだ。

駕籠屋を営む九右衛門は、その商いからして、横着な人物ではないかと考えられがちだが、決してそうではなかった。

折り目の正しい篤実そうな五十年配の大柄な男。言葉遣いにも、それがはっきりとにじみ出ていた。

「わたしは店に戻ってきた佐吉と太兵衛から、ひと通りの話をきき、その後、二人にいいました。おまえたちがそれをわたしに打ち明けてくれてありがたい。その揉めごと、おまえたちが内緒で片付けようとしたかて、とてもできるものではありまへん。ちびちび金を絞り取られ、家が窮していくばっかしになりますやろ。これは公事にしたほうがええと思います。もう心配せんと、わたしに委せておきなはれといいきかせ、こうして鯉屋はんに、寄せさせていただいた次第でございます」

きのう佐吉と太兵衛に降りかかった災難を、長々と語り終えた丹波屋九右衛門は、ふうっと深い息を吐き、目の前に坐る四人を眺め渡した。

主の源十郎と吉左衛門、それに喜六は真面目な顔できいていた。

だが菊太郎だけは床柱にもたれ、無言のまま猫のお百とじゃれ合っていた。それでも九右衛門の目に、それが不真面目な態度だとは映らなかった。

それとなく観察していると、要所要所で猫とじゃれ合う手が止まり、耳がそばだてられていたからであった。

「それでは公事にして、大報恩寺の裏に住み、五番町遊廓の坂田の五郎蔵親分の身内やという安次郎を、町奉行所に訴えはりますか。それが妥当でございまっしゃろな」

話の後、源十郎がかれに持ちかけた。

「そやけど旦那さま、丹波屋さまのお話だけでは、目安《めやす》（訴状）は書けしまへん。その駕籠舁きの佐吉はんと太兵衛はんの話を、もっと詳しくきいてからにしたほうが、よろしいのではございまへんやろか」

吉左衛門が言葉を選びながら、控え目に進言した。

「わたしも下代はんのいわはる通りにしたほうが、ええと思います」

喜六がいつになく慎重な意見をのべた。

「こうしてお願いにまいったわたしも、お二人さまと同じように考えてます。わたしの言葉だけでは、意の通じへんところがあるかもしれまへん。そしたら当の二人を、明日にでもこちらさまにうかがわせますさかい、話をようきき、目安を書いてやっておくんなはれ。わたしがこの一件を、公事にして解決しようと思い立ちましたのは、表沙汰《おもてざた》になってへんだけで、これまで駕籠屋仲間の間でさまざま事件めいたものが、起っているからでございます。京の駕籠舁きたちの中には、やくざな男の脅しに怯《おび》え、小銭をせびられている者が、あちこちにいるのは確実。そんな小細工を弄《ろう》した脅しは、世間では決して通用しないと、町奉行所に断じていただきたいのでございます。丹波屋が雇うている佐吉と太兵衛は真面目一筋な男。自分たちに落度は全くなかったはずやというてますさかい、わたしはそれを信じてやりたいのでございます」

丹波屋九右衛門は、吉左衛門や喜六の意見に賛意を示した。

それをききながら、菊太郎は両手でお百を抱えてのっそりと立ち上がると、襖を開け、彼女を歩廊に追い出した。

「源十郎、いま丹波屋どのがもうされた通り、二人の駕籠舁きにしっかり事件の詳細をきいてから、目安を書いたほうがよいと、わしも思うている。さらにもうせば、ならず者の安次郎を町奉行所に訴え出るのも反対じゃ」

「菊太郎の若旦那、それはまたなんでどす」

源十郎が意外な意見をきかされ、菊太郎に問いただした。

「この一件、真実のところはありありと見えておるわい。痔を悪くしている魚清の旦那はともかく、吉助ともうす子どもは子役者。それにおそらく本隆寺脇の骨つぎ屋も、ひと芝居打っているのであろう。筋書きを作っているのは、やくざ者の安次郎。駕籠舁きの佐吉の憤《いきどお》りに触れ、二、三両の金で示談にしてすまそうと思うていたのにと、ついもらしておる。それが馬脚の現れたところじゃ」

「丹波屋はんの話をきいていて、わたしはそうやないかと思うてましたけど、若旦那さまもどしたんやな」

吉左衛門がつぶやいた。

「ああ、一件の黒白《こくびゃく》はきわめてはっきりしておる。訴状を出され、一人ずつお白洲に呼び出し、かよう明白な揉め事を詮議させられては、町奉行所といえども迷惑じゃわ。こんな事件、わしらがきちんとときき取り、解決に導いてやるのが、公事宿のまことの務めだろうが——」

「菊太郎の若旦那は、思い切ったことをいわはりますなあ。正直、わたしもそないに思うてますわ」

源十郎が、吉左衛門や喜六が驚いた顔で見るほど、明るい声でいった。

丹波屋九右衛門もそうだといわんばかんに顔をほころばせていた。

「駕籠舁きたちへの無法な脅しについては、駕籠屋仲間が寄り集まり、今後、町奉行所の協力を得て、相談や解決の仕組みを作ればよいのじゃ。九右衛門どのならそれができるはず。ここで大切なのは、この一件に六、七歳のならず者の息子が、役者として加わっていることじゃ。世間のなんたるかも知らぬ子どもを、実父とはもうせ、大人の不埒《ふらち》な欲の中に引きずり込み、いまから人生を誤らせてはなるまい。わしが一番案じるのは、その吉助の今後だわ。九右衛門どのはどう思われまする」

菊太郎はきりっとした表情で、かれの顔をうかがった。

「まことにそなたさまのもうされる通りでございます。貴賤を問わず、子どもは世間の宝。いかに貧しい家の子どもでも、心掛け次第では、やがて大きく役立つ人物にならぬともかぎりませぬ。わたしどもは、その吉助とかもうす子どもの将来を、考えてやらねばなりますまい。その旨を配慮せず、迂闊《うかつ》でございました」

九右衛門はいくらか後悔するようすでいった。

「喜六、そなたわしと一緒に、いまから大報恩寺裏の長屋を訪ねてみる気はないか。町名は知らぬが、五番町遊廓の坂田の五郎蔵の身内で安次郎ときけば、住まいはすぐにわかるだろうよ」

「菊太郎の若旦那さま、ならず者の安次郎に、会いにいかはるんどすか」

「ばかな、そうではないわ。骨つぎ屋から副板を当てられた吉助の工合を、確かめにまいるのじゃ」

「ほな、ちょっとした下調べどすな。正太か鶴太のどっちかでも、連れていきまひょか」

「それもよいな。まあこんなときには、堅物の鶴太より正太がよかろう。今日は師走の二十六日。今年もあと四日しかない。丹波屋の九右衛門どの、もし安次郎が金に窮し、店に押しかけてまいったら、この一件はすでに公事宿の鯉屋に委せていると伝え、退散してもらってくだされ」

「若旦那、それならいっそ銕蔵さまのご配下の誰かに、店にいていただいてもようございますな。町同心の姿を見たら、さすがの安次郎も強くは出ますまい」

「銕蔵さまとはどなたさまでございます」

　九右衛門が怪訝そうにたずねた。

「はい、銕蔵さまとは、田村銕蔵さまともうされ、ここにいてはる菊太郎さまの弟さまどす。東町奉行所で同心組頭を務めてはります」

「それは心強い采配をいただき、ありがたいことでございます。駕籠舁きは世間さまからなんとなく恐れられておりますけど、その実、身体だけは頑丈でも、あんまり肝っ玉がすわっていいしまへん。度胸のある奴は、少のうおすわ。そうできましたら、大助かりでございます。何卒どうぞ、よろしゅうお計らいくださいませ」

九右衛門は鯉屋の一同に両手をついて頼んだ。

「喜六、では早速、大報恩寺裏にまいるとするか。先程ももうしたが、今年もあと残りわずか。かような不埒は、年の内にきれいさっぱりと片付け、新しい気持で誰もが新年を迎えたかろう」

「そら、そうでございます」

「源十郎、ではこれから出かけるぞ。場合によれば、三条・木屋町の川魚料理屋・魚清に回り、旦那から痔の工合をたずねてまいる」

「そのようにすぐ動いてくれはって、ありがとうおすわ。わたしのほうは、吉左衛門を銕蔵さまの許に行かせます」

「ならば銕蔵の奴に伝えておいてもらいたい。来年こそ正月三ヶ日のうちに必ず組屋敷へ参上し、父上と義母《はは》上《うえ》にご挨拶をもうし上げるとな――」

「その旨、確かにうけたまわりました。正月三ヶ日の内にどすなあ。違背《いはい》しはったら、あきまへんねんで」

すっくと立ち上がった菊太郎を眺め上げ、源十郎が念を押した。

「違背いたせば、針千本飲むとするか――」

「なんや、また当てにならんようすどすなあ」

「ならば、いまはそのつもりでいるがとでも、いい添えておいてもらおうかな」

「いつもこれどすさかい、間に挟まれたわたしはかないまへんわ」

後の言葉をききながら、菊太郎は客間を出て、差料を取りに居間に向かった。

かれが姿を消した客間では、丹波屋九右衛門がその身許を源十郎にたずねているに違いなかった。

「正太、喜六と三人で出かけるぞ。付いてまいるか――」

「喜六はんと三人で。へえ、お供させていただきます。行き先はどこどす。きかせておくれやすか」

　正太が菊太郎の草履をそろえながらたずねた。

「千本の大報恩寺の裏じゃ。そなたにはちょっとした密偵の役を果たしてもらいたい。わしや喜六では、人目に付くからなあ」

「密偵、密偵どすか。なんや胸がわくわくしてきますがな」

「さほどのことではないぞ。ただ吉助ともうす子どもが住む家を探すだけじゃ」

「吉助という子どもの家を探すのが役目。それだけのことどすか――」

「それで不足なら、五番町遊廓を仕切る坂田の五郎蔵親分の身内で、安次郎ともうす男が住む家と、いい替えてもよいのだぞ」

「子どもから、いきなりやくざ者の家探しに変わるんどすか」

「二人は親子なのじゃ。まだ大人になっていないそなたが、子どもの吉助の家を探したとて、不自然には思われまいでなあ」

「そないな事情ならようわかりました。ところでその吉助いう子は、幾つになるんどす」

「六、七歳ときいているだけで、わしも正確には知らぬのよ。相当、利発な子どもらしいがな」

「六、七歳で利発な子。わしそんな子は苦手どすわ。密偵の役目も、十分果たせへんかもしれまへん。わしみたいな者どしたら、すぐぼろを出してしまいまっしゃろ」

「まあ、さようなことはどうでもよい。とにかく、わしらに付いてまいれ」

こうして菊太郎は喜六と正太を従え、店を出た。

鯉屋から大報恩寺は、二条城を間近に挟んでほぼ北西になる。

所司代下屋敷と所司代組屋敷の間を通る千本通りを少し北に上がれば、最初に目に付く大寺が、俗に「千本釈迦堂」といわれる大報恩寺だった。

同寺は真言宗智山派、本尊は釈迦如来。承久《じょうきゅう》三年（一二二一）、求法上人義《ぐほうしょうにんぎ》空《くう》が小堂を建て、仏像を安置したのに始まる。安貞《あんてい》元年（一二二七）に本堂が建立され、やがて寺内には壮大な伽藍《がらん》が構えられた。

だが応仁の乱を始めとする大火で堂塔を焼失し、本堂だけが奇跡的に創建時のまま残っている。いまでは町に溶け込み、庶民から深く親しまれる寺になっていた。

四半刻（三十分）ほど後、足を急がせた三人は、大報恩寺に到着した。

物売りが寺の周りにずらっと並び、薫香の匂いが強く鼻に漂ってきた。

広い境内で、子どもたちが影踏み遊びをしていた。

「わしの影踏んだら　十九の病」

「医者にみせても　なおらん病」

一定の区画の中を、鬼となった者に影を踏まれないように素早く移動しながら、子どもたちが早熟《ませ》たそんな影踏み歌を、口々に大声で唄いながら遊んでいる。

十五、六人の子どもがいた。

立ったまま黙ってそれを見ているうち、一人の子どもが、鬼に影を踏まれてしまった。

「影踏んだ――」

影を踏まれた子どもが今度は鬼となり、ほかの子を追う番だった。

「ああしんど、ちょっと休もか――」

子どもたちが白い息を吐いて立ち止まった。

「さあ正太、そなたは密偵、役目を果たしてまいれ」

菊太郎にうながされ、正太は子どもたちに近づいた。

「わし、ちょっとみんなに教えて欲しいんや。この近くの長屋のはずなんやけど、吉助ちゃんいう名のお子の家を、誰か知らへんやろか」

正太はなんの躊躇《ちゅうちょ》もなく、みんなに声をかけた。

「吉助、吉助やったらわしやけど――」

いままで鬼としてみんなを元気に追っていた男の子が、頬を真っ赤にし、無邪気な表情で正太の顔を仰いだ。

どうしてたずねられているのか、不審を覚えているようすはうかがわれなかった。

「お、おまえが吉助ちゃん」

「そうやけど、兄ちゃんはわしになんの用やねん」

「おまえのお父はんは安次郎はんいうのんか――」

「ああ、安次郎はわしのお父ちゃんやけど――」

ここまでいい、吉助はあっと小さく叫んだ。

そしていきなり脱兎のように、本堂の裏に向かって走り出した。

「逃げられてしもた――」

「正太、追わぬでもよいぞ。これで吉助の無事が確かめられた。重畳《ちょうじょう》重畳、なによりだったわい」

菊太郎が喜六と顔を見合わせ、にやっと笑った。

このとき、がんと鐘が鳴りひびいた。

あまりに近く不意だったため、頭がくらっとするほどの鐘の音であった。

四

その正午《ひる》すぎから京は急に寒くなってきた。

夕刻には雪がちらちらと降り始めた。

千本出水の裏長屋では、佐吉と太兵衛の家族たちが、それぞれ風呂敷包みを抱え、どこかに出かけようとしていた。

「お父はん、突然、どこへ行くのやねん。まさか夜逃げするのやないやろなあ」

太兵衛の息子の修平《しゅうへい》が、父親の相方《あいかた》としていつも駕籠を担いでいる佐吉夫婦の顔をちらっと見て、太兵衛にたずねた。

佐吉は母親のお粂《くめ》を背負っていた。

「おまえ、ばかなことをいうたらあかん。今夜は大宮・姉小路の鯉屋はんいう公事宿で、泊めてもらうんやわ。こんなぼろ長屋とちごうて、鯉屋はんは立派な旅籠みたいなところなんやで」

「そやけど、その公事宿いうのはなんやいな」

「八つのおまえにそれを説明するのはむずかしいなあ。まあ、そのうちにわかるようになるやろ。それより晩御飯はきっと尾頭付きの魚、子どもが四人もいてるさかい、鰻《うま》巻きを用意してくれてるかもしれへん。他に二、三品、お惣菜が付いてるはずや」

かれにいわれ、他の子ども三人の顔もぱっと輝いた。

それでも、佐吉と太兵衛の連れ合いたちは不安げなようすで、暗い顔であった。

それぞれの夫に、きのうからの経緯《いきさつ》をきかされていたからである。

丹波屋の主九右衛門は、相手の出方はまだ不明だが、公事にすると決め、公事宿の鯉屋に出かけてくれた。

そして戻ってくるや、店にひかえさせていた佐吉と太兵衛に、今夜から数日、念のため家族ともども大宮・姉小路の鯉屋へ行き、泊っているようにと命じた。

ならず者の安次郎が仲間を誘い、佐吉たちだけではなく、その家族にもなにを仕掛けてくるかわからないからだった。

丹波屋の店には、東町奉行所の同心組頭・田村銕蔵配下の曲垣染九郎がひかえ、同じく岡田仁兵衛が佐吉と太兵衛たちを、鯉屋まで護送してくれる手筈《てはず》であった。

この手配は二つとも、田村菊太郎という妙な侍が大報恩寺に出かけた後、急遽《きゅうきょ》決められたことであった。

さらにもう一つ、吉助の左足の診断をした骨つぎ屋にも、正体を探るべく素早く手配がされていた。

「修平、おまえにまで心配をかけてすまんこっちゃが、お父はんたちは悪いことなんかしてへん。なにも案じんでもええねんで。そやさかい、丹波屋の旦那さまや他のお人たちが、味方になってくれてはるんや。これは神さまが守ってくれてはるのと同じやわいな」

「修平ちゃん、おまえ大きくなったら、わしんとこの幸助を相方にして、駕籠を担ごうやないかと相談しているそうやけど、そんな小ちゃなことを、考えてたらあかんねんで。一生、駕籠舁きで終るのは、わしと太兵衛はんだけで十分じゃ。いまからでも奉公先をよう勘考し、将来はなんでもええさかい、独り立ちできるような職を探すこっちゃ。幸助と仲良しなのは結構やけど、それと自分たちの将来とは、また別やさかいなあ」

一緒に鯉屋へ向かいながら、佐吉が修平に教訓をたれた。

「修平、佐吉のおっちゃんがいうてくれてはることを、軽くきいてたらあかんねんで。二人で駕籠舁きになろうとは、なんちゅう安易な了見でいるんじゃや。お父はんは恥ずかしゅうて、そんなん誰にもいわれへん」

「おっちゃん、そしたらわしらどうしたらええねん」

佐吉の息子の幸助が口を挟んできた。

「わしらにどうのこうのといわさんと、幸助もわしのとこの修平と大の仲良しやったら、二人でしっかり考えるこっちゃ」

千本出水の長屋を出て、暮れかかった道を東の堀川に向かいながら、岡田仁兵衛は太兵衛と佐吉親子の話を、後ろで微笑みながらきいていた。

「わしらの跡を妙なお侍が付いてきてるで。あれはなんやいな」

修平にいわれ、太兵衛が振り返って見ると、確かに侍が一人自分たちにつづいていた。

「修平、安心せい。あれはお奉行所の町廻りの同心やわ。もしかしたら、わしらを護《まも》ってくれてはるのかもしれへん」

さすがに太兵衛は年の功で、人を見る目が正確だった。

堀川に出て、道を南に下る。

二条城を西に見て大宮・姉小路までくると、侍の姿は掻き消えていた。

その頃、菊太郎は三条・木屋町のやや上になる川魚料理屋・魚清の大広間に、喜六と正太とともに坐っていた。

部屋はいっぱいだと一旦断られた。だがわしは「重阿弥《じゅうあみ》」の馴染み客。川魚料理を食べながら、主の清右衛門どのにたずねたいことがあってきたのだ。大広間が空いているならそこでもかまわぬといい、三十畳余りの宴会場に案内されたのであった。

料理をひと通り注文したところだった。

重阿弥の名をきかされたら、魚清の番頭も妙な三人連れを、無下《むげ》に断るわけにはいかなかった。

それに三人とも身形《みなり》はきちんとしていた。

「名の知られた川魚料理屋になると、こんな広い部屋をそなえているんどすなあ。すぐ東は鴨川どすがな。それにしても窓際の歩廊に、座布団が三、四十枚ずらっと並べられているのは、なんでどすのや」

　正太がそれを眺め、不思議がった。

「それはなあ正太、昼間に宴会があったんやわ。宴会には、たばこを吸う人も吸わん人もきてはるはずや。そやけど席の一つひとつに、たばこ盆が置かれているわなあ。火の付いたままのたばこの炭が、座布団に落ちているのに気付かんと、客が去《い》んですぐ、座布団を押し入れに片付けたりしたら、どうなると思う。たばこの火は、座布団の綿の中でじわっと燃え進み、やがてぱっと燃え上がり、火事になってしまうわいな。それを恐れて一応、座布団をしばらくああして広げておくんや。ここの番頭も女中頭も、気の利いた差配をしてはるわ」

「京の料理屋や旅籠の火事は、多くが台所の火の不始末というより、座布団に落ちた火や寝たばこからだときいておる。綿の中に小さくひそんだ火種は、迂闊をしていると、次第に静かに燃え広がり、次には一挙に燃え立ち始める。大きな料理屋では、そこをまず一番に用心せねばならぬのじゃ」

　喜六につづき、菊太郎が正太に説明した。

「へえっ、なんの商いでも奥深いところがあるんどすなあ」

　正太が感心してつぶやいたとき、店の主の清右衛門が、そろりとした足取りで現れた。

「そなた、痔の工合はそれほど悪いのか——」

菊太郎が挨拶より先に、いきなりかれにたずねた。

「ひ、ひえっ。お客さまはなんでわたしのそんなことをご存じなんどす」

「そなたが昨日、北野天満宮から乗った駕籠屋にきいてなあ。わしは田村菊太郎ともうす。公事宿で厄介になっている男じゃ」

「わたしは公事宿・鯉屋の手代で喜六、一緒に旨い川魚料理を食べているのは、丁稚《でっち》の正太ともうします」

「それはそれは、ようきてくださいました。痔のほうはほんまに工合が悪おすわ」

「今日はそのことで訪ねたのじゃ。そなたの乗った駕籠の駕籠舁きは、前が佐吉、後ろは太兵衛ともうし、大宮の千両ヶ辻近くの丹波屋ともうす駕籠屋に、雇われている者たちじゃ。そなたが痔を悪くしているため、駕籠をゆっくりやってくれと頼んだのは、まことなのじゃな」

菊太郎が厳しい口調でたずねた。

「へえ、その通りでございます。あの駕籠舁きたちはよほど人が好いらしく、途中で幾度もわたしに、痔の塩梅《あんばい》をたずねてくれました」

「それでじゃが、二条・室町で六、七歳の子どもが前駕籠の佐吉に突き当たり、転んで怪我をしたともうすのも、本当だな」

「へえ、正直わたしにはなんや、わざと突き当たって転んだように見えましたけどなあ」

「北野天満宮から二条・室町まではそこそこの距離。そうでありながら、少しの銭も払わずに乗り捨てたのは、揉めごとになるのを嫌うてなのか——」

「わたしがそうしたのは、乗る前から調子のようなかった痔が、ひどく痛んできて、つい腹が立ったからでございます。公事宿からおいでとうけたまわりましたけど、それで駕籠屋の丹波屋はんが、ただ乗りしたのを怒り、公事にするというてはるんどすか」

「いや、そうではないぞ。そなたが正直にあの駕籠舁きたちに、この店の名を明かしてきたため、わしらはここに訪ねてこられたのじゃ。駕籠賃を払わなかった理由は、痔の激しい痛みのせいからと相わかった」

菊太郎はふっと息をつき、語りつづけた。

「それより転んだ子どもの親が、骨つぎ屋に診せたところ、子どもの左足の脛にひびが入っているといい出し、駕籠舁き二人を脅し始めたのじゃ。わしは二人の雇い主の丹波屋九右衛門から相談を受け、一切を詳細にきいた結果、これは子どもを使うた当たり屋に相違ないと、判じた次第じゃ。子どもの名は吉助。駕籠舁きたちに脅しをかけているのは、北野の五番町遊廓を縄張りにする坂田の五郎蔵の身内で、安次郎ともうす者じゃ。骨つぎ屋は吉助の左足に副板をして帰したそうだが、その骨つぎ屋もどうやら安次郎の仲間らしいわい。すでにこの目で見てきたが、吉助は副板など取りはずし、わしの影踏んだら　十九の病、医者にみせても　なおらん病などと囃《はや》し立てられ、影踏み遊びの鬼となり、走り回っていたわい」

「それでは丹波屋はんは、その親子を相手に、公事にするつもりでいてはるんどすか——」

清右衛門はおずおずとたずねた。

町奉行所の白洲に呼ばれたら、ありのままを素直にのべる気になっているようだった。

「いや、鯉屋の主はさようにいたそうとしたが、わしが訴えてはならぬと止めたわい」

「それはまたなんでどす――」

清右衛門は訝しげな表情になっていた。

「さように問い返してくるとは、そなたも座布団を敷き並べ、たばこの火を案じるほどの思慮を持ちながら、思いの至らぬ奴じゃわい。父親はやくざ者でも、前駕籠に突き当たってきた相手はまだ幼い子どもじゃ。当人の年からして父親に命じられ、やむなく悪事に加担しているだけと見ねばなるまい。そんな子どもまで、ややこしい公事に巻き込む必要はなかろう。この一件に関わったからには、その吉助ともうす子どもの将来を第一に考え、決着を図るのがなにより大事。どうしてそれがわからぬのじゃ」

菊太郎の話の途中から、清右衛門はしきりにうなずいていた。

「全く、仰せの通りでございます。わたしはあんまり痔が痛むからというて、腹立ちまぎれに駕籠舁きへ銭も払わんと、別の駕籠に乗り換えて店に戻ったのを、悔いております。いまからでも丹波屋はんへ、二倍三倍にでもして支払わせていただきますわ。いや、妙な事件を引き起してしまったのは、わたしがあの駕籠に乗って、痔があんまりに痛むさかい、物事が面倒になっていたためかもしれまへん。わたしがあの場で、駕籠舁きや子どもに、見た通りをはっきり説明したらよかったんどすわ。そんなわけどすさかい、十両二十両にしてでも、償《つぐな》わせていただかなあきまへん」

かれは肩を落としてつぶやいた。

「いや、そうではあるまい。そなたは駕籠舁きの二人に、自分の店の名を告げておいたではないか。そなたは一見悪げに見えるが、まことは善良な男なのじゃ」

「そないにいうてくれはるあなたさまは、公事宿で厄介になっている男やといわはりましたけど、ほんまはそうではございまへんやろ。まことのところを、ゆっくりききとうおすわ」

「それはまたの折にいたそう。これで探らねばならぬ事柄が、明確にわかったわい。わしにはこれから、度胸をすえて向かわねばならぬところがある。では勘定をしてもらおうか」

菊太郎は喜六にあごをしゃくった。

「そ、そんなもの、いただけしまへん」

「なにをもうす。勘定は勘定じゃ。それを受け取らねば、そなたが興味を抱く話をきかせぬうえ、魚清の料理は不味いと、悪い評判を町中にいいふらしてくれるぞ」

「それはどうぞ、堪忍しておくんなはれ。では帳場のほうでお勘定をいただかせてもらいます」

清右衛門は窓際に敷き並べた座布団の始末をいい当てられ、菊太郎を相当世故に通じた男、おそらく剣の腕も並ではなかろうと、察しをつけていた。

魚清の店から出ると、菊太郎は丁度、三条小橋のかたわらに屯《たむろ》していた三挺の駕籠に声をかけた。

「おい、駕籠屋はんよ。わしら三人を、急いで大宮・姉小路まで運んではくれまいか。駄賃は弾ませてもらうわい」

「旦那、合点《がってん》承知之助どすわ」

三挺の駕籠舁きたちは一斉に立ち上がった。

鯉屋に戻り、銕蔵に急いで連絡をつける。かれの都合が悪ければ、配下の誰でもかまわないが、菊太郎は曲垣染九郎と最も相性がよかった。

銕蔵か染九郎のいずれかと、五番町遊廓の坂田の五郎蔵の許に乗り込み、一挙に事件の解決に当たる気になっていた。

なにしろ今日は師走二十六日。大晦日まであと四日しかないからだった。

「兄上どの、それがしには相手に凄んだりなだめたりする役は、向いておりませぬ。五番町遊廓の五郎蔵の許へ同道するのは、やはり染九郎に仰せ付けくださりませ」

これから五番町遊廓に乗り込みたいのだがと、菊太郎が銕蔵に声をかけると、折よく鯉屋でかれの戻りを待っていた銕蔵は、思っていた通りに答えた。

「では染九郎どのとまいるぞ」

「さようにしてくだされ。それがしより染九郎のほうが役立ちましょう。なにしろそれがしは、五番町遊廓は存じておりもうすが、深く立ち入ったことはございませぬ。それに比べ、染九郎はよろず承知しておりまする」

　これを間近にききながら、染九郎はふんと鼻で笑っていた。

「されば染九郎どの、いまからまいろうぞよ。わしは今日一日、なにやらあちこちを走り回ってきた思いだわい。大晦日が近いだけに、陽が早く落ちた気がいたすのう」

「いかにもでございます。菊太郎の兄上どのとご一緒なれば、火の中水の中も厭《いと》いませぬが、五番町遊廓の坂田の五郎蔵の許にとなれば、武者震いがいたしまする」

「外に駕籠を二挺待たせてある。それに乗っていくといたそう。場合によっては、死人の山を築いてくれる」

「ご冗談を。悪所《あくしょ》とはもうせ、五番町遊廓は幕府も必要悪として認めている場所でございます。妓《おんな》たちは哀しい思いをしておりましょうが、あれこれ悲喜いたさねばならぬのは、人の世の慣《ならい》。野放図な奴らより、世間からならず者と呼ばれていても、五郎蔵のような奴にまとめられているほうが、うまく運びますわい」

　駕籠に乗り、五番町遊廓までくると、年末のせいか、町は活気にみちていた。

　坂田の五郎蔵も、「永懐楼《えいかいろう》」と気障《きざ》な名を付けた妓楼を営んでいた。

「骨つぎ屋のほうはどうだったのじゃ」

「あれは右市《ういち》ともうし、やはりやくざ者。安次郎とはぐるでございました」

「予想はしていたが、これほど図星だとは思わなかったわい」

狭い道の左右に連なる店々は耿々《こうこう》と明るく、木格子の中から妓たちの誘いの声が、二人にけたたましく投げかけられた。

「永懐楼にまいるのじゃ」

一声こう答えると、遊妓たちの誘いがぴたっと止み、遠くの嬌声《きょうせい》だけが耳についた。

「いつおいでになるかと、お待ちもうし上げておりました」

その夜、永懐楼の妓たちは総揚げとされており、表の敷石には打ち水がなされていた。

五郎蔵の子分たち二十人余りが、広い玄関の式台に手をつき、菊太郎と染九郎を出迎えた。

「わしたちがくるのがわかっていたのか——」

「へえっ、今年もあとわずかでございますさかい、必ず今日明日のうちにおいでだと思うておりました」

かれらの後ろに、きれいに着飾った遊妓たちが、ずらっとひかえていた。

「お互い、早く片付けておかねばならぬ問題だからのう。だが今夜は酒でも妓でもないぞよ」

染九郎が険しい顔で、小頭らしい男にいい放った。

「ではそのように計らい、親分に会うていただきます」

長廊をいくつも曲がり、五郎蔵の居間に案内された。

「旦那方、よくおいでくださいました」

髪を大髻《おおたぶさ》に結んだ五郎蔵が、長火鉢の横に移って平伏した。

かれの後ろには、安次郎とおぼしい男が両手足を縛られ、転がされていた。

「五郎蔵、その男が安次郎か――」

「へえっ、さようでござんす」

「わしと一緒にまいられた若旦那が、死人の山を築いてくれるともうされていたが、これではその必要もなかろう。まあ、両手足の縄を解いてつかわせ」

「へえっ、ありがたいことでござんす」

五郎蔵があごをしゃくると、小頭が安次郎の縄を解きにかった。

「相当、痛め付けられたらしいなあ」

「わしの名を出してけちな真似をしおって、この五郎蔵の顔に泥を塗りよったもんどすさかい、杯を叩き返し、もとの瓦職人になれというてやりました」

「そなたの側からさよう素直に出られ、腰の刃が淋しがって泣いているわい」

菊太郎がこういった途端、五郎蔵は身体を起すと、大髻に素早く手をのばし、指の間に挟んでいた剃刀《かみそり》で髻をぶつんと切り落とした。

頭髪がかれの肩先にぱっと垂れ下がった。

「お、親分――」

小頭があっと驚きの声を発した。

「こうでもせな、示しが付かへん。なんのこともなく、髪ぐらいすぐまたのびてくるわいな。おい安次郎、てめえこれから博奕場や遊廓に一歩でも踏み込んだら、命がないものと覚悟しておくこっちゃ。わしの顔が利くすべての親分衆に、回状を廻しておくさかい。それをよう胸に刻んでおくのやなあ。わしが大髻を切ったことは、あっちゃこっちでいい触らしてもかまへんで。それにてめえら、素人衆に下手な手出しをしたりすると、次にはこれぐらいではすまへんのやぞ。ええなあ、わかったか——」

かれは顔を歪めて安次郎にいい、次いで小頭の後ろに立つ子分たちに、恐ろしげな声を浴びせ付けた。

「さればこれですますしかあるまいが、安次郎、子どもの吉助は、わしに預けてもらうぞ。骨つぎ屋の右市は百叩きのうえ、畿内から追放とでもいたすか」

菊太郎が静かな声でいった。

吉助は魚清の清右衛門に預かってもらい、料理人にでもさせたらどうかと、菊太郎は考えていたのだ。

五郎蔵の居間がしんと閑《しず》まると、五番町遊廓の方々から、遊妓たちの嬌声が一斉に耳に届いてきた。

陣屋の椿

一

昨年末から正月にかけ、寒い日がつづいたが、二月に入ると、にわかに暖かい日が多くなってきた。

どこを歩いても梅の花が目に付き、芳《かぐわ》しいその香りが鼻をかすめた。

公事宿が軒を連ねる大宮・姉小路《あねやこうじ》の界隈もそうだった。

公事宿「鯉屋」の表屋根に、数人の大工が幾条《すじ》もの梯子《はしご》をかけて登っている。

軒先の看板を、新しいものに取り替えようとしているのだ。

主の源十郎と下代《げだい》の吉左衛門が表に立ち、そのようすをじっと見ていた。

「吉左衛門、あんまり目立たんようにと頼んでましたんや。そやけど黒縁で上に公事宿、下に大きく鯉屋と横の線彫りにしてもろうたあの看板、軒に掲げてもらうと、やっぱりえらく目立ち、なんや気恥ずかしいわいな」

「そないいわはりますけど、あんなものとちゃいますか。暖簾《のれん》は折に付けて取り替えてます。そやけど看板は、ご先代の宗琳さまが、まだ武市《ぶいち》と名乗って商いをしてはった頃からのもので、文字が薄れ、はっきり読めしまへんどした。あれでほかの店と同じくらいになり、よろしおしたわ。少しも目立ちすぎてなんかいいしまへん」

大工たちの作業を、腕組みして見上げている源十郎に、吉左衛門が晴れやかな顔でいった。

ときどき源十郎の妻のお多佳が、表に出てきて屋根を見上げ、黙って店の奥に引っ込んでいった。

それは手代の喜六や幸吉《こうきち》、それに手代見習いの佐之助も、丁稚《でっち》の正太や鶴太も同じで、老猫のお百までが、源十郎の足許にちょこんと坐り、屋根の看板を眺めていた。

店の誰もが、看板の取り替えを気にしているのである。

「吉左衛門、店の看板を新しくしたのを機会に、わたしらも商いにいっそう身を入れなあきまへんなあ」

「旦那さま、わたしもそないに思うてます」

二人は顔を見合わせてうなずいた。

そのとき、手代の喜六が暖簾から姿をのぞかせ、源十郎に声をかけた。

「旦那さま――」

「喜六、なんやいな」

「へえ、お店《たな》さまが大工はんたちのお茶を、どうしたらええかときいてはりますけど――」

「喜六、それはわかってます。そやけど、途中で手を休めてもろうていて、看板がもし落下してきたりしたら困ります。そやさかい、仕事が一段落したときにしておくれやすと、お伝えしてきなはれ」

下代の吉左衛門が、源十郎に代わって答えた。

仕事の途中で手を止め、固定しておいたはずの看板が滑って落ち、人の頭にでも当たったら大事《おおごと》になる。当然の措置だった。

「そしたらお店さまに、そのようにもうしてまいります」

喜六は店の奥に入りかけたが、大宮通りの先をふと見て、なぜか足を止めた。

そんな喜六に誘われ、源十郎と吉左衛門も思わずそちらに目を這わせた。

向こうから鯉屋の居候だと自称している田村菊太郎が、悠然と歩いてくるのだ。

かれは赤い花をたくさん付けた椿《つばき》の大枝を抱えており、それがかれには、妙に似合わしい取り合わせだった。

普通の武士が、椿の花枝を抱えてくれば、きっとちぐはぐな感じに見えるに違いない。それがかれの場合、少しも不自然でないのは、儒者髷《じゅしゃまげ》に着流しのせいもあろうが、おそらくその人柄のせい。あるいは新しい看板を、店の軒に取り付けている光景のためかもしれなかった。

「そなたたち、店の表でなにをしているのじゃ」

菊太郎は源十郎と吉左衛門に近づくと、なにも気付かずにたずねた。

「あれ、あれどすわい」

源十郎に指でうながされ、菊太郎は鯉屋の屋根を見上げた。

「なんだ、看板を取り替えているのか——」

そういいながらかれは、腕に抱えた椿の花枝に目を落とした。

「祝いのつもりで、この椿を貰《もろ》うてきたわけではないのだが。まあ、そうとしてもよいわなあ。わしが早速、店に活《い》けてとらそう。されど椿の花はぽとりと落ちるため、首が落ちるようだと忌《い》む人もおる。嫌なら嫌だともうすがよいぞよ」

「菊太郎の若旦那は、椿の花がお好きどすさかい、長年の間にわたしたちもなんとなく馴らされてしまい、美しい花やと思うようになってますわ。どうぞ、店のどこにでも祝いとして活けておくれやす」

「ならばわしの居間の大壺にごそっと挿《さ》し、枝振りのよい数輪を選び、店のどこかに活けるとするか――」

かれはあっさりいい、暖簾のそばに立つ喜六とともに、店の中に入っていった。

椿は忌み嫌う人もいるが、寒い季節に凛然《りんぜん》と咲くため、ことのほか好む人も多い花だった。

特に武士はこの花を嫌い、一方、茶湯者《ちゃのゆしゃ》たちには好まれた。

一口に椿といわれるが、品種は微妙に違い、八百種余りあった。接木《つぎき》が容易なため、現在では千種ほどにもなっているだろう。

特色として、日本海沿いの寒冷地に珍しい花木が多く、雅《みや》びた名前が付けられている。

一休、宗旦、人麿、紺屋の灯、額田《ぬかた》姫《ひめ》、那智の滝、百寿の司、桃割れ、弁天神楽《べんてんかぐら》、白角倉《しろすみくら》、楼蘭、阿蘇姫、天賜《てんし》、安芸小町、宵おけさ、雀の宿、加茂本阿弥、短檠《たんけい》、雪舟、白髪《しらが》山《やま》、笹鳴《ささなき》

――など、並べ立てれば、多岐にわたる名前が挙げられる。

それらの椿は、花だけではなく枝も葉もいくらか違い、開花の時期も十一月を主として四月頃までと、異なっているのである。

菊太郎は小女《こおんな》のお与根に声をかけ、自分の居間にまず茣蓙《ござ》を持ってこさせた。そこに椿の枝を広げると、次に小盥《こだらい》に水を張って運ばせた。

それから信楽《しがらき》の大壺を抱えて台所へ行き、釣瓶《つるべ》で水を汲み、大壺の半ばまでをそれで満たした。

かれはこうした壺などを扱うとき、人には決して委《まか》せなかった。

もし落として割ったら当人が悔むためで、自分がした粗相なら、あきらめが付けられるからだ。

それが割れ物を扱う者の心得だった。

大壺を床の間に置き、かれは花枝の仕分けにかかった。

ごそっと挿すだけでは興がない。活けるにしてもそれなりの工夫をし、枝振りのいいものは別に選《よ》り分けて置いた。

かれが別人のように黙々と椿を活けているのを、小女のお与根は黙ってそばで眺めていた。手伝うには及ばぬといわれていたからだった。

菊太郎は常とは違い、厳粛な表情で椿の花を活けている。

鋏《はさみ》の音がする。余分な葉が取り除かれる。

やがて信楽の大壺に、椿の花が活け終えられた。

「やれやれ、これでよし。数日は楽しめるわい」

「若旦那さまが花を活けられるのを、折に付け拝見してきましたけど、今日はなんや真剣なごようすどしたなあ」

「そなたにはそう見えたか。花を活けるのは、古来から女子のいたすものではなく、男の行いじゃ。いつもと違って見えたのは、わしが椿の花が好きだからだろうよ」

菊太郎はお与根に笑いかけていった。

かれは花を活けるのは男の行いだといったが、古い時代から江戸時代まで、事実、花は男の手で活けられてきた。

池坊門人帳に記される名前は男ばかりで、花を活けるという行為は、商人にしろ武士にしろ思索に必要だったのだ。

往時、花を活けたり静かに茶を喫したり、さらに庭を眺めたりするのは、明日行われる合戦、または商取引きにそなえ、思惟《しい》を深めるためであり、男には必然的行為であった。

明治に入ってから、活花は女子教育に用いられるようになったにすぎないのである。

「お与根、そなたすまぬが、後を片付けておいてはくれまいか——」

菊太郎は数本の椿の枝を持って立ち上がった。

店の表へ行き、それを活けるためだった。

「はい、かしこまりました」

厳粛な雰囲気がまだ居間にただよっているせいか、お与根は正座したまま、菊太郎に両手をついて低頭した。

かれが店の表に姿を見せたとき、手代の喜六が正太たちを従え、外から土間にどやどやと戻ってきた。

「どうじゃ、看板はしっかり掲げられたか。源十郎たちの姿が見えぬが、どうしたのじゃ」

「へえ、旦那さまと吉左衛門さまは、店の看板を取り替えてくれはった大工はんたちに、祝いのお酒を飲んでいただくため、近くのそば屋にご案内していかはりました」

喜六が尤《もっと》もらしい表情で伝えた。

「ああ、店の顔とももうせる看板を、新しいものにしてくれた大工どのたちじゃ。一献、酒を飲んでいただくのは、当然だろうよ。店ではいつ客が訪れるかわからぬからのう」

菊太郎の一声で、正太や鶴太たちが納得した顔になった。

「正太、お与根がわしの居間の莫蓙を、もう片付けてくれたはずじゃ。お多佳どのにもうし、その莫蓙と椿を活けるに適した小壺を、帳場のここに持ってきてくれまいか。それに水切りをいたすゆえ、水を入れた桶もなあ」

「はい、では早速——」

土間にひかえていた正太が奥に向かうと、鶴太もすぐ後につづいた。

「菊太郎の若旦那さま、椿を活けた小壺を、どこに置くおつもりどす」

喜六が菊太郎にたずねかけた。

「どこにともうし、店の真ん中にどんと据えるわけにもまいるまい。椿といっても短い五枝ほど。店の片隅にでも置いておけばよいわい」

しばらく後、菊太郎は運ばれてきた水桶の中に椿の枝を差し入れ、鋏で水切りをし、丹波の小壺に椿の花を活け始めた。

昼すぎだが、どこかほの暗い店の中に、赤い椿がぽっと花を咲かせている。

その眺めは椿を忌まない者たちには、季節の風情を好ましく感じさせるものだった。

「どうだ正太に鶴太、こうして見ると、椿の花もなかなかよいものだろうが――」

「そやけど菊太郎の若旦那さま、この大宮通りで店に椿の花を活けてる公事宿なんか、おそらくどこにもありまへんで」

「関わりのある罪人の首が落ちるのを、慮《おもんぱか》ってであろうが、商売柄とはもうせ、縁起をかつぎ因習にとらわれ、美しいものを遠ざけるのは、あまりよくないとは思わぬか」

「へえ、若旦那さまがいわはる通りでございます。そやけど店の旦那さまもほんまのところ、そう思うてはりまっしゃろか」

「源十郎の奴は先程、店のどこにでも活けておくれやすと、もうしたであろうが。あれはわしの行いにはなにも反対を唱えぬわい。特にこの椿については尚更じゃ」

「どうして尚更なんどす」

　喜六が不審そうな顔でたずねた。

「源十郎も何年か前に一度見たことがあるはずじゃが、この椿は富小路・晴明町の油問屋『夷《えびす》屋《や》』の広い庭に、いまを盛りと咲いている陣屋の椿だからよ」

「油問屋の陣屋の椿。若旦那さま、それはいったいどういうことなんどす」

　鶴太が膝を前に乗り出した。

　喜六と正太も陣屋の椿ときき、にわかに興味を抱いたようだった。

「わしはなあ、古くから懇意にしている油問屋・夷屋の主八郎《はちろう》右《え》衛門《もん》どのから、陣屋の椿が見頃、銕蔵さまと一緒においでになりませぬかと誘われたのじゃ。それで今日、奴の配下の福田林太郎と三人で、花見に行ってきたのよ」

「桜ではのうて、椿の花見どすか——」

「さようじゃ。なにも桜だけが花見ではないわい。林太郎の奴は大変な酒飲みゆえ、連れていってやったのよ。あ奴、椿の花を愛《め》でながら酒を飲むわ飲むわ。それでも一向に酔った素振りを見せず、あれには全く驚いたわい」

　菊太郎は陣屋の椿について説明するより、福田林太郎の飲みっ振りについて話を始めた。

「菊太郎の若旦那さま、わたしらは福田さまの酒の飲み工合を、おたずねしているのではございまへん。夷屋の陣屋の椿についてきいているんどす」

喜六が不服顔でかれに注文を付けた。

「おお、そうだったな。その陣屋の椿は、深い謂《いわ》れがあってなあ。慶長五年（一六〇〇）九月十五日、美濃国の関ヶ原で、徳川家康公と西軍の石田三成公が合戦をしたのを、誰もがきいて知っていよう。その合戦の折、家康公が陣屋を構えた場所に、きれいな椿が花を付けていたそうじゃ。合戦の後、椿好きの男がその椿を掘り起して京まで運び、地植えしたのが、やがて大きく育った。陣屋の椿として有名になったのじゃ」

菊太郎は椿の花にじっと目を据え、話しつづけた。

「陣屋の椿は朱紅色の一重《ひとえ》、あのように筒咲きで筒しべの中輪。光沢のある鮮やかな花色で、整った花形をしており、まことに品のいい花じゃわ。葉は小さいが肉厚で平坦。樹は立性で強健。枝はよく密生し、放っておけばどこまでものびていくそうじゃ。この十日前後が見頃、是非にと招かれたため行ってきたのだわ。陣屋の椿は、夷屋の広い庭の真ん中で四方八方に枝をのばし、でんと居座るように咲いていたわい」

「神君家康公さまが、天下分け目の関ヶ原合戦に臨まれたとき、陣屋のそばに咲いていた椿どすか。それなら、由緒がございますわなあ」

「あれからすでに二百年余り経っており、陣屋の椿も大きく生長し、庭師が手入れに難儀するともうしているそうじゃ。ところが樹はいまが盛りだときく。広い座敷から眺めると、辺りが朱紅色に見え、それは見事であったわい。主の八郎右衛門どのが脚立《きゃたつ》を用意し、どの枝でも剪《き》って行ってくだされと勧められたゆえ、わしは好きなだけいただいてきたのだわ」

「その陣屋の椿、夷屋のご先祖さまが、関ヶ原から掘って運んできはったんどすか」

喜六が謂れにこだわり、いやに熱心にたずねた。

「いや、そうではないようじゃ。八郎右衛門どのの先代が、無類の椿好きだったそうで、なんでも白川の植木屋に頼み、夷屋の庭に植え替えさせたものだときいておる」

「そこそこ大きくなった椿の樹を植え替えるのは、大変どしたやろなあ」

「植え替えは梅雨先がよいそうだが、しっかり根を張った植木でも、どうしても根の先を切らねばならぬ。そこから新しく根を張るには月日を要し、陣屋の椿が根付くには、四、五年かかったともうす」

「白川の植木屋は、その椿をどこで手に入れたんどっしゃろ。由緒のある椿どすさかい、八郎右衛門はんのご先代は、大金をはたいて買わはったんどっしゃろなあ」

「きいたところによれば、五百両だったそうじゃ」

「一本の椿に五百両の大金を出して——」

喜六だけではなく、正太も鶴太もあきれ返った顔で、菊太郎の話をきいていた。

「好き者とはそんなものじゃ」

「五百両も出せば、長屋が二棟でも三棟でも建てられますがな」

「夷屋は京でも指折りの油問屋。だからこそ買えたのであろう」

「そんな深い因縁を持つ陣屋の椿を、夷屋はんは関わりのあるお人たちだけに見せ、ほとんど独り占めどすか――」

「いや喜六、それがそうではないのじゃ。椿好きなお人には、誰彼かまわず庭に通して見せておられる。一枝いただきたいと願い出るお人には、用意した鋏で好む枝を剪り取らせておられるそうな。八郎右衛門どのは、大店《おおだな》を構える商人には珍しいお人でなあ。それでもさすがに、もうし出る者は極くごく限られているともうす」

「そら、そうどっしゃろ。いくら椿の花が大好きでも、夷屋はんみたいな大店に、花を見せてほしいの一枝いただきたいのとは、図々しくてなかなか頼めしまへん」

「ところがなあ、毎年毎年椿の花が見頃の頃、五十半ばの引き売り屋が一人できて、枝を三本だけ懇望して剪り取っていくそうな。わしが銕蔵の奴と椿の花に見とれていたとき、丁度、その男が現れてなあ。わしらに深々と一礼し、低い枝を三本剪り取り、辞していったわい。あの男はよほどの椿好きなのだろうよ。それにくらべて銕蔵の奴は、八郎右衛門どのがしきりに勧められても固く断り、一枝も貰わなんだ。椿の花がぽろりと落ちるのと首が落ちるのを、どうせ一緒に考えているばかな奴なのじゃわ」

菊太郎は銕蔵を嘲笑《ちょうしょう》するようにいった。

八郎右衛門に小腰を折って幾度も礼をいい、裏門のほうに去っていった男の清瘦《せいそう》な顔が、菊太郎の胸裏になぜか鮮やかに残っていた。

かれはあの椿の花を大切に長屋へ持ち帰り、どんな壺に活けるのだろう。

それがたとえ駄壺でも、陣屋の椿は薄汚い部屋を、凜として美しく見せるに違いなかった。

菊太郎が喜六たちにそんな話をしていると、源十郎と吉左衛門が店に戻ってきた。

「ほう、陣屋の椿が、うちでは店の隅に活けられてますのかいな」

「旦那さま、界隈の公事宿のどこにも、椿の花は忌まれて活けられておりまへんえ」

「それはよう承知してます。東西両町奉行所や六角牢屋敷の庭でも、椿の樹は見たことがありまへんさかいなあ」

「そら、そうどす。あれだけ美しい花でも、場所柄からひかえられているんどっしゃろ」

吉左衛門が寂しげな声でぽつりといった。

二

翌日、菊太郎が活けた椿の花に、梅の枝が添えられていた。

それをしたのはお店さまのお多佳だった。

「椿だけではなんや寂しおすさかい、うちが余分なことをさせていただきました」

お多佳はそれに気付いた菊太郎に、そういって詫びた。

「なになに、よくいたしてくれた。それでわしの居間の椿には、梅を添えてはくれぬのか――」

「はい、それは若旦那さまがお考えになることどすさかい」

お多佳は菊太郎の言葉を笑っていなした。

梅の小枝を添えられた椿の花は、いっそう風情を増したようであった。

それから数日、鯉屋の店先はなんとなく華やいでいた。

「こうして丹波の小壺に活けられている花々を見ているのは、ええもんやなあ。吉左衛門、おまえもそう思いまへんか――」

源十郎にいわれ、吉左衛門は筒茶碗の茶を一口飲み、満足そうにうなずいた。

だが東町奉行所の詰め番部屋（公事溜り）から、喜六が息を切らせ走り戻ってきたため、和やかな店の雰囲気が一変した。

「喜六、どうしたのやな」

吉左衛門が帳場から半腰で立ち上がり、かれに声を浴びせかけた。

中暖簾の奥に消えかけていた源十郎も、身体を翻《ひるがえ》した。

「た、大変でございます。あの、あの陣屋の椿が咲いている晴明町の油問屋・夷屋に、昨夜《ゆうべ》、盗賊が押し込み、四千両の金を奪って逃げたそうどす」

かれの声をきき、奥から正太たちが飛び出してきた。

「それでお店のお人たちはご無事どしたのか」

源十郎が厳しい声で喜六に問いかけた。

「へえ、みなさまご無事どした。盗賊は旦那の八郎右衛門さま夫妻と息子夫婦、それに八人の女中や奉公人たちを縛り上げ、猿轡《さるぐつわ》をかませただけ。なんの危害も加えんと、金だけ奪って裏口から逃げていったそうどす」

喜六はここまでいうと、正太が急いで汲んできた茶碗の水をごくごくと飲み、息をついだ。

今月の月番は東町奉行所だった。

「それで東町奉行所から、どなたさまが夷屋へ行かはったんやな」

「へえ、当然のように田村銕蔵さまが配下のお人たちを連れ、飛んでいかはったそうどす」

「そら、そうやわなあ。ところでこの件を、菊太郎さまにお知らせせんでもええやろか。昨日から祇園・新橋の『美濃屋』へ行ってはるんやけど——」

源十郎が案じ顔でつぶやいた。

「それどしたら丁度、祇園に京屋敷を構える膳所《ぜぜ》藩へ、用足しに出かける奉行所の小者《こもの》がいてました。そやさかい美濃屋へ立ち寄り、菊太郎の若旦那さまに事件のことをお知らせしておいてもらえへんかと、頼んでおきました」

喜六はようやく普段の息遣いに戻り、源十郎に伝えた。

「そら手廻しのええこっちゃ。それにしても、菊太郎の若旦那は驚かはるやろうなあ。夷屋に押っ取り刀で駆け付けはるのは、間違いなしやわ」

「そやけど、まさか夷屋に押し込んだ盗賊の奴、陣屋の椿が美しく咲いているのを、忌々《いまいま》しく思うて見て、長刀《ながたな》で枝を散々に剪り払うているんやないやろなあ」

「正太、心配要《い》らんわ。金目当ての盗賊に、そんな余裕はあらへんやろ。千両箱を担ぎ、一目散に逃げたに決ってるさかい」

「そうならええねんけど、豊臣家筋の盗賊やったら、名高い陣屋の椿に怨《うら》みがあって、そうするかもしれへん」

「おまえなにをいうてるねん。関ヶ原の合戦から、もう二百年余りも経ってるねんで。なにが豊臣家筋の盗賊やいな」

「そうやろか。世の中には万一いう場合もあるさかいなあ。何度も飛び上がり、枝を剪り払ったりしてたら、陣屋の椿も無茶苦茶になってしもうてるわ」

「おまえは苦労性な奴ちゃなあ」

「鶴太、わしの悪口やったらなんとでもいうがええわいさ。わしは徳川さまにお味方するわけでも、亡びてしもうた豊臣家さまにお味方するわけでもないねんで。ただ由緒のある椿の樹を、案じているだけのこっちゃ。かまわんと、ほっといてんか」

「なんじゃなんじゃ二人とも。しょうもないことで、口喧嘩をしおってからに。ええ加減にせんかいな」

さすがに源十郎が、二人の小さな諍《いさか》いに口を挟んだ。

「旦那さま、油問屋の夷屋さまはお知り合いでございます。今度の事件をきき、お見舞いにお出かけにならんでも、よろしゅうございまっしゃろか」

「吉左衛門、おまえまでがなにを余計なことを心配してますのや。夷屋さまではいま、銕蔵の若旦那さまやほかのお役人さまたちが、昨夜の事件の詳細をたずねるなどして、取り込んでおいでどすわ。それに菊太郎の若旦那が行ってはりますやろ。そんな中、わたしなんか邪魔になるだけどす」

源十郎の言葉で店内が急に静まった。

その頃、富小路・晴明町の油問屋・夷屋の表と裏は、何十人かの与力や同心によって厳重に固められていた。

捕り方が立ち並ぶ夷屋を、老若男女が恐ろしげな目で見ながら通りすぎていった。

道に立ち止まり、中を覗き込む人々も見られた。

「昨夜、この夷屋に盗賊が大勢押し入り、何千両も盗まれたそうやわ」

「それで誰も傷付けられたり、殺されたりしなんだのかいな」

「それはどうだか、まだわからへん」

「大勢の盗賊に押し入られ、無事にすむわけがないやろ。いまに戸板に乗せられ、死人が外に運び出されてくるわい」

「盗人が商家に押し入ったという話は、しばらくきかなんだけど、なんや物騒になってきたんやなあ」

「わしら貧乏人かて、用心して暮らさなあかんいうこっちゃ」

昨夜から美濃屋に行っていた菊太郎が、急いで夷屋に駆け付けたとき、町辻にはそんな物見高い人々がひしめいていた。

「退《の》けのけ、のくのじゃ——」

かれは人垣を分け、ようやく夷屋の表にたどり着いた。

「やい、そなたは何者じゃ」

菊太郎はすぐさま捕り方の一人に咎《とが》められた。

「わしは田村菊太郎ともうす。この夷屋の中に、東町奉行所・同心組頭の田村銕蔵がいるはずじゃ」

「田村菊太郎さまいうたら、公事宿・鯉屋にいてはる田村さまの若旦那さまでございますか」

「ああ、そうじゃ」

「これは失礼をいたしました。さあどうぞ、お通りになっておくんなはれ」

「死人は出ているのか——」

「いいえ、幸いにもそれはございまへん」

「それはよかった。さればただ金蔵が破られただけなのじゃな」

「へえ、そんな工合でございます」

かれは下っ端役人や捕り方からだいたいのようすをきき、店の中に入った。

その折、広い中庭に目をやり、ちらっと陣屋の椿を眺めたが、それにはなんの異常もうかがわれなかった。

奥の広間に多くの者が集まっている。

途中、通り抜けた座敷蔵にもだった。

夷屋の金蔵は別棟にはなっておらず、座敷蔵として造られていた。

「これは兄上どのではございませぬか」

床几《しょうぎ》に腰を下ろし、店の奉公人たちから事情を調取していた銕蔵が、立ち上がってかれを迎えた。

そのそばには、すでに調べをすまされた主の八郎右衛門が、神妙な表情でひかえていた。

「八郎右衛門どの、えらい災難でございましたな」

菊太郎はかれに慰めの言葉をかけた。

「はい、大変お騒がせしてしまい、もうしわけございませぬ。そやけど一人の怪我人も死人も出さんと、幸いでございました。一度、失った命は戻ってきいしまへんけど、金はまた稼げばええのどすさかい」

「八郎右衛門どの、まことに結構な心掛けでございますなあ」

「兄上どの、だいたいの調べが付いたところでございます。塀を乗り越え、入り込んできた盗賊はどうやら七、八人。座敷蔵の前の一部屋に寝ていた八郎右衛門どのや、各部屋にいた奉公人たちは、いきなり襲いかかってきた盗賊たちに、あっという間に猿轡をかまされ、両手足を縛られたようでございます。頭《かしら》らしいのは初老の身軽な男。女を犯してはならぬ、傷付けてもならぬぞと強くいい、若い男にゆっくり座敷蔵の鍵を開けさせたそうでございます」

銕蔵の言葉をきく菊太郎には、盗賊の手口の鮮やかさが、目に浮かぶようだった。

その筋では、よほど名の知られた盗賊に違いなかろう。

菊太郎が江戸や各地にいたとき、そんな盗賊の噂をきいた覚えがあった。名前が明らかにされていないため、仲間内では〈名なし〉と呼ばれていたはずだ。

普通、貴重な物を納める金蔵は、商家などでは母屋につづいて建てられている。

だが座敷蔵はこれとは異なっていた。

母屋の中心に、周囲を巧みに座敷部屋や坪庭に囲まれ、建てられている。一見して蔵だとわからない造りであった。

昨夜、主の八郎右衛門が臥《ふ》せっていたのも、座敷蔵の前のそうした部屋だった。

盗賊はいきなりかれの耳許で起きろとささやき、隣に臥せっていた妻のお留以《るい》とともに、すぐ猿轡をかまされた。抵抗する隙もなく、両手足を縛られてしまった。

それから賊は、龕灯《がんどう》の火を室内の行灯《あんどん》に移し、部屋の中を照らし出した。

まず床の間の飾り物と小さな違い棚を、そっと畳の上に移した。

違い棚が取り除かれると、座敷蔵の錠（鍵）が現れ、かれらはもう一つの行灯をそのそばに据えた。

そして若い賊が、懐から細い金具を取り出し、海老錠《えびじょう》の隙間にそれを差し入れた。

ほんのしばらく、かちゃかちゃと動かしていただけで、海老錠はかちっと音を立て、開いてしまった。

夷屋の店内はしんと静まり返っている。

七、八人の盗賊たちは、いつの間にか八郎右衛門の臥せっていた部屋にすべて集まっていた。

かれらは一言も発せず、黙ってうなずき合った。

実に整然と統制のとれた盗賊たちだった。

首領らしい男が座敷蔵の海老錠をはずし、重い蔵の扉を開けると、すかさず数人の手下が、龕灯に照らされた蔵の中に躍り込んだ。次々と千両箱を運び出してきた。

八郎右衛門はその素速さに驚き、ただ目を大きく見開き、見ているばかりであった。

「兄上どの、さようにすぐ鍵を開けてしまうとは、賊は合鍵を用意していたのではございませぬか」

銕蔵は自分が抱く不審を口にした。

それならそれで探索の仕様があるからだ。

「いや、そうではあるまい。合鍵などなくとも、海老錠ぐらい細い金具か針金で、開けてしまう巧みな奴もいるそうじゃ。おそらくそんな男の手にかかったのであろう」

菊太郎は銕蔵の言葉をさえぎった。

「それより八郎右衛門どの、賊たちの身《み》形《なり》はいかがでございました」

「いかがだときかれましても、これといって目立ったところはなく、いずれも股《もも》引《ひき》をはいた普段着。きものの裾を帯の後ろにぐっと挟み込み、草鞋《わらじ》履きで、みんな黒い布で頬かぶりをいたしておりました」

「黒い布で頬かぶりなあ——」

菊太郎は思案するように目を閉じ、首を右に傾けた。

指揮に当たるため出動していた総与力の佐《さ》竹《たけ》伊《い》兵衛《へえ》が、菊太郎のそれを見て、どうかいたされましたかと、案じ顔でたずねた。

かれら与力も、鯉屋にずっと居候をしているかれに一目置いていた。

「いや、これは探索が困難、難儀な事件になるかもしれぬと思いましてなあ」

「なにゆえでございまする」

「身形は普段着、黒い布で頬かぶりをしていただけ。それでは逃げるのも容易でございましょう。銕蔵、手下の者に奉公人たちの履物がなくなっていないか、すぐさま調べさせるがよい」

「はい、なぜでございます」

結果の報告は間もなく届いた。

八足の草履《ぞうり》が失われているそうだった。

「犯行の後、すぐ草鞋を草履に履き替えて逃げたのじゃ。千両箱四つの重さは相当なものだが、それを運ぶについても、細心の注意が払われていたのだろうよ。いざ怪しまれたとき、千両箱を荷物に見せ、そこに倒れ込んだりして、八人が酔っ払いを装えば、人目をどうにでもごまかせるはずじゃ」

「なるほど、さように考えれば、そうでございますなあ」

「一糸乱れず整然と盗んで去るとは、えらく統率の取れた盗人たち。そ奴らを探し出すには、広範囲のきき込みが必要だろうな。さらにこの件には、夷屋の座敷蔵を嗅ぎ付けるまでに、手間がかけられているはず。店の古い奉公人、何年も前に暇を取って辞めていった者にも、当たらねばなるまいよ」

「そない昔に辞めていった者にも、調べが必要なんどすか――」

八郎右衛門が呆れ顔で菊太郎を仰いだ。

「ああ、そうでございます。また大工や左官、そのほかこの店の普請《ふしん》にたずさわったあらゆる職人にも、当たりを付けねばなりませぬ。さらには、商いのため出入りしている者たちも、探索の対象にいたさねばなりますまいなあ。八郎右衛門どの、盗むのも難儀、盗まれるのも難儀でございまするぞ」

菊太郎は好人物のかれにそういいきかせた。

「菊太郎さま、いまふと思い出しました。盗人の頭が、行灯の火を吹き消して立ち退くとき、ここの庭の陣屋の椿はまことに見事、今夜一枝、貰うていくぞと、わたしに断っていきましたわ」

「なんだと、盗人の首領までもがそうもうしたのか――」

「はい、それらしい男でございました」

「与力の佐竹どのに銕蔵、盗人の風流を褒めてやりたいところだが、これはなにかの手掛りになるやもしれぬぞ。この夷屋の椿を知っている者を、徹底して洗い出すのも一つじゃなあ。毎年、椿を見に訪れる人々にも、疑いの目を向けねばなるまい」

「兄上どの、毎年毎年、陣屋の椿を見せていただくため夷屋を訪れ、その実は店のようすをそれとなく探っていた奴が、賊かもしれませぬな」

「さようなこともあり得るわなあ」

銕蔵の胸に真っ先に浮かんだのは、数日前、兄の菊太郎と椿見物に招かれた折、不意に訪れた引き売り屋の男だった。

引き売り屋は、大八車《だいはちぐるま》にさまざまな食料品を積み込み、町のあちこちを売って歩く。どこでも親しまれ、重宝がられていた。

善良そうな五十半ばの男だったが、腹の底になにを隠しているか、わかったものではなかった。

銕蔵は的を射たことを指摘され、背筋を粟立《あわだ》たせた。

かれがふと見ると、そばから菊太郎の姿が消えていた。

「兄上どのはどこにまいられたのじゃ」

「はい、賊が陣屋の椿のどの枝を剪っていったのか、わからぬものかなとつぶやかれ、外に出ていかれました」

小島左馬之介が怪訝な表情で答えた。

外から雀の囀《さえず》りが、やかましいほど盛んにきこえていた。

三

ばしっばしっと簓竹《ささらだけ》の音がひびいた。

町奉行所で柄《え》の付いた簓竹は、拷問道具の一つ。竹の先端を細かく割ったものだった。

音がひびくたびに、うっと痛みを堪《こら》える声が小さくきこえた。

東町奉行所の拷問蔵は、周囲を厚壁で造られ、声が外に漏れないばかりか、高い場所に明かり取り窓が一つあるだけで薄暗かった。

その隅には、責め問いに使う平石や笞杖《むちづえ》などが、ずらっと並べられていた。

正面は縁、一段上は畳敷きとなり、総与力の佐竹伊兵衛が裃《かみしも》姿で坐っていた。

土間に据えられた床几に、銕蔵が腰を下ろし、岡田仁兵衛や曲垣染九郎たち配下の同心は、立ったままであった。

そうして二条牢屋敷からきた雑色《ぞうしき》が、篣竹を振るっている吊し責めの男の姿を、眉をひそめて眺めていた。

「さあ、なにもかも正直に吐いてしまうんじゃ」

雑色の孫六《まごろく》は、また男に罵声《ばせい》を浴びせ、篣竹をばしっと叩き付けた。

「わ、わしは、ほんまになにも知りまへん。ど、どんなに叩かれたかて、し、知らぬものは、い、いえしまへん」

「阿呆《あほ》ぬかせ。お調べはみんな付いているんじゃや。てめえが毎年毎年、陣屋の椿が咲いた頃、夷屋へ椿を貰いに訪れ、店のようすを探っていたのは、間違いのないこっちゃ」

「わ、わしはそんなつもりで、夷屋はんへ椿の枝をいただきに行っていたのではございまへん」

「そしたらどんなつもりだったんじゃい。さあ、正直に全部吐いてしまいやがれ。そしたらちょっとは楽になるわいな」

吊し責めは、拷問蔵の柱から梁《はり》の金具を通して垂らされた麻縄で、後ろ手に括《くく》られて吊られる。上半身裸に剝《む》かれた胸部や背を、篣竹で叩き責められるのである。

「てめえ、引き売り屋の国松《くにまつ》いうのやてなあ。大人しそうな面の皮を引っ剝《ぱ》がしたら、恐ろしい盗人顔が現れてくるんやろ。まだこれでもいわへんのかいな」

孫六は凶悪な表情になり、ばしっばしっと力を込め、簓竹をまた叩き付けた。

吊し責めに遭っている国松は、全身血まみれで苦しそうだったが、途中でうっと声を立て、気絶してしまった。

「こいつなかなか強情で、わしがこれだけ責めても吐きよりまへんわ。そやけど旦那方、簓竹で責められ、すぐ吐く奴は少のうおすわいな。無罪放免となり、何千両かの金を自分の物にするためどしたら、少々、痛いのぐらい我慢できますさかいなあ。この野郎、気を失った真似をしているだけかもわかりまへんで――」

孫六は、目を閉じ、頭をがくっと垂れている国松のあごを、簓竹の柄で突き上げた。

しかし柄を引っ込めると、国松はすぐまたあごを落とした。

「孫六、その男が気を失っているのは本当じゃわ。縄をゆるめて土間に横たえ、水を浴びせてとらせい」

「まこと顔に似合わず強情な奴じゃ」

銕蔵の言葉につづき、曲垣染九郎が忌々しそうにつぶやいた。

「今度、正気に戻ったら、石を抱かせてやろうやおまへんか。そしたら正直に吐くかもしれまへん」

「石をなあ。それで吐くかどうか、わかったものではないわい」

拷問は、それを見ている銕蔵たちにしても疲れるうえ、心の痛むものだった。

孫六は、脇に置かれた水桶に近づくと、そこから小桶で水を汲み、国松の頭にざばっと浴びせかけた。

それを浴び、国松の頭がかすかに動いた。

「もう一杯、かけてほしいというのかいな」

かれは悪態を吐《つ》きながらさらに水を汲み、二杯目の水をざばっと国松に浴びせ付けた。

今度もまた国松は頭をわずかにゆるがし、身体をぴくっと動かした。

「どうやら正気を取り戻したようでございますが、佐竹さま、この後いかがいたしましょう」

銕蔵は正面にひかえる佐竹伊兵衛にたずねかけた。

かれのそばには、書き役が小机を前に、無表情な顔で坐っていた。

二人の背後の襖には、京狩野の誰の手になるものやら、迫力のある龍図が描かれ、ここでの責め工合を睨み付けているようであった。

これも拷問蔵の道具立ての一つだった。

「さてなあ、一度や二度気を失ったとて、死ぬわけではなし、まだ責めねばなるまいよ」

「総与力さま、ほんまにそうどっせ。四千両も盗み出した野郎に、情けなんかかけてられしまへん。責めて責めて最後に吐かせな、わしの名折れになりますさかいなあ」

「孫六、そなたは情け容赦のない男じゃわい」

「盗人の吟味に立ち会うてはる総与力さまが、なにをいうてはりますねん。拷問に情け容赦なんかしてられしまへん。吊し責めはまだ序の口。次に石抱き、それでも吐かなんだら海老責《えびぜ》め。すべてを明らかにさせるためには、どんな拷問でもせなあきまへんわ」

孫六は加虐的な性格を顔にあらわに覗かせ、声をくぐもらせていった。

責め殺すのも辞さない態度だった。

石抱きは、数本の三角形の木を並べた上に容疑者を坐らせ、膝の上に平らで重い石材を積み、自白を強要する方法である。

拷問蔵は、冬でも隅に築かれた小さな竈《かまど》で常に火を焚いているせいか、さほど寒さを感じさせなかった。

「吐かねば次に石抱き、さらには海老責めか。われらは吟味方。役目柄とはもうせ、このような拷問に立ち会うのは、いつまで経っても馴れず、嫌じゃなあ」

「染九郎、まあそうもうすな。いずれかたが付いた暁には、一席設けてつかわす」

「お頭さま、それがしは福田林太郎のように、酒好きではございませぬぞ」

染九郎が苦々しげな顔でいった。

鋏蔵の労《ねぎら》いを一蹴した工合であった。

引き売り屋の国松が、手下の盗賊を率い、夷屋に押し入ったのではないかと疑われたのは、やはり毎年、夷屋を訪れ、陣屋の椿を三枝貰っていたのと、引き売り屋をしているからだった。

「国松ともうす男は、引き売り屋をつづけながら、長年にわたり、これから盗みに入る先をあれこれ探っていたのじゃ。奴がここと目を付けた商家を、仲間の賊に漏らせば、それだけで金になる。夷屋の八郎右衛門どのは好人物ゆえ、きやつを座敷に招き上げ、お茶まで振舞ったことがあったそうではないか——」

こんな声まで出ての結果だった。

かれは東本願寺の北になる錺屋《かざりや》町の長屋に住んでいた。

妻子はなく、八十をすぎた老母と二人で暮らし、長屋では評判の孝行息子だった。

「お袋はんはお勢《せい》はんといわはり、気位は高おすけど、国松はんと同じように、人にはそれは優しいお人どす。国松はんは引き売り屋をしてはりますけど、売れ残った物を、長屋のみんなに配ったりして、なにかと親切どしたわ」

「あの国松はんが盗人の頭やったとは、とても信じられしまへん。なにかの間違いではございまへんか」

こういってかれを庇《かば》う者がある一方、首をひねって考え込む人たちもいた。

「年取ったお袋はんと二人で、貧しく暮らしてはりますけど、その貧しさを卑下《ひげ》したところが少しも見えしまへん。親子とも余裕のある顔付きをしてはり、身形を整えたら、どこのお大尽かと思われるほどどすわ。わしらにはどないしたかて、あんな真似はできしまへん。どこぞにたっぷり蓄えがあるのとちゃいますやろか」

「あの年になっても、国松という子ども染みた名前でいるのは、幼名をそのまま使うているからどっしゃろ。昔は死んだ親父どのが京のどっかで、何代もつづいた大きな商いをしてはったと、人からきいた覚えがあります。確か熊谷《くまがい》市郎《いちろ》兵衛《べえ》というのが親父どのの名前。本来なら国松はんは、市郎兵衛を襲名し、盛大に商いをしてはったはずどすわ。それが身代《しんだい》を潰してしもうたのは、なんでも国松はんが七つのとき。商いの船がどないかなったのと、仲間の証文に判を突き、負債を背負ったからやそうどす。尤もそれがほんまかどうかは、わかりまへんけどなあ」

「さような噂話は嘘に決っておるわい。徒《いたずら》に見栄《みえ》を張っているだけじゃわ。五十年も前の話など、そもそも信用できぬ。夷屋へ盗みに押し入ったのは、引き売り屋の国松に率いられた盗人たちに相違なかろう。どんな拷問にかけてでも、白状させるべきじゃ」

東町奉行所の探索方には、噂話など改めて調べてみる気にもならない戯言《たわごと》に思えた。与力・同心たちの間で、黒白二つの意見が対立していたが、どちらかといえば、国松を盗賊の首領と見做《みな》す側が強かった。

「さて国松、てめえはほんまにしぶとい奴ちゃなあ。今度は、石抱きの責め問いにしてくれようか。それともわしがたびたびいうたように、素直に白状する気になったかいな」

孫六は国松に近づき、濡れた髪を摑《つか》み上げ、かれの顔を憎々しげに覗き込んだ。

「お、お役人さま、わ、わ、わしは夷屋さまから、ま、毎年、椿をいただいてはおりましたけど、か、金なんぞ決して盗んでいいしまへん。そ、それだけは信じておくれやす」

かれは気息奄々《きそくえんえん》としたようすで、辛うじて訴えた。

「おのれは痛い目に遭いながら、まだそんな世迷言《よまいごと》をいうてるのかいな。よっしゃ。もう総与力さまもここにおいでの同心組頭さまも、おのれにお慈悲なんぞかけられへんやろ。やっぱり石を抱かせ、白状させたるわい」

孫六がさらに加虐的な表情になり、力み返った。

「待てまて孫六、その前にひと椀、温かい粥《かゆ》でも食べさせ、いくらかでも身体に元気を取り戻させてつかわせ」

「温かい粥でも食わせてやれと、いわはりますのかいな」

「そうじゃ。わしのもうす通りにしてつかわせ」

総与力の佐竹伊兵衛は、思いがけないことをいい出した。

それには銕蔵たちも賛成だった。

かれらは弱り切った国松に慈悲をかけることで、自白をうながすつもりもあったのである。

意外な言葉をきくものだといいたげに、孫六は険しい目を剝いた。

それでも総与力の指図だけに、反対は唱えなかった。

「佐竹の旦那がいわはる通りにしてくんなはれ」

かれはふて腐れた態度でいい、後は動かなかった。

「左馬之介、支度をしてまいれ」

銕蔵は成り行きをうかがっていた小島左馬之介に、即座にもうし付けた。

場所が拷問蔵だけに、湯は用意されているが、さすがに粥まではなかった。

「はい、承知いたしました」

かれは片膝をついて銕蔵に低頭すると、すぐさまその潜《くぐ》り戸から、外に飛び出していった。

東町奉行所の厨《くりや》には、こんな物まで常に用意されていた。

総与力の佐竹伊兵衛は、裃姿の姿勢を正したまま、上座から血まみれ濡れ鼠の国松の姿を、じっと見下ろしていた。

それは床几に腰を下ろした銕蔵も、ほかの配下も同じだった。

国松は拷問蔵の土間に手をつき、小さく息を喘《あえ》がせている。

どれだけ吊し責めを受け、篠竹で叩かれても、白状しない国松。佐竹伊兵衛や銕蔵は、多くの被疑者の拷問に立ち会ってきただけに、国松の懸命な抗弁に、いくらか耳を傾け始めていたのだ。

自分たちはかれに先入観を持ち、あらぬ疑いをかけて対処しているのではないのか。何年も毎年、夷屋へ陣屋の椿を貰いに立ち寄っていたのは、かれが本当に椿の花が好きなだけで、他意は全くなかったのではないかと、これまでの見方に疑いを抱き始めたのである。

かれの長屋を捜査した同心や下っ引きたちによれば、調度品らしい物はろくにないが、家の中は整然と片付けられていたという。

老母のお勢が臥せる場所から見える古びた卓袱《ちゃぶ》台《だい》の上には、口の欠けた壺に、陣屋の椿が、きれいに活けられていたそうだった。

家中をくまなく探したが、怪しい物は何一つ発見されず、清貧の暮らしが如実に感じられたときいていた。

捜査の最中には、隣近所の長屋の女房たちが家に押しかけ、下っ引きたちの調べに、目を光らせていたという。

布団の上に起き上がったお勢の周りには、彼女たち数人が庇うように坐り込んだ。

「妙な疑いをかけられただけで、国松はんはお取り調べがすんだら、すぐ帰ってきはります。おばあちゃんは安心してたらええんどすわ」

「お奉行所はなにを考えてはりますのやろ。あっちこっち探したかて、何一つ変な物は出てきまへんがな。あんまりがたがたさせんと、動かした物は、元の場所にきちんと戻しておいてくんなはれや。ほんまに猿みたいに騒がしゅうて迷惑どすわ。もうええ加減にしておかはったらどないどす」

同心や下っ引きに悪態を吐く女房までいた。

そんな中でも国松の老母は、布団の上に坐ったまま、卓袱台に活けられた椿の花を、静かな目でじっと見ていたという。

その目付きがなぜかひどく印象に残ったと、捜査に立ち会った岡田仁兵衛が、総与力の佐竹伊兵衛と組頭の銕蔵に、幾度もしみじみとした口調で伝えていた。

陣屋の椿——あれには人には容易にいい難いなにか別の謂れがあるのではなかろうか。

伊兵衛や銕蔵たちは、そう思い始めていたのだ。

拷問蔵の潜り戸が開き、左馬之介がお盆に大鉢をのせ、戻ってきた。

「お椀ではなく、粥は大鉢に入れてきたのか——」

「はい、国松に元気になってもらわねばならぬと思いまして」

大鉢には竹箸が添えられていた。

「ちぇっ、余計なことをしよってからに」

孫六が腹立たしげに舌を鳴らし、きこえよがしにいった。

「国松の親っさん、さあそれを食べるがよい。ゆっくりでかまわぬぞよ」

銕蔵がかれに言葉をかけ、ひょいと大鉢の中をのぞくと、赤い梅干しが一つ入っているのが目に付いた。

仕方なく拷問はしているが、配下のみんなが、それとは異なる感情を抱いているらしいことがわかり、銕蔵にはそれがうれしかった。

「国松、粥を食べるがよいぞよ」

佐竹伊兵衛が上座からうながした。

「へえ、ありがたく頂戴いたします」

「ついでにもうしておくが、長屋にいるそなたのお袋どのは、長屋の女たちの世話を受けており、心配は要らぬぞ。卓袱台の上に、夷屋で花を咲かせていた陣屋の椿が、きれいに活けられていたそうじゃ。それであの椿には、わしらが知っておる他に、なにか由緒や事情があるのか。もしそうなら、是非きかせてもらいたいものじゃ」

かれの言葉で一瞬、国松の身体が硬直した。

やはり曰《いわ》くがありそうだった。

「はい、いま油問屋の夷屋さまの庭に植わっているあの陣屋の椿は、元はわしが生まれ育った家の庭にあったものでございます。わしがそれを知ったのは六年前。古い知合いが教えてくれたのでございます。わしは七つのときまで、あの椿の花の下で遊んでいたのを、いまでもはっきり覚えております。それ以来、あまりに懐かしいさかい、お袋さまにも頼まれ、花が咲くたび、夷屋さまへいただきに行っていたのでございます」

国松は粥を一口すすり、気弱な声でいった。

「陣屋の椿が、そなたの家の庭に植わっていたのじゃと。まさか偽《いつわ》りではあるまいな」

「わしは偽りなんかいうてしまへん。確かにそうどした」

「ならばどうして油問屋の夷屋に、それが植わっているのじゃ。物とは違い、年を経た椿の樹なのじゃぞ」

「没落して家屋敷を手放す際、あの椿の樹は由緒がございますさかい、東山・白川の庭師植東に掘り出してもらい、そこに預けられたはずどす。それから考えると、植東から夷屋はんに売られたんどっしゃろ」

「夷屋の主は先代が由緒のある椿ゆえ、五百両もの金で買うたのだともうしていたぞ」

「わしの親父さまも椿好きで、何百両かであの椿の樹を買うたんやそうどす」

「庭師の植東は高名。何代目かの伝蔵《でんぞう》は、八十をすぎているが、いまでも京の有名な寺社に出入りいたし、職人たちを指導しているそうな。陣屋の椿はその植東に預けたのじゃな」

「はい、親父さまは十両の金まで付け、あの椿の樹を植東に預けはったときいてます」

「そなたの父親は、いったい何屋をしていたのじゃ」

「五十年ほど前まで、堀川の五条で紅花《べにばな》問屋をしておりました」

「なにっ、さればそなたの父親が、熊谷市郎兵衛ともうし、大きな商いをしていたという噂は、まことだったのか——」

「はい、そうでございます。商いで不運が重なり、何代もつづいた身代をすべて失くしてしまったんどす。わしが七つのときどした」

紅花は、小アジアやエジプトが原産の染料、油料用の植物で、アザミに似た頭花をつける。日本では東北地方で栽培され、紅花餅にされ、西陣の織物や染物、また京紅の生産にも用いられていた。

「商いで不運が重なり、すべての身代を失ってしまったとは、どうした次第じゃ」

佐竹伊兵衛の言葉は熱を帯びていた。

「はい、紅花餅を積み込んだ北前船《きたまえぶね》を二隻、一度に嵐で沈ませてしもうたのでございます。二隻に積み込む紅花餅を買い付けるのに、親父さまはどこかに借金をしていたようどした。そのうえ、お仲間の証文に判を突いており、その負債もかぶってしまったんどす」

「一度に二隻の北前船を沈ませるとは、確かに不運なことだが、思慮が足りなかったともうせぬでもないな。わしなら時期を見計らい、二度にわたって船を出すわい」

「わしもそう思いますけど、親父さまにはなにかの理由があり、一世一代の賭けに出たのかもしれまへん」

「それで多くの身代や、後生大事にしてきた陣屋の椿まで失ってしまったのか――」

「へえ、世間のお人たちは、あまりに気の毒に思うてか、それについては触れぬようにしてくれてはると、お袋さまが当時いうてはりました。親父さまは零落《おちぶ》れたくないものだと嘆きながら、二年後に亡くなりました。けどお袋さまは、自分の暮らしの枡《ます》は小さいさかい、すぐいっぱいになると、いつもいうてはります。狭い長屋の部屋、粗末な食事でも幸せそうにしてはりますのや。わしはそんなお袋さまを一番大切にし、それで一度も嫁を迎えんと、この年になってしまいました」

冷めた粥を前に置いたまま、語りつづける国松を見ていると、かれが盗人の首領とはもうとても思えなくなってきた。

孫六までがそうなのか、竈に据えた湯釜から欠け茶碗に湯を注ぎ、国松のかたわらに持ってきた。

「そやけど総与力さまに組頭さま、こ奴の話の中でどうしても納得できへんのは、やっぱり陣屋の椿どすわ。十両の金まで付けて植東に預けた椿が、どうして五百両に化けたんどっしゃろ」

「孫六、それは植東が預かった約束を反故《ほご》にし、夷屋の先代に五百両で売ったのよ」

「十両の預け賃まで先払いされてた椿を、勝手に売ったらあきまへんがな。おまえはその金を植東から貰うたんか」

今度は孫六が国松を尋問する体《てい》になっていた。

「いいえ、さような代金はいただいておりまへん。植東は五年十年は預かるつもりでいてたんどっしゃろけど、わが家がすっかり零落して行方知れずになってしまい、買い手があったのを幸いに、売る気になったんどっしゃろ」

「組頭さま、あの陣屋の椿こそ迷惑でございますなあ。国松の家から根を切って掘り出され、植東に運ばれた。何年かしてようやく根を張ったと思えば、またまた根を切られ、夷屋へ植え替えられたのでございますからな。椿にかぎらず桜でも松、辛夷《こぶし》でも、人の手で植え替えられるのは、難儀だときいております。樹には生死に関わる大事でござれば——」

「仁兵衛どの、それがしとてそれくらい知っておりますわい」

「それより組頭さま、わしは植え替えの大変はともかく、五百両の大金で植東から夷屋に売り払われた後の清算を、きちんとしてもらいとうおすわ。わしが拷問していたこ奴は、そんな金の分け前にはあずかっていいしまへん。五百両の金、普通なら預けた相手の行方がすぐにわからんでも、なんとか探し出して渡すもんどっせ。植東が五百両を猫糞《ねこばば》してしもうたんどすわ。東山・白川の植東いうたら、両町奉行所や二条牢屋敷の庭や植え込みの手入れにきている庭師どっしゃろ」

　孫六が銕蔵にわめいた。

「その通り、どうやらその植東が問題のようじゃな」

「こうなると、夷屋へ押し込みに入った盗人の詮議は別にして、陣屋の椿の昔の持ち主がわかったんどすさかい、そっちを先に片付けなあかんのとちゃいますか」

　孫六は次には伊兵衛に詰め寄り、いい募った。

「わしは二条牢屋敷から拷問の御用を仰せ付けられ、ここにきただけの者。そやけど、椿の樹一本が、いくら由緒があるというても、五百両の大金で植東から夷屋に売られたときいたら、黙ってられしまへん。しかも勝手にどっせ。この男を簓竹で叩いたり蹴ったりしてたわしがいうのもなんどすけど、この詮議、どこかおかしおすわ。正直に吐け吐けとこの男に迫ってましたけど、わしはもうそんなんいう気にならしまへん。それがわしの役目やったけど、おまえ痛かったやろ。堪忍してくれなあ」

　孫六の顔から、加虐的な気配が急に消えていた。

「組頭の田村どの、これでは全く詮議にならぬわい。今日のところはこれまでといたそう。拷問した国松の疵《きず》を十分に手当ていたし、お牢の中に放り込んでおくしかあるまい。田村どの、当分、この詮議はのばしておくべきじゃのう。下手人はほかにいると思われるからでござる」

「はい、これはわれらの過ち。盗人たちはいまどこかで高笑いをいたしておりましょう」

「お頭さまのもうされる通りかもしれませぬな」

　岡田仁兵衛が銕蔵の耳許でささやいた。

　拷問蔵の明かり取り窓から、春の空が小さく見えた。

四

　陣屋の椿の噂は、たちまち京の町中に広まった。

「もうしわけございまへんけど、一枝いただけしまへんやろか」

「わたしは接木をさせてもらいたいと思うてます」

　晴明町の油問屋・夷屋を訪れる人々は、引きも切らなかった。

それと同時に、盗みの疑いをかけられたまま、まだ東町奉行所の牢屋に閉じ込められている引き売り屋の国松の噂も、町中に広く流れていた。

「引き売り屋の親父はんはもとは『茜屋《あかねや》』といい、大きな紅花問屋をしてはった家のお人なんやてなあ。それが紅花餅を積み込んだ北前船二隻が、大嵐で遭難し、身代を失うてしまったそうなんやわ」

「商いが順調な頃には、家の庭に陣屋の椿といわれる立派な椿の樹を植え、椿屋敷とまで呼ばれていたというやないか」

「その椿は関ヶ原合戦のとき、徳川家康さまの陣屋のそばに生えていて、根ごと掘られて運ばれてきたらしいわ。畿内を転々とするうちに値が高くなり、茜屋が潰れたとき、十両の金を添え、東山・白川の植東に預けられたんやて。茜屋の一家が行方知れずになった後に、五百両の大金で油問屋の夷屋に売られたそうや」

「何百年も経った大きな椿の樹らしいけど、五百両とはとてつもない大金やなあ。なににしたところで、だいたい相場いうものがあるやろに――」

「東山・白川の植東は、人の弱味に付け込み、ぼろ儲けをしたもんやわ」

「茜屋が潰れたとき、七歳やった跡取りの男が、いまでは五十半ばになってる。引き売り屋をしてて、椿の花が咲くたび、夷屋へ花を貰いに立ち寄ってたそうや。けどその行いから、今度、夷屋へ押し込んだ盗人の親玉やないかと疑われ、町奉行所に捕えられてるというやないか。そやのに植東の旦那の伝蔵は、一度も会いに行ってへんのやてなあ」

「名高い椿の樹を五百両で勝手に売り払い、ぼろ儲けをしながら、薄情な奴ちゃわい」

「それでも世渡りがうまいのか、京の名高い社寺ばかりか、京都所司代屋敷や東西両町奉行所の庭の手入れを請け負い、銭を稼いでいるそうやで」

「けしからぬ奴の門《かど》には福きたる。まあそんなわけや」

つい先頃、節分がすんだだけに、一人が駄洒落を飛ばすと、木屋町筋の居酒屋の席がわっと沸いた。

――けしからぬ奴の門には福きたるか。この狂句、なかなかのできじゃわい。

祇園・新橋の美濃屋から鯉屋に戻る途中、菊太郎はたまたまその居酒屋へ立ち寄っていた。暗い町筋をほろ酔い機嫌で歩きながら、胸でそんな感慨を抱いていた。

かれが町中の居酒屋にふらっと立ち寄り、一本の銚子でも空けるのは、町のようすを直《じか》に感じ取るためだった。

「今夜もお泊りやと思うてましたのに――」

お信が拗《す》ねた声で見送ってくれたが、美濃屋に泊りつづける気にはならなかった。

急用の折には、鯉屋から使いがくるだろうが、調べが中断されたまま、東町奉行所のお牢に置かれている国松のことが、気になってならなかったのだ。

「菊太郎の若旦那さま――」

鯉屋では表戸がやはり下ろされていた。

覗き窓から外を改めた正太が、びっくりした顔で戸を開けてくれた。

「けしからぬ奴の門には福きたるか。夷屋へ押し入った盗賊、どんな奴らだろうな」

かれは独り言をつぶやき、冷たい布団に身体を横たえ、いつの間にやら眠ってしまった。

翌朝、かれは上ずった喜六の声で起された。

「若旦那さま、早う起きておくんなはれ」

喜六は菊太郎の布団をゆすってかれの目を覚まさせた。

「喜六、どうしたのじゃ——」

「へえ、えらいことでございます」

「えらいこととはなんじゃ」

かれは目をこすり、半身を起した。

「いま銕蔵さまたちが店に一声かけ、祇園社の西門に向かって飛んでいかはりました」

「そこでなにかあったのか——」

祇園社の西門から張り出した松の枝で、誰か首でも吊ったのだろうか。一瞬、そんなことを考えた。

「祇園社の西門の下に、夷屋から盗まれた千両箱が四つ、積み上げられてたんどすわ」

「な、なんだと——」

「朝一番に見廻らはった祇園社の神灯目付役さまがそれを発見し、すぐ町奉行所へお届けがあったんどす」

喜六の声は上ずったままだった。

かれの言葉をききながら、菊太郎は布団から立ち上がり、衣桁《いこう》から着物を手に取り、帯を結んだ。

鯉屋から祇園社までは約半里、急いで歩けば、四半刻（三十分）ほどで到着できる。

鴨川を渡り、祇園社の朱塗りの西門に臨んだとき、辺りにはすでに大きな人集《ひとだか》りができていた。

「近づいてはならぬ。石段の下にひかえているのじゃ」

銕蔵の配下たちが、続々と集まってくる群衆に、厳しい制止の声を浴びせ付けていた。

「千両箱の四つ、わしらにも拝ませてくれたかてええやないか」

「そんなん、滅多にお目にかかれへんさかいなあ」

大きなざわめきの中から、そんな声がはっきりきこえてきた。

「退けのけ、のくのじゃ」

菊太郎は蝟集《いしゅう》する人々を掻き分け、石段の上に姿を覗かせた。

「これは兄上どの」

その最上階から銕蔵の声が飛んできた。

「おお、なるほど――」

かれの目は鋲蔵には向いておらず、朱塗りの門の入り口に積まれた四つの千両箱を見ていた。

「ただいま総与力の佐竹伊兵衛さまが、馬で知恩院のほうからまいられました」

「おおそうか。これで国松の疑いは、はっきり晴れたわけじゃな」

「いかにも、さようでございます」

「積まれた千両箱の間に、なにやら書き付けられた紙が、挟まれているようじゃが。どれどれ――」

菊太郎はその紙に目を近づけた。

「謹上、慎んで此の千両箱四つを油問屋・夷屋へ返却もうし上げる。但し、盗人の首領として、手下の働きを労うため一人に付き百両、七百両にかぎり、もうし受けるもの也。それについて首領は無用と致すべく候。お牢に捕えられし国松の親父、まことに神妙な男なれば、即刻お召し放ち願い上げ候。なお夷屋に陣屋の椿を五百両で売りたる東山・白川の植東は、存外の男なり。古木の預かり手入れは厄介なれども、椿は未《いま》だ花を賞美できるほどに健在。五百両の金子《きんす》は、茜屋熊谷市郎兵衛が托したる預かり賃十両を加えて清算いたし、すべて二代目茜屋市郎兵衛、即ち国松に、返却いたすべきもの也。司直これをかなえざれば、われら再びひと働きふた働きもいたさねばならずに面倒至極。付託の件、よろしく取り計らい賜《たまわ》りたく候。なおわれら、今後は正業に就き、一切盗みは致すまじく、各百両の金はその資金の旨、固くお誓いもうし上げ候。盗賊　井伊加源太《いいかげんた》」

一枚の紙に達筆でこう書かれていた。

「伊兵衛どの、この盗人、なかなか聡明であるばかりか、洒落《しゃれ》っ気のある奴でございますなあ。懐が豊かでなければ、こうはまいりますまい。これは町の噂を十分にきいた上での処置だと考えられますわい」

「菊太郎どの、まさにそなたがもうされる通りじゃ。井伊加源太とは、まことに洒落た名前。こ奴、もとは武士だったのかもしれぬわい」

かれとともに文字を目で追って読み、佐竹伊兵衛が苦笑した。

結果、油問屋・夷屋は、七百両だけを盗まれたことになった。

「総与力さま、これから早速、植東にまいり、この一文を披露いたし、茜屋熊谷市郎兵衛（国松）のために、五百両の交渉をいたしましょうぞよ」

「ああ、いくら由緒があるとはもうせ、預かり金は十両もあれば十分じゃ。茜屋の死んだ先代は、商いを再起させ、陣屋の椿を返してもらう気でいたのであろうな」

「植東は五百両を素直に返しましょうか」

菊太郎と伊兵衛の会話に、銕蔵が口を挟んできた。

「返すも返さぬもない。わしが必ず取り返してくれる。夷屋八郎右衛門どのは、五百両の金が市郎兵衛の手に戻されたら、町中のどこかで一軒構え、油屋でも始めはらへんかと、勧めるに相違ない。わしはそのように耳打ちしておくつもりじゃ。それに嫁を娶《めと》らぬかともうしてつかわす。世の中には、年増でも気の優しい女子がおりますのでなあ」

菊太郎は佐竹伊兵衛が乗ってきた馬の轡に手をのばし、さあまいりましょうぞとうながした。

四つの千両箱は、銕蔵たちの手で夷屋に運ばれていくに違いなかった。

北山に雪は見えたが、空は冴えざえと青く晴れわたっていた。

木端の神仏

一

「ごめんやす――」

袢纏《はんてん》に股引姿、見馴れない小柄な男が、おずおずとした物腰で公事宿「鯉屋」の暖簾《のれん》を潜り、土間に入ってきた。

三十すぎの貧相な男であった。

「へえ、どちらはんでございまっしゃろ。なんのご用でございましょう」

帳場に坐っていた手代《てだい》の喜六が、顔を上げてその客を迎えた。

客は大きな風呂敷包みを背中に負っていた。

「わ、わしは吉田村に住んでいる彦七《ひこしち》という者どすけど、このお店に田村菊太郎さまといわはるお武家さまが、いてはるときいてます。その田村さまはいまもいはりますやろか」

かれは消え入るような声で喜六にたずねた。

「菊太郎の若旦那さまなら確かにいてはりますけど、ゆうべは深酒をして戻り、まだ眠ってはりますわ」

時刻はもう四つ半（午前十一時）をすぎていた。

主の源十郎と下代《げだい》の吉左衛門は、東町奉行所の公事番部屋に、正太と鶴太を従え出かけている。手代見習いの佐之助は、隣の部屋で古い帳簿を探しているはずだった。

「そしたらもうしわけありまへんけど、田村さまがお起きになるのを、床《ゆか》の隅ででも待たせていただくわけにはいかしまへんやろか」

吉田村の彦七と名乗った男は、臆《おく》した声でいい、喜六の顔色をうかがった。

「そない遠慮しはらんでも、もうすぐ正午《ひる》どっしゃろ。菊太郎の若旦那は、放っておいたら夕方ぐらいまでぐうぐう眠らはりますわ。わざわざ訪ねてきはったんどすさかい、ひとつ起してきて上げます」

喜六は貧相な男が、菊太郎にどんな用なのだろうと興味を抱きながら、帳場から立ち上がった。

「そんな、ちょっと待っておくれやす」

「なんでどすな。菊太郎の若旦那にご用なんどっしゃろ」

「それはそうどすけど、気持よう眠ってはるのを起してしまうのは、お気の毒どすさかい——」

「お客はん、そんな風に気を遣うてたら、切りがおまへんえ。もしおまえさまが痺れを切らして帰ってしまい、後でどうしてわしを起さなかったのだと、わたしが若旦那に叱られることも考えられますさかいなあ。まあ心配せんと、わたしに委せておきなはれ」

彦七に気軽にいい、喜六は中暖簾を潜り、奥に消えていった。

　ほんのしばらく後、小女《こおんな》のお与根がお茶をおひとつといい、床の隅に腰を下ろした彦七にお盆を運んできた。

　そんな彦七に、老猫のお百がにゃあごと鳴いて近づき、そばにちょこんと坐った。

「吉田村の彦七、さて、いきなりきかされても、わしにはさっぱり覚えがないのだがなあ」

　彦七が筒茶碗を手に取り、二口ほど甘い茶を啜ったとき、中暖簾の向こうから菊太郎の声がひびいてきた。

「そやけど、お客はんは若旦那のお名前をはっきり挙げ、お目にかかりたいと訪ねてきはったんどす。一目会うて上げはったらいかがどす。まさか小銭を借り放しにしていたのを、忘れてたいうことはありまへんやろなあ」

「これは喜六、わしになんと無礼なことをもうすのじゃ」

「そんなん冗談、冗談に決ってますがな。長屋住まいのお人どっしゃろけど、それは誠実そうな男はんどすわ。こんな公事宿みたいなところに、若旦那さまを訪ねてくるのは、よっぽどのことがあってに違いありまへん。お客はんは店の床の隅にいてはります。そっちではなく、こっちのほうどす。顔なんか洗ってんと、すぐ会うて上げとくれやす。いままですっかり忘れていたことを、不意に思い出すかもしれまへん。人にはそんなことがよくあるもんどすさかい」

　喜六はどうやら顔を洗うため、台所に向かいかけた菊太郎のきものの袖でも摑み、強引に店に誘《いざな》っているようだった。

「ではそういたすか――」

菊太郎が意を決したとみえ、中暖簾の向こうから、かれと喜六の姿がすぐ現れた。

彦七はこれらのやり取りをききながら、床からすでに腰を上げ、土間に畏まって立っていた。

お百がまたにゃあごと鳴き、菊太郎の足許にのそっと寄っていった。

彦七は近づいてくる菊太郎に深く腰を折り、慇懃《いんぎん》に頭を下げた。

「吉田村の彦七どすけど、お忘れでございまっしゃろか。あの折にはご厄介になり、ありがとうございました」

かれは顔を上げると、まっすぐ菊太郎を見ながら挨拶の言葉をのべた。

「吉田村の彦七――」

菊太郎は声に出してつぶやき、かれの顔をじっと見つめた。

傍《はた》から見ている喜六の印象では、菊太郎に忘れていた記憶が、明確に甦《よみがえ》ってきたようだった。

「そ、そなたはあの騒ぎのときの彦七。よくわしを覚えていて、ここまで訪ねてきてくれたものじゃ。さようなところに立っておらずに、さあ上がってまいれ。濯ぎなど無用じゃ。喜六、座布団を出せ。満開だった桜も散り、新緑の季節になってきたが、どうやら達者なようじゃな。あれから何年経《た》ったのだろうなあ」

「へえ、三年経ったはずでございます」

「歳月人を待たずともうすが、もうそれほどになるのか。そなたもわしもそれだけ年を取ったわけだが、こうして顔を見ていると、一向になにも変わっていないようだな」

「田村さまは、当時よりお若くなったごようすでございます」

「それはそなたとて同じじゃ。それで足のほうはどうじゃ」

「一年余りなにかと不都合どしたけど、それも次第に良くなり、いまではすっかり痛みもなくなりました。長く歩くのはちょっと難儀どすけど、お陰さまで畠仕事もなんとかこなしております」

彦七は横坐りになり、座布団に隠すように崩している右足に目を這わせ、菊太郎に微笑んだ。

「それは重畳、よかったではないか。わしは一生不都合になるのではないかと案じていたわい。それにつけても、そなたの家に工合をたずねに一度訪れただけで、やがては足を遠のかせた不人情を、許してもらいたい」

菊太郎は姿勢を改め、彦七に低頭した。

「田村さま、そんなん止めとくれやす。わしは旦那さまに一命を助けられたも同じどす。あのときあのままどしたら、諍《いさか》いのあげく、乱暴者たちに叩き殺されていたかもしれまへん。いま落ち着いてそう考えるたびに、ぞっとしてますねん。ほんまにあのときのご恩は忘れられしまへん」

彦七はまたここで菊太郎に頭を下げ、礼をいった。

「あの騒ぎは、互いに不幸ともうすしかないが、以来、そなたの胸には、まだ痼《しこり》が残っているのではなかろうな」

「痼がないといえば嘘になりますけど、月日が経つにつれ、まあこんなものかいなとは、思うようになりました。そやけどあの樅《もみ》の大木、伐《き》り倒されのうなってしまえば、景色もまたそれなりに見えるもんどすなあ」

「人の気持とは、そんなものだろうな。あそこにまだ立っていると思えば執着が湧くが、一旦ないものと覚悟を付けてしまえば、諦められるのじゃ。ましてやその樅の大木が、銭になって村の危機を救ってくれたと考えれば、惜しむ気持も晴れやかになるはずじゃわ」

「旦那さまがいわはる通り、わしにもその諦めがすっかり付いたのかもしれまへん。近頃わしは暇があるたび、樅の木端《こっぱ》でこんなものを彫り、ありがたいこととやったんとちゃうかと、思うようになってるんどす。それでちょっと上手に彫れたもんどすさかい、今日はこうして持参したのでございます。一つを旦那さまに、もう一つを、騒動を起してまで樅の大木を買い取り、高台寺の脇に隠居屋敷を拵《こしら》えはった『十四屋《じゅうしや》』の大旦那四郎左衛門《しろうざえもん》さまに、いただいてもらえへんかと、勝手に考えましてなあ」

「樅の木端で彫ったもの——」

菊太郎は急に怪訝《けげん》な顔になり、彦七が膝許に置く大風呂敷包みに目を注いだ。

その風呂敷包みを、彦七はゆっくり解いた。

白い紙に包んだ一尺五寸ほどのものがまず現れた。

「彦七、それはなんじゃ」

「樅の木端で彫った仏さまでございます」

「あの樅の大木のか」

「はい、さようどす。あの騒動の後、旦那さまが十四屋に掛け合い、わしに貰うてくれはった木端どす。それでわしは、木端仏《こっぱぶつ》を彫ってみたんどすわ」

かれは白い紙包みを開き、一体の阿弥陀仏を取り出した。

鉈《なた》と鑿《のみ》で荒削りした粗略な阿弥陀仏だが、妙に気高いものが感じられた。

「ほお、こんな仏さまをなあ。まるで円空仏《えんくうぶつ》を見ているようだわ」

菊太郎は思わず円空の名を挙げ、彦七の彫った阿弥陀仏を褒めたたえた。

「円空仏とはどんな仏さまどす」

彦七は気になるとみえ、すぐ菊太郎にたずねた。

「それは円空上人の彫った仏。円空は江戸前期の僧でなあ。生まれたのは美濃。美濃や尾張《おわり》を中心に、蝦夷地《えぞち》から畿内にいたるまで各地を遍歴し、鉈一つで円空仏と称される荒削りの仏像を数多く刻まれたのじゃ」

「へえっ、そんなお坊さまがほんまにいはったんどすか」

「ああ、本当においでになったわい。円空仏は別名を木端仏とも呼ばれているが、彦七、そなたが刻んだこの阿弥陀仏は、まさに木端仏だな。こんなありがたいものを、そなたはわしにくれるというのか」

「へえ、これを貰うていただくため、わしは今日、鯉屋さまにうかがったんどす」

「もう一つ、十四屋の四郎左衛門どのに貰ってほしいともうしているのは、どのような仏じゃ」

「そ、それはこっちのほうどすわ」

彦七は別の紙包みに手をのばした。

それは菊太郎がいまかれから貰ったものより、横幅が広かった。

「これでございます」

紙包みを広げると、一目で大黒天とわかる鉈彫りのそれが現れた。

大黒天は七福神の一つ。頭巾をかぶり、左肩に大きな袋を負い、右手に打出《うちで》の小槌《こづち》を持っている。そうして米俵の上に坐っていた。

密教では自在天の化身で仏教の守護神。わが国では、大国主命《おおくにぬしのみこと》と習合して民間信仰に浸透し、「えびす」とともに台所などに祀《まつ》られている。僧侶の妻を「大黒」と俗称するのは、そのためなのである。

「この大黒天、荒彫りながらえらく巧みなものではないか。笑みなど実によく彫られているわい。大きな袋もよいなあ」

菊太郎は惚れぼれとした顔付きで、両手に抱え上げた大黒天に見蕩《みと》れた。

「十四屋さまは小間物問屋。福の神がよいと思い、これを彫ったんどす。けどわしが一人で出向いたら、あのときのことを思い出さはって、会うてもくれはらしまへんやろ。そやさかい、旦那さまに付いて行っていただいたら、受け取ってもらえるのやないかと思い、こうしてお訪ねした次第どす」

彦七は菊太郎の顔色をうかがいながらいった。

「そなたはあの樅の大木が伐り倒されるに際し、隠居屋敷に用いる木《き》割《わり》がすんだら、余分な枝やその他の材木を、いただかせてほしいと頼んだ。それが約束通り、そなたの許に運ばれてきたのじゃな」

「へえ、今年に入って間もなく、どさっといただきました」

「するとあの樅の大木、そのままではなく半分にでも割って乾かし、木割をすませたのじゃな」

「そうかもしれまへん」

彦七は無表情な顔でうなずいた。

木割とは、建築物や和船の各部材の大きさの割合や、それを定めることをいう。

「十四屋がどんな屋敷を建てたかは知らぬが、四百年、五百年経った樅の木一本で拵えるとは、豪気なものじゃ。さぞかし木端もたくさん出たであろう」

「そら大変な木端の量で、納屋一つがいっぱいになったほどどす。大小長短さまざまあり、こんな鉈彫りの仏さまや神さまどしたら、何百体でも彫れまっしゃろ」

「十四屋四郎左衛門も、村人がご神木と崇めていた樅の大木を、村の難儀に付け込み、強引に買い取ったからには、咎《とが》める気持があったのだろう。木端ぐらい、猛烈に反対したそなたの望み通りにくれたのだわ。それにしても彦七、そなたがこんな神仏を、鉈彫りにしたところで彫る腕を持っていたとは、驚いたわい。誰かに教わりでもしたのか――」

「いいや、わしはそんなもの誰にも習うていいしまへん。京に住む者どしたら、神さまや仏さまをあっちゃこっちゃで始終、見てますわなあ。わしは小さなときから、そんな神さまや仏さまのお姿に興味を持ってました。どこをどんなふうに彫ったら、それらしいお姿になるやろと、心掛けて見てきましたんや。あの十四屋さまに村の年寄りが樅の木をいよいよ売却するとなったとき、樅の木の代わりに木端で、そんなんを彫ったろと心に決めただけどす」

「納屋いっぱいに木端があれば、一生かかっても彫り切れまい」

「そらそうどすけど、わしは百姓、田畑を耕さななりまへん。その合間合間にしか、木端仏は彫れしまへんわ。誰にどれだけ褒められたかて、木端仏を彫って暮らしを立てようとは、考えてもいいしまへんさかい」

「それはまことによい心掛けじゃ。十四屋の頑固な大旦那も、この大黒天ならよろこんで受け取ってくれよう。さればそなたに付いて行ってつかわす。わしとてそなたが彫ってくれた阿弥陀仏を、毎日、大切に拝するつもりじゃ」

「旦那さま、わしの頼みをすんなりきいてくれはって、ありがとうおす。それでは是非、お願いいたします」

彦七が恭《うやうや》しく両手をついたとき、主の源十郎たちががやがやと店へ戻ってきた。

「これは鯉屋の旦那さま——」

「おやおや、おまえさまは吉田村の彦七はんではございまへんか」

源十郎は商売柄、彦七をはっきり覚えていた。

吉田村の一角に聳《そび》えていた樹齢四、五百年の樅の木が、ついに十四屋に渡されたとき、菊太郎に頼まれ、立ち会い人になったからだった。

「源十郎、ここに置かれている阿弥陀仏と大黒天の二体、鉈彫りだが、彦七が作ったものじゃ。まこと上手にできていようが」

「彦七はんがこないなものを——」

かれは土間から上がり、すぐ二体の大きな彫り物を交互に両手で持ち上げて見入った。

菊太郎から簡略に彦七の来意をきき、それはよい心掛けどすなあと、かれを褒めたたえた。

「わたしにも一つ、菊太郎の若旦那と同じものを、彫ってもらえまへんやろか」

かれは彦七に頼んだが、それは世辞のようではなかった。

「花、花要《い》りまへんかあ——」

八瀬《やせ》からきた花売りが、澄んだ呼び声を上げ、鯉屋の表を通りすぎていった。

二

五月晴《さつきば》れの空が京の町を明るくしていた。

話は三年前のそんな日に遡《さかのぼ》る。

「今日は吉田神社に参拝した後、どこでいっぱいやるとしよ」

「そうやなあ。聖護院《しょうごいん》のそばに旨いそば屋があるさかい、そこでそばを啜りながら酒を飲もうやないか」

「わしはどこでもかまへんわいな」

同業者らしい三人の男たちが、三条大橋から鴨川に沿う東道を北に向かい、荒神口《こうじんぐち》から山中《やまなか》越《ごえ》坂本道を北東に歩きながら、話をしていた。

比叡山から大文字で知られる如意ヶ岳、さらに南につづく東山が、新緑で装いを改め、鮮やかだった。

京には「座職《ざしょく》の花見」という言葉がある。

手工業生産の町だけに、多くの職人たちは毎日、坐ったまま仕事をしていた。

そのため風流というより健康を維持する必要から、なにかと互いに誘い合い、花見だけではなく、四季遠出をする人たちが多かった。

三人は毎月、どこかの神社に参詣するのを恒例にしているようだった。

京都盆地の中には小さな山が幾つかある。

小高い吉田山もそうで、平安時代、藤原氏はそこに奈良・春日大社の春日神を勧請《かんじょう》し、氏神として吉田神社を建立《こんりゅう》した。

「今日は騙《だま》され、吉田さんにお参りかいな――」

先程、男の一人が嘯《うそぶ》くようにいっていた。

「相手が神さまやさかい、知らん顔で騙されてたらええのやがな。そしたらそれだけの余徳を、授けてくださるわいな」

連れの一人がかれをたしなめていた。

吉田神社は応仁・文明の乱により一時、存亡の危機に瀕したが、祠官《しかん》の吉田兼倶《かねとも》が独自の吉田神道（唯一神道）を興し、大元宮を中心とする斎場所《さいじょうしょ》を創設した。

斎場所大元宮には、全国六十余州の神々が祀られており、そこに一度詣でれば、全国の神々に詣でたのと同じ効験があるといい始めたのだ。江戸時代には、本社より広い信仰を集めたほどだった。

東山・銀閣寺の銀沙灘《ぎんしゃだん》や向月台は有名だが、これらも大元宮と同じで、ある種の作意がうかがわれる。

同寺は東山の如意ヶ岳から北西にうねる月待山《つきまちやま》の麓《ふもと》に構えられるだけに、山の変容や近くを南流する白川の水をかぶり、池が白川砂で埋まってしまう。だがそれを浚《さら》い上げて捨てるには費用がかかるため、「創作者」の手によってあのように仕上げられたにすぎないのだ。

〈伝統〉とは古来からそのままあったものではなく、常に誰かの手で作り出されたものなのである。

三人の男たちの右手に、吉田村の集落が迫ってきた。

「いつも見てるけど、村のそばに生えてるあの樅の木は、それにしても大きいなあ。いったい何百年、あそこに植わったままなんやろ」

かれらの一人が、吉田山を目前にしてふとつぶやいた。

「なんでも五百年前からやそうやわ」

「おまえ、物知り顔にいう奴ちゃなあ。そしたら来年は、五百一年になるわけかいな」

「ちぇっ、おまえこそくだらんいちゃもんを付ける奴ちゃ。四百年やの五百年やのとは、それだけ昔々からというてるだけなのが、わからへんのか。この阿呆《あほ》たれが——」

「わしがなんでおまえに、阿呆たれといわれなならんのや。わしに喧嘩を売る気でいてるのかいな。売られたんやったら買《こ》うたるで」

髭面の一人が足を止め、相手に食ってかかった。

「二人ともなにをごちゃごちゃいうてるねん。それより見てみ、あの樅の木の下を。こっちで揉め、あっちでも争ってるのは、どうしたこっちゃな」

かれの声で、険しい顔付きで睨み合っていた二人は勢いを削《そ》がれ、ともに高く聳えている樅の木に目を向けた。

その木の下で、三十人近い男たちが罵声を飛ばし、ののしり合っていた。

三人はすっとまとまると、樅の木のほうに足を急がせていった。

大きな斧《おの》を持った頑健な男が四人、まず目に付き、大鋸《おおのこぎり》を携えた男たちも何人かいた。

それに対しているのは、吉田村の農民たちのようだった。

「てめえら、どうしてもこの木を伐り倒すというのんか。できるものやったら、やるがええわいさ。但《ただ》し、わしらは樅の木に抱き付いて離れへんさかい、わしらともども樅の木を、その大斧で叩き伐るこっちゃ」

樅の木は大人が三人で抱えても手に余るほど、太い幹をそなえている。

十数人が互いにうなずき合い、樅の木に走る構えであった。

「そないな無茶をいわはったら困ります。その樅の木の代金は二十両。人のものではのうて村のもの。代金はもう村長《むらおさ》や年寄り衆に、十四屋さまから払われているのとちゃいますか」

「それくらいのこと、承知のうえじゃわい」

「そしたらそれで話は付いてますがな。わしらは材木屋に雇われたただの樵《きこり》。くわしい経緯《いきさつ》は知りまへんけど、代金が村に支払われているのやったら、仕方ないのと違いますか」

「二十両の代金、わしらは村長や年寄りたちから確かに見せてもろうた。そやけどこの木を売ることを認めたわけではないんや」

　一人の若い男が樵たちに息まいた。

「彦七、おまえそういうたかて――」

　村の年寄りらしい老爺《ろうや》が、おろおろした声で彦七と呼んだ男を制した。

「与兵衛《よへえ》の親っさん、わしらは売ることに一度も賛成なんかしてへんで。さあ、わしらともども伐り倒しやがれ」

　彦七と同様、樅の大木を売るのに反対していた農民で、この場に臨んでいるのは十数人であった。

「先程、売り渡し証文をお見せしましたわなあ」

「ああ、見せてもろうたけど、そんなもん、わしらにはただの紙切れ同然やわい。わしらは一旦樅の木に抱き付いたら、大斧で足を叩き斬られたかて、決して離れへんぞ。その覚悟で集まってきてるんじゃ。樵衆の後ろにひかえている十四屋の番頭、大旦那の四郎左衛門に、わしらの覚悟のほどをしっかり伝えておきやがれ」

　彦七はまた大声で叫んだ。

「彦七、みんなを焚き付け、あんまり無茶をいわんときなはれ。この樅の木を売って得た二十両は、いつも水不足に悩む吉田村の畠に、水を引く水路を造るのに、どうしても必要なんや。この吉田村が東に山、西に鴨川がありながら、どれだけ水不足に悩んできたか、おまえにもようわかってるはずやないか」

「そんなん、承知してるわ。そのときにはこれまで通り、鴨川から肥担桶《こえたご》でせっせと水を汲んできたらすむこっちゃ。水不足には生まれたときから慣れてるわい。そやさかいわしらは、あちこちに深い井戸を掘り、水を補ったらええという案を出したやないか。この樅の大木はなあ、わしらが生まれたときからここに生えてて、わしらはこれを仰ぎながら育ってきたんや。誰もがご神木と崇め、正月には注連縄《しめなわ》に白い御幣《ごへい》まで垂らしてきたのを、忘れたんかいな」

「それこそ、このわしかてよう承知してます。このご神木が金に替わって水路になり、村の水不足を救ってくれはるのやと思い、なんとかその頑固を改めてくれへんか」

「わしらにはそう都合よう考え、ご神木を売ることなどできへんわい。四、五百年も前、どこかから樅の種が風で飛んできて、ここに落ちて芽を出した。それから苗木になり、次第に大きく育った。誰にも引き抜かれんと、嵐や冬の寒さにも耐え、やがてはこうまで聳え立ったのや。そこらに生えてる木々は、山火事などどんな災難がきたかて、獣みたいに逃げられへん。そやのに同じ場所で、ずっと無事に生えてきたさかい、その歳月の長さが尊いんじゃ。そんな長い歳月が、ただの樅の木を人に崇められるご神木に変えたのやわ。それくらいの理屈、与兵衛の親っさんにもわかってるやろ」

「そらわからんでもないけど、人から崇められるそれだけのご利益《りやく》が、あるからどっしゃろ。今度の一件は、そのご利益がはっきりあったことになるんや。それを理解してくれなあかんのやないか――」

「自分たちの都合のええように、理屈をすり替えよってからに。村長や村の年寄り衆が二十両の金を受け取るとき、岡崎村の小料理屋で供応を受けたのを、わしらが知らんとでも思うてるのか。あれも神さまのご利益かいな。さんざん旨いものを食い、酒を飲みよって。一人一人手土産まで貰うて帰ったのを、わしらはちゃんと承知してるのやで」

　彦七が与兵衛にずばっといった。

「そうやそうや、あれも神さまのご利益いうのかいな」

「この樅のご神木が、村の一同のものやったら、村中のみんなに、同じ振舞いがあって当然。神さまが村の主だつ者にだけ、ご利益を下さるはずがあらへんわい。あれは樅の木を買い取りたい十四屋に、うまいこと抱き込まれたんや」

「そうやそうや――」

「それに決っているわい」

「そのうえ幾らかずつ、銭を渡されたんとちゃうか。村の者たちを、上手に丸め込んでくれと頼まれてなあ」

「与兵衛はんを始め、村の主だつ人たちは、わしらを甘く見て、うまくごまかしたつもりらしいが、わしらは騙されへんで」

「水路を造るのに金が要るというけど、水路は村中総出で造ったらええのやがな」

誰かが与兵衛に向かって叫んだ。

「水路はそうして造るとしても、北白川村や岡崎村から水を引かせて貰うのに、水利権いうもんを払わななりまへん。おまえさんたちには、それがわからしまへんのか――」

与兵衛は堪忍はこれまでとばかりに、怒りをにじませた声で力んだ。

同じ如意ヶ岳や東山近くに位置していても、北白川村や岡崎村とは違い、吉田村は水の便が悪かった。

白川の水は、この二つの村や浄土寺村、鹿《しし》ヶ《が》谷《たに》村を豊かに潤したが、吉田村にかぎり、一旦日照りつづきの夏になると、畠は水不足に悩まされた。

そんな地形の村だったのだ。

歳月を経た樅の木を売却し、水を得ようとする村長や年寄りたちの考えも、無理からぬものであった。

「与兵衛はんがいうのも尤《もっと》もかもしれんけど、とにかくわしらは、この樅の木を売るのは反対じゃ。どうしても伐り倒すのやったら、勝手にやってみせいや。わしらは手をつなぎ、樅の幹に齧《かじ》り付いたる。さあみんな、覚悟をつけて取り付こうやないか」

彦七の一声で年寄りや壮年、若い男を合わせて十四、五人の男たちが、樅の根元に向けて走り、互いに手を握り合った。

樅の根元に人間の壁が出来上がり、これでは斧を入れられなかった。

無理をして斧を振るえば、誰かの足を断つことになる。

緊迫した空気が辺りに流れた。

「こうなったらわしらも手を拱《こまね》いているわけにはいかへん。力尽《ずく》で一人一人を木から剥がし、斧を入れななりまへんわ」

「樵の頭、そうしてくれますか――」

「ほんまにきき分けのない横着な奴らやわい」

「力尽でなら、わしらのほうが強いぞ」

それまで黙っていた樵人足の中から、憤りの声が一斉に上がった。

かれらはそうするよりほかもう方法がございまへんなあと、樵頭の左助《さすけ》が十四屋の番頭定《さだ》右衛門《えもん》や村年寄の与兵衛にいうのをきき、斧や鋸を足許に放り出し、彦七たちにわっと襲いかかった。

「おのれっ、なにをするねん」

樵人足が二人の若者の握り合った手を剥がそうとすると、一人が叫んでぺっと唾を吐きかけた。

「文句をいわんと、大人しく従うこっちゃ」

一組の向こうでは、誰かが腰か尻をばしっとぶたれていた。

「痛あ、こいつら無茶をしよってからに――」

「てめえら、もっと撲《なぐ》られな手を離さへんのか」

樵の罵声が辺りにひびき渡った。

「どれだけでも撲りやがれ」

樅の根元の周りは騒然となっていた。

山中越坂本道をたどる人々が、これはいったいなんの騒ぎだと足を止め、見入るほどだった。

「ええい、こうなったら樵人足と大喧嘩じゃわい。こっちは命を懸けているんじゃ」

彦七が叫ぶと、たちまち十数人の男たちは樅の木の根元から離れた。こうした事態を考え、隠していた棍棒や鎌を振りかざし、樵人足に襲いかかった。

「てめえら、わしらを殺すつもりなんか」

樵人足たちの間に狼狽が走ったが、わあと叫び転倒したのは、彦七であった。

かれは太い棒で右足を撲られ、畠の中に転がったのである。

二者の喧嘩なら、樵人足たちが強いに決っていた。

十四屋の定右衛門と村年寄の与兵衛は、ただどうなるやらと見ているだけだった。

このとき、吉田神社のほうから歩いてきた田村菊太郎が、乱闘に気付いた。

脱兎の速さでその場に駆け付けてきた。

かれは吉田神社に詣でた戻りだった。

「待てえ、まつのじゃ——」

乱闘の場に近づきながら叫んだが、その声をきく者は誰もいなかった。

見れば樅の木のそばの畠の中で、若い男が右足首を抱え、悶転《もんてん》している。

こちらは農民、相手は人足のようだった。

「おのれら、大斧や鋸を振りかざし、弱い者たちを脅《おど》しているのじゃな——」

菊太郎は腰から刀を抜くと、二者の争いの中に飛び込み、刀を二、三度閃《ひらめ》かせた。

樵人足の髷《まげ》が二つ宙に飛び、峰打ちをくらわされ、転倒する男もいた。

「これはなんの騒ぎじゃ。分別をわきまえた年寄りたちがいながら、なんたるざまだ」

かれはすでに目敏く、村年寄の与兵衛や十四屋の定右衛門の姿を見ていた。

「この乱闘、まだつづけるなら、わしの手で怪我人を出すことになるぞよ。双方、得物《えもの》を収めて鎮まれい」

かれは右手に握った刀を高く振り上げ、大声で呼びかけた。

この一声で両者の動きがぴたっと止まった。

菊太郎の一閃で髷を切り落とされた樵人足は、怯《おび》えているようだった。

「お、お侍の旦那さま、この騒ぎについては、実は深い理由《わけ》がございまして——」

恐るおそる菊太郎の前に進み出たのは、村年寄の与兵衛、つづいて十四屋の定右衛門だった。

「深い理由があるのだと。その理由、わしがきこうではないか」

菊太郎はいつになく居丈高に二人をうながした。

「わたしは吉田村の村年寄で、与兵衛ともうします。そこに生えている樹齢四、五百年の樅の木を、村の難儀を解決するため、ここに立ち会っておいでの十四屋さまに、二十両で売り払ったのでございます。それで樅の木を伐り倒そうと、樵衆がきてくれはったんどすけど、反対を唱える村の者が、木を取り囲んで伐らしてくれしまへん。この通り、村長と村年寄が村の者と相談したうえ、樅の木を売り払った証文がございます。どうぞ、お目を通しておくれやす」

与兵衛は十四屋の番頭定右衛門から手渡された売り渡し証文を、菊太郎に広げて見せた。

「彦七、大丈夫か。骨医者に早う診《み》せなあかんのとちゃうか」

かれらのそばでそんな声がきこえていた。

「なるほど、この証文にはさよう記されており、嘘偽りはなさそうじゃ。されど村年寄たる者、どうして反対を唱える者たちをきちんと説得し、ことを穏やかに進めぬのじゃ」

「それなりに話を付けたつもりでございますけど——」

「いや、そんな話まだ付いてへんわい」

仲間の男たちに支えられ、その場にやってきた彦七が、菊太郎に叫んだ。

「そなた、足を痛めたらしいが、この売り渡し証文を見るかぎり、町奉行所に訴え出たとて、勝ち目はなさそうじゃぞ。これほど樹齢を経た樅の木、あっさり伐り倒すのはいかにも惜しいが、思い切ってもう諦めることじゃな」

路上に尻をつく彦七に近づき、菊太郎が労《いたわ》る口調でかれにいいきかせると、彦七はわあっと泣き出した。

「お侍の旦那、十四屋の大旦那は、あの樅の木で隠居屋敷を建てるんやそうどす。そしたら木割した後の余分な木だけでも、わしらに貰えへんか、交渉していただけしまへんやろか。厄介なお願いどすけど、なんとかお頼みいたします」

彦七が涙ながらに菊太郎に訴えた。

「ああ、そなたたち売却に反対の者には、この樅の木は親のようなものだったのだろうな。幸いわしは、大宮・姉小路《あねやこうじ》で公事宿を営む鯉屋に居候している田村菊太郎ともうす者じゃ。十四屋の大旦那にはそういたすように、しっかりもうしておいてやろう」

菊太郎が彦七の肩を叩いていったとき、数十羽の雀が群れて飛んでくるや、樅の繁みの中にもぐり込み、やかましく囀《さえず》り始めた。

いつの間にか騒ぎを遠巻きにしていた三人連れをはじめ、多くの見物人たちが、ようやく散っていった。

空に雨雲が生じかけていた。

明日は雨になりそうだった。

三

雨が上がり、陽射しが強くなっていた。

東山の緑が、菊太郎と彦七の目に鮮やかで、真新しい風景を見るようだった。

彦七は風呂敷に包んだ木端彫りの大黒天を、大切そうに両手で胸に抱えていた。

「鯉屋さまでは旦那さまのことを、みんなが菊太郎の若旦那さまと呼んでいはるんどすなあ。なんでどす」

「菊太郎の若旦那さまか。理由は追いおいわかってくるわい。それにしても、この年になり、いつまでも若旦那さまではないわなあ」

かれは自嘲する口調で彦七に答えた。

二人はこれから蛸薬師《たこやくし》通りの雁金町《かりがねちょう》で、小間物問屋を営む十四屋四郎左衛門の許を、訪れようとしていたのである。

きのう手代の喜六が十四屋に足を運び、承諾を得ていたのであった。

吉田村の樅の木を伐り倒し、それを大勢の人足たちが材木屋に運んだ後、鯉屋の主源十郎が四郎左衛門に直接会っていた。

隠居屋敷を建てるため、木割をすませた樅の木端を、彦七に引き渡してくれるよう、交渉に当たってくれたのだ。

その折、源十郎は、樵たちが樅の木を伐り倒した瞬間、その切株から四、五尺余り、水がばあっと空に噴き上がった、という話をきいていた。樅の木は伐り倒されたときも、梢の先々にまで水分を行き渡らせようと、根から水を懸命に吸い上げていたのだ。

切株から噴出した水は、あたかも斬られでもした人の身体から、血が噴き出すようにも見えたという。

「わたしもお供しまひょうか――」

それだけに源十郎は、十四屋へ二人が訪れるとき、口を挟んできたが、菊太郎はそれには及ばぬわいと断っていた。

「なにも妙なものを持っていくわけではない。隠居屋敷を拵えた余りの木端で、商売繁盛を願い、大黒天を彫ったのじゃ。これこそ、出来上がったときく隠居屋敷への祝いの品に、最もふさわしいのではないか。わしはそう考えるが、そなたはどうじゃ」

「余材の木端で大黒天を彫り、普請祝いにするとは、なかなかの趣向どす。十四屋の四郎左衛門はんもばかでないかぎり、これには参ったといわはりますやろ。いくら瀟洒《しょうしゃ》な隠居屋敷を建てたかて、その木端で彫った大黒天にはかないまへんさかい。わたしは四郎左衛門はんがどんなお顔でご覧になるか、一目見とうおすわ」

「それでは強《きつ》い比較になるが、あの歳月を経た樅の木を、いっそ小さな大黒天を彫るため二十両で買い取り、余材で隠居屋敷を建てたと思えばよいのじゃ。四郎左衛門は当初、彦七の皮肉ではないかと疑うだろうがなあ。きけば相当、癖のある男。だがやがては素直に受け止めてくれようよ。なにしろものは大黒天、火に焼《く》べてしまうわけにもまいるまいでな。それで彦七には、もうなんの蟠《わだかま》りもないそうじゃ」

「それはようございました。実は木割の後の木端を、彦七はんに無償でやってほしいと十四屋へ交渉に行ったとき、四郎左衛門はんにちょっと脅しをかけておきましたさかいなあ」

「四郎左衛門に脅しだと。その話、いま初めてきくが、どんな脅しをかけたのじゃ」

「そんなん、たいしたことではありまへん。あの樹齢四、五百年といわれる樅の木は、村の人々をはじめ、山中越道を往来する人々にも、神木として崇められてます。それを伐り倒すんどすさかい、寺社奉行所に訴え出たら、どう判断されたかわかりまへんえ。木を伐り倒してしまったいまでも、それはできまっせと、いうておいたんどすわ」

「なるほど、わしはあのとき寺社奉行所に訴えることなど、ついぞ思い付かなんだわい」

菊太郎はさすが公事宿を営む源十郎だといわぬばかりの口調で、自分の迂闊を悔んだ。

源十郎は、菊太郎の処置はそれでいいのだと思っていた。

堀川を渡りかけたとき、姉小路通りを東からきた町奉行所の同心が三人、菊太郎に気付き、丁寧に挨拶していった。

それに鷹揚《おうよう》にうなずく菊太郎の顔を、彦七は改めてじっと見つめた。

この田村菊太郎という人物は、公事宿・鯉屋の居候だと自称しているが、それは当人がそういっているだけで、本当はただのお人ではなかろうと思ったのである。

二人は堀川の橋を渡り、御池通りから堺町通りに折れ、そのまままっすぐ雁金町の十四屋に向かった。

蛸薬師通りの南に面した十四屋は、間口が十五間ほどもある大店《おおだな》。漆喰《しっくい》で白く造られた虫籠《むしこ》窓《まど》が二階に並び、黒い軒先暖簾との調和が美しかった。

店は問屋だけに、菰荷《こもに》が運び込まれており、仕入れにきた小間物屋や、職人風の男たちの出入りが多数見られた。

「ごめんくだされ。わしは田村菊太郎、主の四郎左衛門どのにお目にかかるため、まかりこしてござる」

菊太郎は広い土間に立つと、挨拶に出てきた番頭の定右衛門にもうし入れた。

二人は彦七を含め、樅の木を伐採する現場で顔を合わせている。

「これは田村さま、鯉屋さまからお使いをいただき、忝《かたじけの》うございます。彦七はんもようきてくれはりました。大旦那さまは奥の居間でお待ちでございます。さあ、お上がりになってくんなはれ」

帳場から急いで立ってきた定右衛門にうながされ、二人は履物を脱ぎかけたが、前掛け姿の若い男が、すぐ横で両手を前にそろえ、低頭しているのに気付いた。

菊太郎が定右衛門に、これは誰じゃとたずねかけた。

「へえ、もうし遅れましたが、こちらは若旦那の新太郎《しんたろう》さまでございます」

定右衛門が狼狽した気配で、相手を引き合わせた。

「倅《せがれ》の新太郎でございます。父がなにかとご厄介をかけたそうで、わたくしからも深くお詫びをいたします。どうぞ、お許しになってくんなはれ。またお手柔らかにお願いいたします」

一見してなかなかの好青年だった。

「わしは田村菊太郎、すでにきいているだろうが、こちらが彦七じゃ。頑固な親父どのを持ち、そなたも苦労していようが――」

「はい、仰せの通りでございます。それでも近頃では、人が変わったように穏やかになり、店の奉公人を叱ることも少なくなりました」

「それはよかったのう」

「どうしてなのかわかりまへんけど、まあ結構なことやと、わたくしはよろこんでおります。ともかくどうぞ、上がっておくれやす」

新太郎は翳《かげ》りのない顔でいい、菊太郎と彦七をうながした。

大きな風呂敷包みを抱えた彦七が、帳場から上がるときには、足の工合の悪いのを察してか、すっと手を添えていた。

「ほな、奥にご案内させていただきます」

定右衛門が先に立ち、中暖簾をくぐると、右手に奇峭《きしょう》な石を配した庭が広がり、畳を敷き詰めた長い歩廊が、奥へとのびていた。

左に数部屋がつづき、その歩廊を左に曲がったところが奥座敷だった。

「大旦那さま、鯉屋の田村さまをご案内してまいりました」

定右衛門が歩廊の畳に正座し、座敷の中に声をかけた。

「かまわんと入っていただきなはれ」

部屋の中から嗄《しゃが》れた声がひびき、定右衛門がそれではといい、襖を開けた。

「では入らせて貰うぞ——」

菊太郎はひと声かけ、部屋の中にずいと足を踏み入れた。

彦七もこれにつづいた。

十四屋四郎左衛門は、座敷の中ほどに据えられた大火鉢のかたわらに坐っていたようだが、座布団から下り、平伏して二人を迎えた。

「初めてお目にかかる。わしが鯉屋の用心棒田村菊太郎じゃ」

かれは刀を左に置き、そこに二つ用意された座布団の上にどっかと坐り込んだ。わしと一緒にまいった男が彦七じゃと紹介した。

「初めてお目にかからせていただきます。十四屋の四郎左衛門でございます。どうぞお二人さま、お見知りおきをお願いもうし上げます」

かれは両手をついたまま顔を上げ、菊太郎と彦七を眺め、また頭を下げた。

「そなたが十四屋の四郎左衛門か。頑固爺《がんこじじい》だときいていたが、見たところ、さほどでもなさそうじゃな」

「恐れ入りましてございます。それより彦七はん、あのとき足を工合悪うされたとききましたけど、塩梅《あんばい》はいかがでございます」

「へえ、おおきに。いまも足を崩させていただいてますけど、痛みはもうなくなり、歩くとき少し不都合なだけどす」

「そ、それはようございました」

「だがな四郎左衛門、冬場に冷えると、いまも足首が痛むそうだぞ」

「それについては、ほんまにもうしわけございまへん。どうお詫びをしてよいやらと、毎日、考えているほどでございます」

四郎左衛門は二人の顔を眺め、また低頭した。

「これ四郎左衛門、そなた鯉屋源十郎が、寺社奉行所に訴えることもできるともうした脅しが、どうやらよほど身に応《こた》えているようじゃのう。わしがさらに脅すみたいじゃが、金に飽かせて神木を買い取り、隠居屋敷を建てたからには、火事にでもなって焼け失せぬかぎり、神木は形を変えてそこにあるわけじゃ。訴えが受理されて糺《ただし》（審理）ともなれば、不埒な奴とのご裁許（判決）が、下されぬともかぎらぬ。十四屋は商いを取り上げられ、家屋敷・家財のすべてを失う闕所《けつしょ》となり、遠島かこの京から追放ともなりかねぬのじゃぞ。それくらいわかっておろうな」

菊太郎が一気にまくし立てた。

「き、菊太郎の若旦那さま、その話はもうお止めになってくんなはれ。二人で十四屋さまをお訪ねした目的が、全く違うてきてしまってますがな。どうぞ、それには触れんといておくれやす」

話の展開に驚いた彦七が、狼狽して菊太郎に迫った。

「ああ、そうだったな。四郎左衛門、わしはつい口が滑っただけで、さような気持など実はいささかも持っておらぬぞ」

菊太郎の言葉をきき、四郎左衛門はようやく安堵《あんど》したようだった。

「四郎左衛門、今日きたのはなあ。この彦七があの樅の木端で拵えた大黒天を、是非そなたに貰ってほしい、わしに付いて行ってくれまいかと、鯉屋へ頼みにきたゆえ、わしはこうして同道してきたまでじゃ。彦七はわしにも、同じ木端で拵えた鉈彫りの阿弥陀仏をくれたわい。そなたには大黒天。あの神木で商いの神を作り、それを貰ってほしいとは、恨みもなにもないからできることで、人として見上げた行いじゃ。しかもその大黒天、鉈彫りとはもうせ、細部は鑿《のみ》で丁寧に削られており、なかなかの代物なのじゃ」

菊太郎は急に顔を和ませ、四郎左衛門に説明した。

「彦七はんが十四屋のためにあのご神木で大黒天を彫り、持ってきてくれはったんどすか——」

「そうじゃ、早く見たかろうが」

「へえ、それはありがたいことでございます。どうぞ、早く見せておくれやす」

四郎左衛門は二人が部屋に入ってきたときから、彦七が抱える風呂敷包みが、気になってならなかった。

それが大黒天だとききき、思わず顔が和んできた。

「彦七、されば四郎左衛門に見てもらうがよかろう。その大黒天は十四屋の守り神になるお方じゃ」

「ありがたいやら、もったいないやら——」

四郎左衛門は瞑目《めいもく》して手を合わせた。

彦七は急いで包みを解いた。

大きな袋を肩にかけ、打出の小槌を持った大黒天が、どっかと米俵に坐る像が現れた。

なるほど菊太郎がいった通り、鉈彫りながら細部は鑿で巧みに削られていた。

米俵の藁《わら》など、すっと細い線で表現され、菊太郎が絶賛するほどの出来映えだった。

瞑目していた四郎左衛門は、目を開いて大黒天を見つめた。

あの樅の木がこんな風に姿を変え、十四屋にやってきてくれた。

あれはまさに神木。贅《ぜい》を凝らした隠居屋敷など、ありがたさにおいて比較にならなかった。

「こ、この大黒天をわざわざわたしのために拵え、持ってきてくれはったんどすか」

「まさにそうなのじゃ」

菊太郎が彦七に代わって答えた。

「そんなもったいない――」

「いかにもじゃ。彦七が十四屋の繁盛を祈り、一生懸命に彫らねば、さように立派な大黒天などできはせぬぞよ。その気持を重く受け止め、ありがたくいただいておいてつかわせ」

「これだけの大黒天さま、もったいのうて、ただではいただけしまへん」

「おい四郎左衛門、彦七が真心を込めて拵えた大黒天を、そなたはまたもや金で買おうといたすのか」

菊太郎の声ははっきり恫喝《どうかつ》に変わっていた。

「た、田村さま、そ、そんなつもりはいささかもございまへん」

「ではどんなつもりでもうしたのじゃ」

「どんなつもりもございまへん。わたしは商人どすさかい、ただではいただけしまへんというただけどす」

「かような類のものは、ありがたくいただきますとそなたが心からいい、受け取ればよいのじゃ。なあ彦七、そうだろうが」

菊太郎は怒りを少し鎮め、彦七に問いかけた。

「十四屋の大旦那さま、菊太郎の若旦那さまがいわはる通りでございます。山中越道のあそこに、いまではあの大きな樅の木はもう見られしまへん。けど大黒さまになって、十四屋さまのところにあると思うと、木端で拵えたものでも、わしはそれで得心できますのや。彫ったのが大黒さまだけに、なおのことどす。ここは隠居屋敷ではありまへんけど、是非、お納めになって、向こうのどこかに祀っておいておくれやす」

「彦七はん、おまえさまはありがたいお人どすなあ。この大黒さまは田村さまがいわはる通り、ありがたくいただいておきます。そやけど隠居屋敷には持っていかんと、表の帳場に小さなお社《やしろ》を拵え、祀らせていただきます」

四郎左衛門は涙をこぼさんばかりの顔でいった。

「なにっ四郎左衛門、隠居屋敷には祀らぬというのか。それはなぜじゃ」

菊太郎は訝《いぶか》しげな顔になり、かれに迫った。

「はい、わたしは隠居屋敷の普請がすんでから、実はあちらにはあんまり行ってしまへん。最初は神木と崇められてたあんな立派な樅の木で、隠居屋敷を拵えて住んだら、長寿を保ち、幸せに生きられるんやないかと思うてました。そやけど当初に樵はんたちが樅の木を伐り倒さはったとき、その切株から水が天にどっと噴き上がったときき、ほんまに生きているものを殺してしまったのやと後悔しました。そして普請が進むにつれ、一部とはいえ村のお人たちと争い、そんな人の道に反した贅沢をしてたら、やがては罰が当たるのやないかと、思うようになってきたんどす。ひと晩だけあそこで寝ましたけど、ひどう夢見が悪おした。普請したばかりの隠居屋敷が、わしを元の姿に戻してくれと、枝葉をゆすって迫ってくるんどすわ」

このとき、女中がお茶を持って現れ、四郎左衛門はふと口をつぐんだ。

だが彼女がいるにも拘らず、かれはまた話しつづけた。

「あれから何遍も、わたしは山中越道を通って吉田神社へお参りに行きました。そしていつも、ああそこに立派な樅の木が天高く聳えていたなあと、しみじみ思いました。あれが聳えていた風景。それがどんなによかったか、懐かしくてかないまへんどした。自分がそうどすさかい、村のお人たちや山中越道を通らはるお人たちは、きっとしきりにそない思うていはるに違いありまへん。自分が金に物をいわせてやったことが、悔まれてならんようになったんどす。神木と崇められた樅の木に、不埒を働いてしまいました。そやけど今更、悔いてもどうにもなりまへん。それからわたしは自分の人生について、考えるようになったのでございます」

四郎左衛門は菊太郎と彦七の顔をまっすぐ見て、さらに言葉をつづけた。

「うちの商いは小間物問屋。小間物は人を美しく装う白粉《おしろい》や口紅、そのほか男はんや女子はんが用いるこまごまとした物でございます。そんなきれいな品物を扱いながら、これまで金儲けに汲々《きゅうきゅう》として、自分の心は醜くなっているのではないかと、疑いを持ったんどす。そうしてこの年になり、自分のやってきた商いの醜さや、生きてきた一つひとつの醜さに、初めて気付いたんどすわ。立派なきものを着て印伝革《いんでんがわ》の財布を持ち、高価な根《ね》付《つけ》をつけた小間物袋を提げてたかて、心が卑しければ、醜いとしかいいようがありまへん。ほんまのところ、自分は醜い男やったんやと気付き、真実美しいとはどういうことやろと、考えるようになったんどす。今日、この大黒さまを彦七はんから頂戴して、こういう行いこそが美しいのやと、しみじみ考えさせられているんどすわ。いただいた大黒さまは、自分や店を継いでくれる倅の新太郎への戒めとして、店の帳場に祀らせてもらいます。普請した隠居屋敷は、売り払うて金に替え、吉田村の人たちにでも貰うてもらおうかと、いま考えているところどす」

いきなり、四郎左衛門は突拍子もないことをいい出した。

「なにっ、隠居屋敷を売り払ってしまうのだと――」

「はい、そう決意いたしました」

「四郎左衛門、突然なにをもうすのじゃ。自分の醜さに気付いたら、それを直して暮らすように、努力すればよいではないか。折角、樅の大木を犠牲にしてまで建てた屋敷を売り払い、吉田村の人たちに貰ってもらうなど、とんでもない考えだぞ。そなたの出した金で、村では水路ができ、もう水争いをせぬでもすむようになったそうな。思い付きで村に金を渡し、いずれは徒《いたずら》な物議をかもすのがわからぬのか」

菊太郎が四郎左衛門の考えを厳しく否定した。

「そ、そうでございましょうか」

「ああ、そうに決っておる。いまの村年寄、これから村年寄になる奴らの中に、金に卑しい者がいないともかぎらぬ。そんな奴らや村人の心を、騒がせてはならぬのじゃ。美しく生きようと悔い改めたそなたは、隠居屋敷に住めばいいのよ。それだけ悔い改めたからには、その屋敷で寝たとて今後、悪夢など見ないはずじゃ。そなたがいたすことは、そのうちにわかってくるわい」

「そういわはりますけど――」

「四郎左衛門、四の五のと逆らわず、いう通りにいたすのじゃ。そこに住むため、この彦七に観世音菩薩でも彫って貰うがよかろう。観世音菩薩は、大慈《だいじ》大悲《だいひ》で衆生《しゅじょう》を済度してくださるときいている。先程、店の土間で倅の新太郎に挨拶されたが、あれは心根の優しい若者のようじゃ。そなたの醜い姿、また悔い改めた姿を見て、これからこの十四屋の店をしっかり受け継いでいくだろうよ」

菊太郎の言葉をきく四郎左衛門の両目から、涙が頬にすっと流れていった。

「観世音菩薩、観世音菩薩さまどすなあ」

彦七が独りしきりにうなずいていた。

四

翌日、十四屋四郎左衛門は、出入りの大工の頭梁宗兵衛《そうべえ》を店に呼んだ。

「大旦那さま、なんでございまっしゃろ」

宗兵衛は隠居屋敷の普請になにか落度があり、叱られるのではないかと恐れながら、おずおずとかれにたずねた。

隠居屋敷ができて引き渡しのとき、四郎左衛門はなぜか不機嫌な顔をしていた。

そこに泊ったのはひと晩きり。身の廻りの品々を、本宅を兼ねた雁金町の店に運び直したのを、すでにきいていたからだ。

ところが四郎左衛門は、和らいだ機嫌のいい顔でかれを迎えた。

「この間の普請では、えらい世話をかけましたなあ。ご苦労さまどした。そこでにわかなお願いで、小さな仕事一つどすけど、無理にでも今日中にして貰えへんかと、きてもろうたんどす」

「今日中に小さな仕事を一つ——」

文句をいわれるのではないかと恐れていた宗兵衛は、ほっと胸を撫で下ろしてつぶやいた。

「ああ、今日中にどす。そうしてくんなはれ」

「そやけど、それがなんやきかせてもらわな、段取りができしまへん」

かれは幾分いい澱《よど》みながら、四郎左衛門の顔を仰いだ。

「わたしが今日中にというほどどすさかい、たいした仕事ではありまへん。これを祀る神棚を、帳場の後ろの梁《はり》に拵えてほしいのどす。凝った神棚でなくてもよろしおす。ええ材木で、清楚なものを作っておくれやす」

四郎左衛門はそういいながら、そばに置いた布包みを広げた。

それは前日、鯉屋の用心棒だと称する菊太郎と吉田村の彦七が、持ってきてくれた鉈彫りの大黒天だった。

「これは上手に彫られてますけど、木端の大黒さまやおまへんか」

「おまえは木端と軽くいいますけど、ただの木端ではおまへんのやで。隠居屋敷を建てた吉田村の樅の木端で、彫られた大黒さまどすわ。足を怪我した彦七はんがきのう、十四屋のために彫ったさかいといい、届けてくれはったんどす」

「木を伐る騒動のとき、足を痛めたという男はんどすな。それを隠居屋敷ではのうて、ここにどすか」

「向こうには、観世音菩薩さまを彫ってもらうことになってます」

四郎左衛門は菊太郎があれこれ自分に説いた厳しい言葉を、胸に甦らせながら説明した。

「それはようございましたなあ」

頭梁の宗兵衛はようやく安心してうなずいた。

大旦那はなにかの都合で、隠居屋敷に泊るのをひと晩だけにしたのだろう。身の廻りの品々を全部こちらに運んできたとは、大袈裟な噂だったのだと解したのである。

木割をした後の木端は、かれの下職たちが大八車に積み上げ、彦七の許に大量に届けた。

「頭梁、大騒ぎを引き起した彦七いう男のところの納屋を片付け、なんとか運び入れてきましたけど、納屋は屋根裏まで木端でいっぱいになりましたわ」

下職頭からそんな報告を受けていた。

どんな立派な建物を造っても、神木とまでいわれていた樅の木端で、こんなものを彫られたら、建物の値打が薄れてしまう。見事な太柱や梁の価値が下がり、今度、新しく彫られてくる観世音菩薩に従属するものになってしまうだろう。

宗兵衛はなんとなく敗北感を覚えたが、あの騒ぎにこれで決着が付いたのだと考え、まあよかったのだと安堵した。

「大旦那さま、それでは急いで帰り、材料と道具を持って、またすぐ寄せてもらいますわ。大黒さまを祀る神棚どすさかい、わしが独りで念入りに造らせていただきます」

かれが四郎左衛門に断り、半刻ほど後に十四屋へ戻ってきたとき、帳場はきれいに片付けられていた。

足許には仕事がしやすいようにと、茣蓙《ござ》が敷きつめられていた。

こうして大黒天を祀る神棚は、一日も要さずに出来上がった。

帳場を元通りにして神棚を仰ぐと、やや横に長いそれが、帳場の後ろの梁にがっしり取り付けられていた。

真新しいものの、すぐ見馴れそうだった。

四郎左衛門は鯉屋の菊太郎と吉田村の彦七に使いを出し、是非、お参りにお越しいただきたいと伝えさせた。

二人は翌日早速、御神酒《おみき》を携えやってきた。

そして帳場の結界の前に坐って神棚を仰ぎ、それぞれ合掌して拝んだ。

「木端で彫った大黒天さまだが、この十四屋の繁盛をいつまでも見守ってくだされよう」

「わしが鉈で彫った大黒さまを、こないに祀っていただき、ありがたいことでございます。どうお礼をもうしていいやら――」

彦七はありがた涙を流してよろこんだ。

「いいや、わたくしのほうこそお礼をいわななりまへん。神木といわれたあの樅の木が、今度は大黒さまに姿を変え、ここにきてくれはったんどすさかい。わたくしも親父さまも心を入れ替え、商いに励ませていただきます」

若旦那の新太郎が、四郎左衛門に代わって挨拶し、かれや番頭の定右衛門、二人の手代たちは黙って低頭していた。

「当分の間、わたしが大黒さまに毎朝、お水を供えさせていただきます」

四郎左衛門はそれだけしかいわなかった。

「わしは精進潔斎し、一生懸命、観音さまを彫らせていただきますわ」

彦七は感涙の濡れを拭《ぬぐ》い、四郎左衛門に伝えた。

「彦七、そなたあの大黒天に、なにか細工を施しておいたのではなかろうな。わしの目には一昨日、そなたと共に持参した大黒天とは、まるで違ったお顔に見えたぞ。今日の大黒天は、よろこばしそうに笑っておられた」

「菊太郎の若旦那さま、わしにそんな細工ができるはずがありまへん。大黒さまはご自分の居場所を得はったさかい、そのように見えただけどっしゃろ。神仏はいつも同じでも、人が思うたように見えるもんどすわ」

それが十四屋から帰途についた二人の会話であった。

翌日から十四屋では毎朝、四郎左衛門が井戸から一番水を汲み、神棚に祀られた大黒天に供え始めた。

奉公人たちも朝食の後、神棚の大黒天を拝み、仕事を始めるようになった。

——帳場に祀られた大黒天が、自分たちを温かい目で見守っていてくださる。

奉公人たちはそんな安心した気持で仕事に励んでいた。

「なんや、十四屋の雰囲気ががらっと変わったみたいやなあ」

「帳場の後ろに祀られた大黒さまのお陰やわ。木端の神さまやけど、あの大黒さまにはなにかご利益がありそうやで——」

十四屋へ仕入れにくる商人たちもこういい、自ずと商いに励むようになった。

四郎左衛門には、大黒さまは毎朝、水を供えて拝むたび、いつも違った顔に見えた。

不機嫌な日や悲しげな日もあり、呵呵大笑《かかたいしょう》しているときもあった。

夜、寝床に入って考えてみると、それに思い当たることが多かった。

たとえば白粉気のない若い女が、小柄簪《こづかかんざし》を買っていった。

その朝の大黒さまは、四郎左衛門の目に悲しそうに見えた。

数日経ってきくと、その客は親が勧める男との祝言を嫌い、十四屋で買っていった小柄簪で、心の臓を刺して死んだという。

夫婦《めおと》約束をしていた男が、いたからだそうだった。

また大黒さまがうれしそうな顔をしていた日があった。

その日、若い女が紅と白粉を買っていった。

彼女はさる大店で台所働きをしていたが、向かいの紙屋の息子に見初《みそ》められ、嫁に迎えられたときかされた。

だが四郎左衛門は、大黒さまが面変《おもが》わりして見えることを誰にも話さなかった。

朝から今日はなにかありますえといったら、奉公人たちが緊張するからだ。

「卸《おろし》だけではのうて小売りもしていれば、そら大旦那さま、いろいろなことが起りますさかい、気にせんといておくれやす」

その頃すでに夏で、連日、暑い日がつづいていた。

四郎左衛門はいつもの通り、一番水を汲み上げ、大黒さまに供え、前日、買っておいた榊《さかき》を取り替えた。

そのとき、大黒さまがかたことと動かれ、ぶつぶつ言葉を発しておられるように思った。

――今日はなにかよからぬことがありそうや。

かれは自分にそういいきかせた。

大黒さまの顔を改めてうかがうと、どうも不安げなお顔に見えてならなかった。

この日にかぎり、かれはいつもとは違っていた。

まず町年寄たちの許を訪れ、なにか早急《さっきゅう》な注文を付けてきた。

「地震がくるいう噂が、町内だけではなしに、隣の菊屋町でも甲屋町《かぶとやちょう》でもささやかれてるそうどす。その噂は井筒屋町や和久屋町にまで広がってますえ」

「わしも実はすでにきいてます。高いところの品は低い場所へ移し、倒れそうなものは横にするか支えるかして、天水桶《てんすいおけ》に水を張り、火の用心をしておくようにといわれてます」

「そんなん、流言蜚語《りゅうげんひご》やろ。誰がそんなあやふやなことをいい出したんや」

「どうやらうちの大旦那さまが、近くの町内の町年寄たちに、いうて廻らはったようどすわ」

「うちの大旦那さまがやて――」

「大きな声ではいえしまへんけど、大旦那さまが店の帳場に祀った大黒さまのお告げやというて、町内の年寄り衆に告げて廻らはったそうどすえ」

「大旦那さまは大黒さまからどんなお告げを受けはったんやろ」

「そんなんわしが知るかいな。店の大事な守り神さまでも、元もとは樅の木。口の利けるはずがありまへん」

「そやけど鰯《いわし》の頭も信心からといいますがな」

「そらそうやなあ。たかが元は樅の木端でも、大黒さまに変わらはったせいで、自分を信心する者には、少しぐらい口を利かはるのかもしれまへん」

「番頭の定右衛門さまが、座布団と火事羽織、短い竹笛を、あちこちに用意しておけというてはりましたわ。足らなんだら、冬の掛け布団を積んでおけばいいそうどす」

「座布団と火事羽織はわかりますけど、短い竹笛はなんのためどっしゃろ」

「家が潰れてその中に埋もれてしまったとき、生きてたらそれを吹き、居場所を誰かに知って貰うためやわ。竹笛の買い付けに、小僧たちをもう方々に走らせたる」

「そしたらわたしらは、高い場所のものを下ろすのと、天水桶やあらゆる桶、風呂にも水を汲んでおくことどすなあ」

「ああ、番頭はんが真剣な顔でわしに命じはったわ」

十四屋では、店の商いを正午すぎからほとんど断り、こうした用意に取りかかった。

町内や近くの町でも、天水桶に新たに水を汲み入れる姿が見掛けられた。

「大旦那さまにお告げをくれはった大黒さまを、帳場の棚から下ろさなあかんのと違いますか」

手代の一人が番頭の定右衛門にたずねた。

「あの大黒さまはお社の中から出さんでもええと、大旦那さまがいうてはりました」

こうして刻々とときがすぎ、地震に備える用意は万端整った。

陽暮れが近づいたとき、鼠が各家から何十匹も急に現れ、どこかへ移動していった。

次には蝙蝠《こうもり》の群れが、鳴きながら空を飛び回り始めた。

不穏な空気が京の町を包み込んだ。

店の緊張がはっきり高まってきた。

尤も、ばかな話やと鼻先で笑う人たちも、あちこちの町内には随分いた。

「季節やさかい、蝙蝠が飛ぶのも珍しゅうないけど、時刻が早すぎ、また飛ぶ数も多いなあ。それにあの鼠の群れは、どこに行ってしまったんやろ」

緊張がこうして極度に達したとき、地の底からどんと大きな突き上げがきた。

次にはびしびしっと十四屋の建物が揺れた。

「じ、地震や——」

「ほんまにきおったがな」

店の外では、屋根瓦の落ちて割れる音がひびき、老若男女の悲鳴が上がり、騒然となっていた。

　十四屋でも二階の壁の一部が剥がれ、店の中に土埃が濛々《もうもう》と立ち込めた。

横揺れは帳場の後ろに造られた大黒さまの神棚も大きく揺らしたが、大黒さまはびくとも動いてはいなかった。

地震はこの突き上げと揺れだけですみ、息を呑んでようすをうかがう人々の周りに、また元の静けさが戻っていた。

だがそれだけでは終らなかった。

定右衛門や店の者たちがきいたのは、激しく打ち鳴らされる半鐘の音だった。

四郎左衛門にぴたっと寄り添っていた若旦那の新太郎が外に出てみると、夕飯を炊く時分どきだけに、貧しい長屋を選んだかのように、そんなところから火の手が上がっていた。

「定右衛門はん、店の者をみんな消火の手伝いに行かせてくんなはれ」

新太郎の一声で、男女十五人の奉公人が火事羽織に手を通し、すぐ外に散っていった。

「もう揺れはきまへんやろ」

奥の部屋から四郎左衛門が現れ、帳場の大黒天を仰ぎながら新太郎につぶやいた。

陽がとっぷり暮れた頃、外の騒ぎはどうやら収まった。

どこの火事もぼや程度ですみ、火は大きく燃え広がらなかったが、十四屋に戻ってきた奉公人たちは、誰もが濡れ鼠になっていた。

「あちこちの町内の天水桶には、たっぷり水が汲み込まれていたわい」

「あれがなかったら、どうなってたかわからへん」

「それにしても、あれだけの揺れの中、大黒さまが少しも動いてはらへんのは、不思議なこっちゃ」

「大黒さまはこの十四屋だけではのうて、町が火事で焼けるのを防ぎ、地震すら小さくしてくれはったのかもしれへん」

「そうかもなあ」

十四屋の奉公人たちは、感心してささやき合っていた。

翌日、四郎左衛門はぼやを出した町内を廻った。そこの町年寄たちに、消火の水を浴びて家に住めなくなった住民たちに、当分、自分の隠居屋敷を使ってもろうとくんなはれと勧めてきた。

「米や味噌、古着もあれこれ整えておきました。勝手にやり繰りして使うておくれやす。銭も用意させていただきます。そうみんなに伝えておくれやす」

こうしたかれの行為は、たちまち京の町中に広まった。

「人は自ら変わろうとすれば、必ず変われるものじゃ。四郎左衛門には、彦七が真心をこめて彫った大黒さまの声が、いつもきこえていたのだろう。世の中にはそんなこともないではないわい」

鯉屋で菊太郎が、源十郎夫婦にそういっていた。

数日後、妙な噂が淀川沿いの村や町から届いてきた。

大量の鼠が溺死し、淀川の川面《かわも》を真っ黒に染め、大坂に流れていったというのである。

あとがき

この『公事宿事件書留帳』も、『鴉浄土』をもって二十巻、百二十五話になった。

公事宿とはいまでいえば、宿泊施設を備えた弁護士事務所に相当する。

江戸時代、遠方から京大坂、江戸の町奉行所まで、民事訴訟のためやってくる人々に宿を提供し、複雑な争いを解決すべく、法的手続きを代行した。お白洲にも立ち会い、やがて裁許（判決）を得るのを助ける職業であった。

人の生活には、今も昔もさまざまな争いが付いて廻り、それは決して絶えることがない。またどの争いにも根深い人間の〈業《ごう》〉がからみ、生半可なものではない。日々の新聞やテレビ・ニュースを見ていれば、それがよくわかるだろう。

奇想の画家として近年、世界的に高く評価されている江戸時代中期の画家・伊藤若冲《じゃくちゅう》は、京の台所といわれる高倉・錦小路南東に店を構える青物問屋「枡源《ますげん》」の四代目であった。

代々の当主は源左衛門を名乗っていた。

三代目の父が、元文三（一七三八）年九月二十九日、突然、死亡したため、嫡男の若冲は二十三歳で跡目を継がねばならなくなった。

大店《おおだな》枡源の主ともなれば、京では旦那衆。同業者仲間の集まりもあり、それが終れば宴会となった。

そこには舞妓や芸者が呼ばれ、旦那衆たちは謡曲や端唄など、それぞれ習い覚えてきた遊芸の一つも披露しなければならない。だが若冲は酒も飲まず、何一つ遊芸を心得ておらず、旦那衆仲間から苦々しい目で見られていたに違いなかった。

かれは俗事を全く好まないどころか、隠棲すら考えていた。そんな若冲には、絵を描く思いだけが、一穂《いっすい》の火として燃えていた。

二十代の終り頃から、その火が次第に大きな炎となり、かれの心の中で燃え上がってきたのである。

そのためもあってか若冲は突如、丹波の山奥に隠れてしまった。

平賀白山の随筆『蕉斎筆記《しょうさいひっき》』巻二には、「隠遁の志深く、若きより独居して居たる余り、俗事を厭《いと》ひて、丹波の山奥へ二年許《ばかり》も隠れ」と記されている。

宝暦五（一七五五）年頃のことだと、美術史家たちに推定されている事件だ。

当主に隠遁された枡源では、たちまち混乱が生じ、欲深い男たちが店の乗っ取りを企んだ。

こうした店の混乱を、丹波から帰ってきた若冲は、幕府の老中に訴え、見事にさばいて片付けた。家督を弟の宗厳に譲って四十歳の時、正式に隠居して絵を描き始めたといわれている。

だが俗事に疎く、孤独癖のある人物が、人の欲のからむ難解な事件を、颯爽とさばくことができたのだろうか。

多くの美術史家たちは、公事宿の存在を全くご存じないようだ。私は優れた公事宿の主が奔走し、争いに決着を付けたのだと考えている。

歴史的な一つの出来事を考えるには、複眼的な考察が必要なのである。

この「鴉浄土」は、かつて某出版社で私の担当をしてくださっていた折笠由美子氏から、亡きお父上のお話を電話でおききし、作品の骨子を組み立てた。

同じく「木端の神仏」も、同氏の郷里会津の村里に聳えていた古木がヒント。かつて村費捻出の必要から売却したが、今になれば、村起しのために大きく役立っていただろうという話をおききし、菊太郎がむくりと立ち上がった。

古木伐採について、切株から大量の水が噴き上がったのは、私が住む家の近くで実際に起った出来事である。

二つの作品のヒントを与えてくださった折笠由美子氏に深く感謝の意を表し、幻冬舎専務の小玉圭太氏、担当編集者の森下康樹氏、また掲載誌『星星峡』の竹村優子氏、校閲やほかの方々に深甚の感謝をいたします。

平成二十四年初夏

澤田ふじ子

「公事宿事件書留帳」作品名総覧・初出

※本シリーズは、第一集〜第十八集までは幻冬舎文庫として、第十九集は単行本として小社から刊行されています。

公事宿事件書留帳一「闇の掟」

1　火札（小説City／1990年6月号）

2　闇の掟（小説City／1990年8月号）

3　夜の橋（小説City／1990年10月号）

4　ばけの皮（小説City／1990年12月号）

5　年始の始末（小説City／1991年2月号）

6　仇討ばなし（小説City／1991年4月号）

7　梅雨の螢（小説City／1991年6月号）

公事宿事件書留帳二「木戸の椿」

8　木戸の椿（小説City／1992年2月号）

9　垢離の女（小説City／1992年3月号）

10　金仏心中（小説City／1992年4月号）

11　お婆とまご（小説City／1992年5月号）

12　甘い罠（小説City／1992年6月号）

13　遠見の砦（小説City／1992年7月号）

14　黒い花（小説City／1992年8月号）

公事宿事件書留帳三「拷問蔵」

15　拷問蔵（書き下ろし／1993年12月）

16　京の女狐（書き下ろし／1993年12月）

17　お岩の最期（書き下ろし／1993年12月）

18　かどわかし（書き下ろし／1993年12月）

19　真夜中の口紅（書き下ろし／1993年12月）

20　中秋十五夜（書き下ろし／1993年12月）

公事宿事件書留帳四「奈落の水」

21　奈落の水（小説CLUB／1996年10月号）

22　厄介な虫（小説CLUB／1996年12月号）

23　いずこの銭（小説CLUB／1997年6月号）

24　黄金の朝顔（小説CLUB／1997年9月号）

25　飛落人一件（書き下ろし／1997年11月）

26　末の松山（書き下ろし／1997年11月）

27　狐の扇（書き下ろし／1997年11月）

公事宿事件書留帳五「背中の髑髏」

28 背中の髑髏（小説CLUB／1998年6月号）
29 醜聞（小説CLUB／1998年9月号）
30 佐介の夜討ち（小説CLUB／1998年12月号）
31 相続人（小説CLUB／1999年3月号）
32 因業の瀧（書き下ろし／1999年5月）
33 蝮の銭（書き下ろし／1999年5月）
34 夜寒の辛夷（書き下ろし／1999年5月）

公事宿事件書留帳六「ひとでなし」

35 濡れ足袋の女（小説CLUB／1999年12月号）
36 吉凶の蕎麦（小説CLUB／1999年9月号）
37 ひとでなし（小説CLUB／1999年6月号）
38 四年目の客（書き下ろし／2000年12月）
39 廓の仏（書き下ろし／2000年12月）
40 悪い錆（書き下ろし／2000年12月）
41 右の腕（書き下ろし／2000年12月）

公事宿事件書留帳七「**にたり地蔵**」

42 旦那の凶状（書き下ろし／2002年7月）
43 にたり地蔵（書き下ろし／2002年7月）
44 おばばの茶碗（書き下ろし／2002年7月）
45 ふるやのもり（書き下ろし／2002年7月）
46 もどれぬ橋（書き下ろし／2002年7月）
47 最後の銭（書き下ろし／2002年7月）

公事宿事件書留帳八「**恵比寿町火事**」

48 仁吉の仕置（星星峡／2002年11月号）
49 寒山拾得（星星峡／2002年12月号）
50 神隠し（星星峡／2003年1月号）
51 恵比寿町火事（星星峡／2003年2月号）
52 末期の勘定（星星峡／2003年3月号）
53 無頼の酒（星星峡／2003年4月号）

公事宿事件書留帳九「悪い棺」

54 釣瓶の髪（星星峡／２００３年５月号）

55 悪い棺（星星峡／２００３年６月号）

56 人喰みの店（星星峡／２００３年７月号）

57 黒猫の婆（星星峡／２００３年８月号）

58 お婆の御定法（星星峡／２００３年11月号）

59 冬の蝶（星星峡／２００３年12月号）

公事宿事件書留帳十「釈迦の女」

60 世間の鼓（星星峡／２００４年１月号）

61 釈迦の女（星星峡／２００４年２月号）

62 やはりの因果（星星峡／２００４年３月号）

63 酷い桜（星星峡／２００４年４月号）

64 四股の軍配（星星峡／２００４年５月号）

65 伊勢屋の娘（星星峡／２００４年６月号）

公事宿事件書留帳十一「**無頼の絵師**」

66　右衛門七の腕（星星峡／2004年9月号）

67　怪しげな奴（星星峡／2004年10月号）

68　無頼の絵師（星星峡／2004年11月号）

69　薬師のくれた赤ん坊（星星峡／2004年12月号）

70　買うて候えども（星星峡／2005年1月号）

71　穴の狢（星星峡／2005年3月号）

公事宿事件書留帳十二「**比丘尼茶碗**」

72　お婆の斧（星星峡／2005年4月号）

73　吉凶の餅（星星峡／2005年5月号）

74　比丘尼茶碗（星星峡／2005年6月号）

75　馬盗人（星星峡／2005年7月号）

76　大黒さまが飛んだ（星星峡／2005年8月号）

77　鬼婆（星星峡／2005年11月号）

公事宿事件書留帳十三「雨女」

78 牢屋敷炎上（星星峡／2005年12月号）

79 京雪夜揃酬（星星峡／2006年1月号）

80 幼いほとけ（星星峡／2006年2月号）

81 冥府への道（星星峡／2006年3月号）

82 蟒の夜（星星峡／2006年5月号）

83 雨女（星星峡／2006年6月号）

公事宿事件書留帳十四「世間の辻」

84 ほとけの顔（星星峡／2006年8月号）

85 世間の辻（星星峡／2006年9月号）

86 親子絆騙世噺（星星峡／2006年10月号）

87 因果な井戸（星星峡／2006年11月号）

88 町式目九条（星星峡／2006年12月号）

89 師走の客（星星峡／2007年1月号）

公事宿事件書留帳十五「**女衒の供養**」

90　奇妙な婆さま　（星星峡／2007年3月号）

91　牢囲いの女　（星星峡／2007年4月号）

92　朝の辛夷　（星星峡／2007年5月号）

93　女衒の供養　（星星峡／2007年6月号）

94　あとの憂い　（星星峡／2007年7月号）

95　扇屋の女　（星星峡／2007年8月号）

公事宿事件書留帳十六「**千本雨傘**」

96　千本雨傘　（星星峡／2007年11月号）

97　千代の松酒　（星星峡／2008年1月号）

98　雪の橋　（星星峡／2008年2月号）

99　地獄駕籠　（星星峡／2008年3月号）

100　商売の神さま　（星星峡／2008年4月号）

101　奇妙な僧形　（星星峡／2008年5月号）

公事宿事件書留帳十七「遠い椿」

102 貸し腹（星星峡／2008年9月号）

103 小さな剣鬼（星星峡／2008年10月号）

104 賢女の思案（星星峡／2008年11月号）

105 遠い椿（星星峡／2008年12月号）

106 黒猫（星星峡／2009年1月号）

107 鯰大変（星星峡／2009年2月号）

公事宿事件書留帳十八「奇妙な賽銭」

108 かたりの絵図（星星峡／2009年7月号）

109 暗がりの糸（星星峡／2009年11月号）

110 奇妙な賽銭（星星峡／2009年12月号）

111 まんまんちゃんあん（星星峡／2010年1月号）

112 虹の末期（星星峡／2010年2月号）

113 転生の餅（星星峡／2010年3月号）

公事宿事件書留帳十九「**血は欲の色**」

114 闇の蛍　（星星峡／2010年7月号）

115 雨月の賊　（星星峡／2010年10月号）

116 血は欲の色　（星星峡／2010年12月号）

117 あざなえる縄　（星星峡／2011年1月号）

118 贋の正宗　（星星峡／2011年2月号）

119 羅刹の女　（星星峡／2011年3月号）

公事宿事件書留帳二十「**鴉浄土**」

120 蜩の夜　（星星峡／2011年8月号）

121 世間の鎖　（星星峡／2011年9月号）

122 鴉浄土　（星星峡／2011年11月号）

123 師走駕籠　（星星峡／2011年12月号）

124 陣屋の椿　（星星峡／2012年3月号）

125 木端の神仏　（星星峡／2012年4月号）

公事宿事件書留帳十一 無頼の絵師
一介の扇絵師が起こした贋作騒動の意外な真相とは?
600円

公事宿事件書留帳十二 比《び》丘《く》尼《に》茶碗
尼僧の庵をうかがう謎の侍。その狙いとはいったい何なのか?
600円

公事宿事件書留帳十三 雨女
雨に濡れそぼつ妙齢の女を助けた男を見舞った心温まる奇談。
600円

公事宿事件書留帳十四 世間の辻
鯉屋に担ぎ込まれた石工の凄惨な姿は、何を物語っているのか?
600円

公事宿事件書留帳十五 女《ぜ》衒《げん》の供養
二十五年ぶりに帰ってきた夫。その変貌した姿に、妻は何を見たのか?
600円

公事宿事件書留帳十六 千本雨傘
菊太郎の目前で凶刃に倒れた鋳蔵。彼はなぜ襲われたのか?
600円

公事宿事件書留帳十七 遠い椿
老女の人生を変えた四十年ぶりの運命の巡り会い。
600円

公事宿事件書留帳十八 奇妙な賽銭
夜ごと、貧乏長屋に投げ込まれる銭の意味するものは?。
600円

惜別の海（上・中・下）
秀吉の朝鮮出兵の陰で泣いた、名もなき人々の悲劇を描く大長編小説。
(上)630円
(中)680円
(下)680円

螢の橋（上・下）
豊臣から徳川へ移った権力に翻弄された人々の悲劇! 長編小説。
(各)560円

黒染の剣（上・下）
武蔵に運命を狂わされた剣の名門・吉岡家の男たち女たち。長編小説。
(各)630円

高瀬川女船歌
京・高瀬川のほとりの人々の喜びと哀しみを描く、シリーズ第一作。
560円

高瀬川女船歌二 いのちの螢
高瀬川沿いの居酒屋の主・宗因が智恵と腕で事件を解決する。
560円

高瀬川女船歌三 銭とり橋
故郷の橋を架けかえるため托鉢を続ける僧と市井の人々の人情譚。
560円

高瀬川女船歌四 篠《ささ》山《やま》早春譜
「尾張屋」に毎夜詰めかける侍たちと、京の町を徘徊する男の関係とは?
600円

幾世の橋
庭師を志す少年の仕事、友情、恋に生きる青春の日々。長編小説。
880円

大蛇《おろち》の橋
恋人を殺された武士が、六年の歳月を経て開始した恐るべき復讐劇。
600円

雁の橋（上・下）
生家の宿業に翻弄される少年。その波乱の半生を描く、傑作長編。
(各)560円

初出

蜩の夜　「星星峡」二〇一一年八月号
世間の鎖　「星星峡」二〇一一年九月号
鴉浄土　「星星峡」二〇一一年十一月号
師走駕籠　「星星峡」二〇一一年十二月号
陣屋の椿　「星星峡」二〇一二年三月号
木端の神仏　「星星峡」二〇一二年四月号

本作品は「公事宿事件書留帳」シリーズ第二十集です。

〈著者紹介〉
澤田ふじ子　1946年愛知県生まれ。愛知県立女子大学(現愛知県立大学)卒業。73年作家としてデビュー。『陸奥甲冑記』『寂野』で第三回吉川英治文学新人賞を受賞。著書に『蛍の橋』『大蛇の橋』『惜別の海』『黒染の剣』『雁の橋』『幾世の橋』「公事宿事件書留帳」シリーズ(いずれも小社刊)、『奈落の顔　高瀬川女船歌』(中央公論新社)、『真葛ヶ原の決闘　祇園社神灯事件簿』(徳間文庫)、『やがての蛍　京都市井図絵』(光文社文庫)他多数。

鴉浄土　公事宿事件書留帳
2012年7月25日　第1刷発行

GENTOSHA

著　者　澤田ふじ子
発行者　見城 徹

発行所　株式会社 幻冬舎
〒151-0051　東京都渋谷区千駄ヶ谷4-9-7

電話:03(5411)6211(編集)
03(5411)6222(営業)
振替:00120-8-767643
印刷・製本所:中央精版印刷株式会社

検印廃止

ISBN978-4-344-02218-8 C0093
幻冬舎ホームページアドレス　http://www.gentosha.co.jp/

この本に関するご意見・ご感想をメールでお寄せいただく場合は、comment@gentosha.co.jpまで。